纯洁的领域

[日] 樱木紫乃 著

李讴琳 译

人民文学出版社

著作权合同登记：图字 01-2015-8711 号

Original Japanese title：MUKU NO RYOIKI
by Shino Sakuragi
Copyright © Shino Sakuragi 2013
Original Japanese edition published by Shinchosha Publishing Co.，Ltd.
This Simplified Chinese edition published by arranged with Shinchosha Publishing Co.，Ltd.
through The English Agency(Japan) Ltd.

图书在版编目(CIP)数据

纯洁的领域/(日)樱木紫乃著；李讴琳译.—北京：人民文学出版社，2016
ISBN 978-7-02-011355-2

Ⅰ.①纯… Ⅱ.①樱… ②李… Ⅲ.①长篇小说-日本-现代 Ⅳ.①I313.45

中国版本图书馆 CIP 数据核字(2016)第 014011 号

责任编辑：甘　慧　王皎娇
装帧设计：汪佳诗

出版发行	人民文学出版社
社　　址	北京市朝内大街 166 号
邮政编码	100705
网　　址	http：//www.rw-cn.com
印　　制	山东临沂新华印刷物流集团
经　　销	全国新华书店等
字　　数	180 千字
开　　本	890×1240 毫米　1/32
印　　张	9.625
版　　次	2016 年 5 月北京第 1 版
印　　次	2016 年 5 月第 1 次印刷
书　　号	978-7-02-011355-2
定　　价	49.00 元

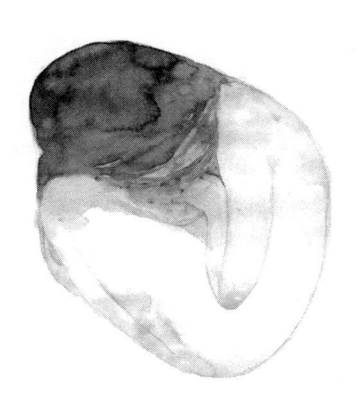

1

今天是展览首日,可惜天公不作美,偏偏下起了雨。

这一次的个展在十月的第一周举行,从周二到周六,为期五天。如果真像天气预报说的那样秋雨连绵,估计不会有多少人前来参观。

秋津龙生站在市立钏路图书馆的大厅里,眺望着山丘下绵延的风景。图书馆是在秋津两岁的时候建成的,已经有四十年的历史了。在他的记忆中,幼年时代和母亲一起漫步经过这里的时候,景象是非常繁华的。这栋屹立在此地的乳白色建筑物,俯瞰着港口、车站前的大街以及钏路河,与海雾一起见证了城市的繁华与衰落。

晚秋冰冷的雨水,将街景笼罩在朦胧的烟雾中。一片寂静。细密的雨丝吸尽了街道的喧嚣。币舞桥和黑色的河面常常让他感觉置身于水墨画中。

被雨滴淋湿的大厅玻璃窗映出了他的身影。黑色牛仔裤和黑灰色衬衫,外面套着伶子推荐的千鸟格夹克。

"平时常穿的衣服最好。它已经适应了你的身体,不管你怎么站都像一幅画。你又不喜欢穿西装。四十岁的男人，穿上熨得平平整整的衬衫，外面再套件夹克，通常都会显得很利索呢。"

妻子的话或许并无深意。但是，她最近的每一句话都刺痛他的心口。伶子说下班的时候会来一趟。如果发现事先准备的签名册上一个人的名字都没有，她可能会比秋津还要失望。

展厅在图书馆一层大厅的旁边。早晨进馆的人都不是来看个展的。望着他们径直走过的背影，秋津不禁感慨，花了这么长时间来准备，都是在白费工夫。他期盼着大家至少能来签个名，即使并不感兴趣。

在入口处的长条桌上，准备好了签名册和文具。毛笔、墨、砚台、签字笔、软笔、钢笔，人们可以选择自己喜欢的文具。或许这番准备反倒让人望而却步了吧。

"秋津龙生墨之世界"。

签名册旁边摆放着个展的指南。这是当保健老师的伶子在工作之余做的。书法，是秋津唯一的才能。他不习惯电脑晃眼的屏幕，所以家里的电脑基本上是伶子在使用。

秋津拿起一份指南。这是将 A4 大小的复印纸对折起来做的。

"秋津龙生，四十二岁，三岁起习字。毕业于筑波大学艺术专业学群[①]书法专业后，在北京进修两年，研习古人的墨迹。"

[①] 学群为大学的教育组织之一，筑波大学设有体育、艺术门类的专业学群，开展专业性的一贯制教育。

他知道有人暗地里说他的学历很漂亮，其实意在说他并没有与之相称的实际成果。

他对体制陈旧的书法界弃之不顾已经十年了。当他结束北京的留学生活回到故乡的时候，从容不迫地参加了北海道公开展览的作品征集。连续三年，他都入围了最后的选拔，却从未获奖。

距离获奖一步之遥的原因在于金钱。有人悄悄告诉他，对于学成归国、狂妄自大的新手来说，想要出名，必要的东西不是野心，也不是能力，而是钱。

我才不要什么用钱就能买来的奖呢！

一方面，他因为自己只能靠学历唬人而感到害臊，而另一方面，他那沉重又膨胀的野心，却又将这个念头抹杀。他发现，尽管自己装作毫不在意，可实际上比任何人都更加渴望奖牌、名誉。秋津打心底里企盼着自己能够一夜成名。然而卑劣的是，他说不出口。

今天早晨，他接受了《钏路新闻》和《北海道新闻》两家报社本地版的采访。从来访记者的态度可以看出，报道的中心内容与其说是书法家的个展，倒不如说是图书馆的活动介绍。记者前来采访，不过是因为图书馆馆长向本地的报社做了宣传而已。不能抱有太大期望，更不能误以为自己受到了关注。

上午来展馆参观的，除了报社记者，还有三位来图书馆借阅书籍的人，以及到大厅读报纸时注意到个展的一位六十来岁男子。他们当中没有一个人是特意为秋津的个展而来的。那位男子充满善意却直截了当的问题让秋津不知该如何回答：

"您参加北海道的展览了吗？"

"啊，嗯。"他模棱两可地笑着答道。这位每天都来大厅读报纸，不过是顺便看看的老实人，将秋津的作品大概浏览了一番，说道："这真是个不错的爱好啊。"

本地的书法家们都没有来。就算是来了，也只会带来不怀好意的冷嘲热讽。秋津同样不去参加他们的个展，情况当然如此。

图书馆入口的自动门缓缓地一开一合。

一名女子把塑料伞挂在伞架上，走进了大厅。她的动作和自动门同样的不慌不忙。户外的空气略微滞后地拂过秋津的脚边。

女子在距离展厅四五米的地方停下了脚步，目光却没有投向这边。她肩上挂着一个黑色的大包，身穿白色的拉绒衫，下装是和秋津一样的黑色牛仔裤。她的头发长及后背正中，从肩膀位置开始就湿淋淋的。牛仔裤膝盖以下的部位也都变了色。在这样的雨天，她是从哪儿走过来的呢？秋津忍不住盯着她多看了一会儿。她的脸庞看上去没有化妆，就像个学生。但不知实际情况如何。现在这个社会，连高中生都浓妆艳抹。这种情况在秋津那个年代是完全无法想象的。

女子环视四周，视线落到立在入口处的个展宣传牌上。秋津略感紧张。但是，她的脚步却迈向了图书馆的指示牌。

她的目光在指示牌上从上至下地移动，然后又一次回到上方。秋津依然毫不避讳地注视着她的侧面。女子并没有注意到自己。她的毫无防备让秋津的兴趣变得更加肆无忌惮。她头发干燥的部分和潮湿的部分形成的弯曲线条，让人感觉妩媚而不知所措。"请留意可疑的人"——指示牌旁边贴着这样的宣传单，让他慌忙地将视线从女子身上挪开。

就在秋津改变姿势的一瞬间，女子已经从他眼前走过。雨水和墨汁的气味掠过他的鼻尖。她可能是刚去过某个书法教室吧。她完全没有注意到自己。秋津的目光继续追随她的动作。她在摆着签名册的桌前坐下，把黑包放在旁边。

女子挺直身子，伸手拿过一支小楷毛笔。砚台是秋津留学时淘到的一款陶砚。虽然没有经过鉴定，但的确是一件古董。白陶的砚堂里已经磨好了墨。女子细心地整理好笔穗，毫不露怯地摆好了姿势。包裹她身体的空气静止了。

笔穗落在了签名册的第一栏。挺直的脊背，右肘的角度，运笔。她的姿势无懈可击，让人无法靠近。

女子慢慢地写完姓名，把小楷毛笔放在白瓷笔架上，站起身，将黑包挎在肩上。地板上贴着指示参观顺序的红色胶带。她按照顺序迈出了步子。

秋津靠近桌前，看清了她写下的名字：

"林原纯香"。

这几个字完美地写在签名册的第一行，凸显出旁边的空白。

秋津觉得自己就像是在注视抄经的字帖，又或是印刷的铅字。在自己眼前写下的字，能带给他如此印象，这还是第一回。虽然仅仅只是四个字，但是这一栏的上下左右没有丝毫紊乱之处，连余白都如此完美。如果在正中央画一条线的话，将显而易见。不，即使不画线，秋津也是清楚的。这个名字是依靠惊人的集中力写成的。她的文字里没有手写字的温情与亲和力。这行楷书所有的地方都整整齐齐，让秋津感到恐惧。

这是个正方形的展厅，其中三面墙长十米，另一面墙为六米，其余为入口。右侧墙是"鲜花系列"，正面墙是"天色系列"，左侧墙是"古典的临帖"。在最后一面墙上，挂着一幅整张纸的作品作为压轴。

这幅字和秋津用来参加"墨龙展"作品征集的是同一幅，展览的作品征集截止到十月末。举办这一展览的"墨龙会"聚集了众多新进崭露头角的书法家，今年是第一次在全国范围内公开征集作品。"墨龙会"的创建动机，在于汇集摒弃陈旧体制的书法家，创立新的流派。它的响亮口号是："跳出无钱无人脉就无法晋级的组织！"虽然报名人数和展览规模都还是未知数，但是秋津却志在一搏。

评选结果将在十二月揭晓。无论年龄大小，大家都想凭自己的真本事一决高下。开创"墨龙会"的组织者们的气魄，秋津是明了的。"墨龙展"——自己名字里的"龙"字也在其中。为了参加展览的首次公开征集，成为会员，今年一整个夏天秋津都在忙碌。

林原纯香不慌不忙地移步于挂满秋津作品的前两面墙之间。对于有字帖的"临帖"，她只是扫了一眼。而在书法方面略微有些功底的人，通常都会驻足观看。古典的临帖可以体现写字人的水平，能够毫不回避、毫不隐瞒地展现自己迄今为止的努力成果。

秋津对此是有信心的。留学的时候，他在路边遇到过用水在地上写字自娱自乐的老人们。那转瞬间便蒸发殆尽的水写文字，让他体会到了惊人的美。这种美或许来自于短暂和无常。然而，秋津曾经有过的纯粹的憧憬，一回到日本便被世俗的阶级意识所吞没了。

随着历史的沉淀，"墨龙会"有朝一日也会成为野心的垫脚石。它是人群聚集的地方，无疑是"反体制的体制"。年过四十，依然被"理想""未来"这些词所拖累，实在令人心有不甘，但是这些念想却维持着他心态的平衡。

秋津在入口处继续观察着她。

林原纯香刚一靠近最后那面墙，便立刻往后退了几步。横二尺三寸，竖四尺五寸的一整幅纸上，浮现出的是一个"隗"字。这个字，他是抱着将既成概念摈弃到极致的态度来写的。是"请自我隗"①的"隗"。他觉得，选这个字来报名参加"墨龙展"再合适不过。

望着林原纯香的时候，他产生了一种错觉，仿佛有人在背后盯着自己。她面无表情地向后滑动脚步，选定了观看"隗"的位置。这个位置，正是秋津昨天花费数小时调整高度和左右平衡所站立的地方。

她注视着秋津选出的"今年最好的一幅字"，眼神纯净得有些令人不快。这种直率，让人不由得怀疑它的存在是否真的能够带来幸福。

她的目光应该是倾注在"隗"字上的，但是却让人感觉，她似乎正在注视着更为遥远的、墙壁另一端的风景。她有着端正的五官和略微泛青的白色肌肤，非常漂亮。但是，这和美丽却略有差异。她的面部缺少了可以突出她秀丽容貌的表情。毫无疑问，秋津已经进入了她的视野，可是她却毫不在意。

身后传来了脚步声。回头一看，原来图书馆馆长已经站在了自己身后。馆长个子很高，可以轻而易举地俯视一米七零的秋津，胳膊腿也很长。即使穿着西装，也能看出他的肌肉锻炼得恰到好处。听说他才三十五岁上下。眉眼比例适中，鼻梁稍高。不说话的时候，或许会给人留下冷漠的印象。

---

① 成语，意为"如欲网罗人才，请从我开始"。

去年春天，为了削减经费，市立图书馆的业务交由指定管理者负责。他是民营化之后的第一位图书馆馆长。"图书馆流通中心"这个名字，近两年在反对民营化的集会上，以及本地书店的倾轧中摇摇欲坠，好几次还上了报纸，闹得沸沸扬扬。

秋津是今年一月来找馆长商量租借个展展厅事宜的。表面上看来，图书馆流通中心的运营已经走上了正轨，但是实际情况却是，反对派和教育委员会依然固执己见，不愿让步。秋津前来协商时，也正好有客人到访。送客后，秋津立刻被请进了会客室，见到了表情逐渐缓和下来的馆长。

当天的秋津，对他抱有好感，因为他正逆风而行。

自从民营化之后，本地的报纸开辟了他的专栏，每周都会刊登图书馆的活动介绍和信息。他被称为"干将""图书馆界的革命者"。对于这样的称呼他本人有何感想，从表情中无法判断。在这座十八万人口的城市，市民里的文化人和快要退休的职员们，迄今为止一直将图书馆看作文化的据点。半个多世纪以来，图书馆的业务已经处于半温室化状态，而这位从图书馆流通中心独自一人前来赴任的男子，改变了一切。

秋津立刻看见了馆长挂在脖子上的职员证：

"市立钏路图书馆馆长林原信辉"。

林原对他略微点点头，便将视线越过了他的肩膀。他回头一看，刚才还面无表情的女子，一下子扬起脸来，她的视线也越过秋津，停在了馆长身上。

"抱歉。我妹妹没给您添什么麻烦吧？"

"没有，完全没有。"

只此一句，他再找不到其他词语。

林原冲着妹妹，温柔地责备说：

"我不是告诉你下雨就打车嘛。"

"我想走走。出了车站，图书馆就在马路尽头的山坡上。小信你是这么说的啊。就只有一条路，我不会弄错的。"

林原叹了口气，再次转向秋津。超然脱俗的笑容已经回到了他的脸上。

"对不起，她总是这样。"

"原来是您妹妹啊。真是没想到。"

听了秋津这话，他偏偏脑袋，扬起了一侧的眉头。秋津思考着签名册的事，还有他妹妹营造出的那种不可思议的氛围，不知该从何问起，也不知该不该问。一种拒人于千里之外的气氛包围着兄妹两人，让他难以释怀。

"终于有人在签名册上留下芳名了。写得很漂亮。"

秋津希望自己的笑容看上去是羞涩的。他不是在奉承，而是打心底里感到佩服。正因如此，他才不知如何表达更好。

林原的视线落在了签名册上，脸上露出的严厉表情没能逃过秋津的眼睛。

"在老家的时候,我妹妹在外婆开的书法教室里帮忙。能得到老师您的称赞,我非常高兴。"

"我听您说她是从车站走过来的,是到这边来旅游吗?"

他以为林原纯香是在展厅里四处张望,却发现她的目光一直朝着同一个方向。她的视线如同笔尖,沿着四周游走,停下来,接着又再次移动。

"因为我外婆去世了,所以她就搬到这边来住了。"

"原来是这样啊。"

"小信,我肚子饿了。"

纯香挽住了林原的胳膊。秋津对这位说不清是开朗还是阴郁,辨不明是大人还是孩子的姑娘充满了好奇。她的书法水平远远超出了在教室里帮帮忙的程度。单说这一点,他已了然于心。

"您刚才在最后一面墙看了很久,您觉得写得如何呢?"

纯香走开几步,又来到和刚才相同的地方,再次将目光投向"隗"字。她朝着墙的方向举起双臂,与肩同高。这个姿势就像是小学生在排纵队。她一动不动,双手指向这一占据了整张纸面的作品,问道:"是这幅吗?"

"这个字,在这张纸上显不出来。纸太大了,它镇不住。它想要跳出来,却跳不动。它害怕,既怕纸,也怕墨。"

林原靠近她,一把抓住她的胳膊:

"纯香,过来!"

刚才还停留在脸上的温和表情已经消失，林原拿起包，把妹妹带出了展厅。秋津看见她因为被拉到大厅的另一端而不满地噘起了嘴。林原让妹妹坐在椅子上，在跟她说着什么，脸上没有一丝笑容。

林原纯香的一句话，让秋津身受重创，疼痛感强烈到近乎于麻痹。他感到懊悔，觉得自己不应该漫不经心地询问别人的感想，可内心却又对她惊人的发现充满欢喜，一时间就像丢了魂儿似的。

"它害怕，既怕纸，也怕墨。"

这句话一语中的，铿锵有力。他还从来没有遇到过这种情况。直到她被哥哥领到楼上去，秋津的心都还处于麻痹状态。漂浮感，又或是一种痛快淋漓的舒畅。这种感觉是由一位初次见面的年轻女子所带来的，真是让人感觉不可思议。

"你累了吗？没事吧？"

听到了妻子的声音，正在大厅里喝罐装咖啡的秋津转过身来。

外面，天已经全黑了。伶子穿着素雅的黄褐色外套，依偎在他身边。两人站在大厅里，透过玻璃墙注视着窗外的夜景。被雨水浸湿的柏油路面，吸尽了街灯的光线。

路人零零星星地走过车站前的大街上。秋津望着每到夜晚便照亮这条马路的街灯，心里不由感叹，这昭和时期的繁华大道确实上了年纪。在他年轻的时候，每逢周末，买东西的人都会在这条街上摩肩接踵。现如今港口和煤矿都衰败了，再也没有人聚集到这条街上了，只有这街灯依然辉煌，照耀着河面。即使人们离去，即使繁华的周末只能在记忆中寻找，景色却依然如初。"毫不留恋地老去"，指的就是这样一种感觉吧。

他注视着妻子映在玻璃上的脸庞。这张脸，比他们初识的时候更为瘦削。

两个人初次相遇，是在秋津作为外聘讲师每周到工业学校上两次书法课的时候。伶子当时是那里的保健老师。

那时，在她眼中的还不是秋津，而是另一个男人。对她的爱恋让秋津几乎失去了理智。那个男人是个有妇之夫。

"我要怎么做，才能让你关注我呢？"

"这个问题，你可以在没喝醉的时候再问我一遍吗？"

记不清那是在年终联欢会后大家喝第一场酒，还是第二场酒的时候。面对秋津的提问，她笑着这么俏皮地回答。

那时候，他三十一岁。比他小两岁的伶子露出的成熟微笑，让他着了迷。就这样，他把伶子从物理教师的手中强行夺走了。

在男校黑压压的景色中，仿佛只有伶子的所在之处盛开着白色花朵。爱恋中的挣扎，他从来没有告诉过她。他发誓要和她长相厮守，既然发过誓，就一定要遵守。他了解妻子的过往，在他看来，这样做是自己的一番诚意。

"阿龙，我们一起看看吧。"

伶子挽过秋津的胳膊。他把羞耻感和空罐子一起扔进了垃圾桶。首日共有二十三名观众来观展。其中有八名在展厅入口处写下了自己的名字。伶子扫了一眼签名册，把指南整理好。

妻子沿着红带往前走，他紧随其后，站在画框里自己的作品前。画框悬挂的地方、高度，以及相邻作品的间距，和昨天布置展厅的时候一模一样。但是，他总觉得有些异样。这些作品看上去都像是别人写的一样。

"你怎么了？"伶子抬起头来看着他。他轻轻摇摇头。今天遇到了一个有趣的人——话到嘴边，他又咽了下去。他踌躇着，不知该怎么来介绍林原纯香。

伶子抬起秋津的左腕，看了看手表。她是个在大庭广众下也能够流露出这种姿态的女子。

"帮忙的人还有半小时就要走了。我转一圈就回家了哦。"

"好。"

在个展期间，第一天和最后一天他们都请好了人来帮忙照顾母亲。秋津的母亲五年前发生脑梗塞，导致左侧身体瘫痪。最近这一年，又并发了老年痴呆，生活无法自理。她不但咀嚼困难，最近连食物的味道也尝不出来了。米粥搭配黄酱炒鸡蛋，或是拌鲑鱼块，用切得细细的豆腐煮大酱汤。白天是秋津在做饭，所以免不了做的都是些省事的食物。他要照顾妈妈的饮食，帮助她排便，心情不好的时候还要陪她解闷。

母亲的状况，让秋津明白了人就是这样一点点垮掉的。要像图书馆大厅里眺望到的夜景那样庄严可敬地老去是很困难的。白天在秋津胸中沉寂的野心再次昂起头来。同时，他的视线从妻子的肩膀，挪向了她的腰间。

结婚十年，几乎一半的时间都耗费在了母亲的护理上。母亲倒下，是在他们正打算要孩子的时候。从那以后，他们为了跟上母亲的变化，每一天都竭尽全力。

首先打消要孩子念头的是伶子。

"我想，还是算了吧。"

他假装没有听见，抱住了她。就在那一天、那几秒钟之后，两个人拥抱的意味发生了变化。

秋津的书法教室每周开课三天，收入还不到伶子的一半。而这点收入，几乎也全都用来填补书法用具、作品装裱的开销了。要凑够请人照顾母亲的费用，也是很困难的。生活费大都由妻子承担。就算秋津在外面找到了工作，挣来的钱也会被母亲的护理费消耗掉，倒不如自己一边经营书法教室一边照看她。自从母亲被诊断为老年痴呆症，他就努力不在妻子面前流露出自卑感。这些事一想起来就没有止境。关于孩子，关于母亲，关于生活。

伶子提议说："接下来我们俩都做些力所能及的事吧。"她没有流露出不满，还劝他不要过多考虑收入的事。他毫不客气、彻头彻尾地接受了妻子的好意，摆脱了不断积累的内疚感。他发现，在自己的内心深处，一层嫉妒的膜包裹着他的谢意。

还是只有获奖这一条路啊——秋津的心思再次倾注到"墨龙展"上。和不断消磨的自尊心做斗争，是他握笔的动力。他觉得，只要他还能被野心所刺激，作为人的弱点就可以得到原谅。

伶子在展厅里转悠的时候，林原来了，他是来看看情况的。

"不知不觉这雨都停了。"

秋津微微颔首，挥手叫来了驻足于"魄"字前面的伶子。

"向您介绍得晚了些，这是我的妻子。她在西高中做保健老师。"

伶子站在秋津身边，说道：

"我是秋津的爱人。承蒙您照顾了。"

"恭喜你们此次举办个展。"

林原取出了名片，脸上洋溢着温柔的笑意。妹妹纯香对秋津作品说出那句话时，他流露出的严厉眼神已经消失。

"我经常在报纸上读到有关馆长的文章。您每天都很忙碌吧？"

"说来惭愧。虽然我常常四处奔忙，但是能不能对这个城市做出贡献，老实说，我现在还真不知道。"

秋津很久没有看到过对别的男人微笑的伶子了。他想起了物理老师朝她递来的眼神。事到如今怎么还在想这个——他咬紧了牙关。

多美的笑容啊。齐着后颈窝儿剪得整整齐齐的发梢轻抚脸颊。淡淡的妆容和口红，与十年前别无二致。她不露声色地看看手腕上的表。帮忙的人很快就要走了。

"抱歉。我这就得回家了。"伶子将散落在右边脸颊的头发拨到耳后。下颚的线条是典型的女性曲线。

他明白，正如林原纯香所说，他写的字无法超过自己的肩宽。秋津想到，这或许是因为自己眼前存在这样一位"过于能干的妻子"。于是赶紧把这个想法从脑中驱走。

伶子对林原点点头，向秋津轻轻挥挥手，走出了图书馆。

"原来您夫人在西高中工作啊。"

"她在北海道道立的各个高中轮流任职。"

"保健教师也要调换工作地点吗？"

"按理说管区内和管区外的学校都需要去，不过因为各种原因，她提出申请，只在能够每天回家的范围内任职，目前在市内上班。但是，不知道这种特殊照顾能持续到什么时候。"

就在六年为一周期的工作地点调换期即将到来、青黄不接的时候，母亲病倒了。关于护理和收入问题的严肃谈论，他们仅仅进行过一次。伶子说："我会尽力做我力所能及的。"从此，他们一直回避探讨母亲的事。结果，秋津只剩下了扭曲的自尊心。

"原来是这样啊。"林原这么说着，视线在签名册上一掠而过。他的骨骼、五官和妹妹不太相似。他喃喃自语地说："展览第一天就要结束啦。"说完走进了展厅。秋津注视着他身穿白色衬衫的背影。他的肩膀比想象的要宽。由于他人高，面对面的时候秋津没有注意到。他的身材和为了优雅运笔而溜肩的秋津形成了鲜明的对比。

他朝着那宽阔的后背叫道：

"馆长，耽误您一点时间。"

听到秋津的声音，林原回过头微笑道："您说。"

"我想邀请您妹妹到我的书法教室来看看。如果她有时间的话，可以吗？"

虽然只有短短的一瞬间，但是林原为难的表情没有逃过秋津的眼睛。

"谢谢。我会转达您的邀请。今天她太失礼了，非常抱歉。"

"不存在什么失礼的事。她的见解令人兴奋，让我感到很高兴。很少有人能对我说出这样的话。一般人都是说些让我沾沾自喜的夸奖话，背地里却为了自己能够技高一筹而拼命努力。纯香没有这样的恶意。这一定是一种天性吧。"

"也没那么夸张。她只是想到哪儿说到哪儿，让人为难。她总是这样。"

林原的嘴角虽然挂着笑容，眼神却依然严厉。秋津想要亲眼确认一下林原纯香既不是胡猜也不是瞎蒙的才能。

洗完澡，他喝了一杯水。他不喝酒。如果喝了酒，晚上母亲叫的时候就起不来了。这样会加重伶子的负担。夫妇俩的卧室在二楼，但是母亲身体状况不好的时候，他会在护理的房间里睡沙发，观察她的情况。这样的日子每周会有一两天。

自从母亲病倒后，一楼的茶室就变成了护理的房间。这是座有着三十年房龄的木结构二层楼房。十年前，他们把山墙更换成了外墙板，却没有达到期待的隔热效果。父亲在秋津留学期间去世了。父亲走后，母亲依靠经营书法教室来谋生。仅有的一点不动产，在秋津回家时也都没有了。

把儿子养育成了一个不适合社会生活的男子，或许是母亲最大的设计错误。

一楼的一半是书法教室。玻璃拉门将茶室和较为宽敞的厨房分隔开来。自从开始护理母亲后，厨房在不知不觉中成为了秋津和伶子生活空间的中心。用来分隔空间的玻璃门虽然经常敞开着，但是吃饭的时候，他们总是会把它合上。

下午八点，迟来的晚餐是竹笋饭。伶子每次买来竹笋，都会和其他的食材一起煮好，调好味道，冷冻在冰箱里。

"来不及做饭时这东西是最管用的。不好意思哟，今天我偷懒了。"

"不过味道倒是很好呢。"

"偷懒这个词呀，对味道没有自信的时候，可是说不出口的哦。"

她嘻嘻地笑起来。刚洗完的发梢湿漉漉地摇晃着。相遇时她那长及后背的头发，经过这十年可真是短了不少。过去，她喜欢在工作时把头发扎起来，晚上散开来。突然，林原纯香肩头卷曲的黑发在他脑海中苏醒。竹笋的鲜美让人心情舒畅，他的心思也恰到好处地放在了妻子身上，傍晚时分的内疚感淡化了。

"今天我遇到了一个有意思的人。"

伶子一边将扇形的竹笋放进口中，一边抬起眼，用目光询问他。

"她看了'隗'字，断言说这个字跳不出画框的范围。说这个字战战兢兢的，既害怕纸也害怕墨。"

说出口后，他的心情变得相当愉快。伶子也笑了。即便是在这个陈旧房子里的荧光灯下，伶子的四周也依然光彩夺目。是自己和母亲，将伶子束缚在了这个已经无法修缮的房子里。这份歉疚折磨着秋津。内心深处的沙坡，一旦滑落，便无法阻挡。

"话说到这种程度，真是听得人痛快啊。"

"嗯。有意思。"

"是个孩子吗？"

"不，不是孩子，是个年轻姑娘。"

"咦……"伶子的嘴唇调皮地伸展成一个"一"字，抬起了素面朝天的白净面孔。秋津也笑了。他犹豫了一下，还是没有告诉伶子林原纯香是图书馆馆长的妹妹。他不想让伶子想起别的男人。

"小龙……"玻璃门的那一边传来细弱的声音。是母亲在叫他。他拦住起身的伶子，放下了筷子。一定是纸尿裤湿了，她觉得不舒服。早知道吃饭前让她排完便就好了。

这一天过得有些偏离计划。秋津的心也不像平时那么沉静。他掀起被子，帮母亲换好了纸尿裤。换的时候，他能不开灯就不开灯。空空如也的洞穴，无尽黑暗，令他想尽可能地避开视线。他想要逃离，逃离护理母亲下体的自己，逃离现实。

"小龙……"

这种声音，听起来就像什么地方在漏气。他的名字"龙生"，在伶子口中唤作"阿龙"，只有母亲还叫他"小龙"。秋津不愿应声。他把脏了的纸尿裤放进床边的塑料桶，系好袋口。他的视线移向背对着他的伶子的肩头。只要他洗干净手回到座位，两个人的晚餐就会像什么都没发生过一样继续进行。他站起来，挺直了脊梁。

2

林原信辉低头看着堆在地上的书籍、资料和细碎的行李。他安排妹妹住在那个六席大的房间。这些东西就是从那个房间里理出来的。他租住的是一套公寓，起居室有十席大，带有厨房，还有两个六席大的房间。

疲惫积聚在他的眉根。最近，细小的数字和电脑的文字，首先会让他的眼睛感到疲惫。他点燃一支烟，吸了一口，感到自己的脏器回到了原来的位置。

为了保留自己的卧室和壁橱，他把电脑桌搬到了起居室里。原本只有电视机和音响的房间，一下子就显得杂乱不堪。比起丧失了独自生活的轻松，让他更为不安的，是今后和妹妹的共同生活。

他看了看关好的房门。纯香现在已经二十五岁了，但是依然晚上十点就睡觉。初中为止是九点，从高中起是十点。她一直遵守着和外婆的约定。

外婆在今年夏天的盂兰盆节过后几天突然去世了。她就像母亲一样抚养自己和纯香长大。听说前一天她还在书法教室里上课，准备晚饭。然后和往常一样，躺在外孙女身旁的被窝里，可是第二天就没再醒来。她死于心脏病突发，是在熟睡中毫无征兆地走向另一个世界的。

刚强的外婆是在怎样的梦境中停止心跳的呢？他无法想象。就在失去外婆的同时，信辉也失去了故乡。而坚称自己可以独立生活的纯香，最后连两个月都没撑满。

大约一周之前，住在附近的寺田里奈告诉了他纯香的情况。里奈长期在外婆的教室上课，纯香也把她当作姐姐一样追随。

"小信，为什么你没把纯香带走呢？她呀，理解不了老师去世这件事。"

习惯性地煮饭，习惯性地打开书法教室的大门，这些是纯香唯一可以完成的事。可一旦超出这一范围，她就束手无策了。没有了做菜的外婆，她就光吃米饭。她可以教孩子们写字，却不知道收取课酬。

"我觉得不能让她一个人生活。小信离开家的时候，纯香还是个孩子呢。她完全没有长大，依然是个孩子。她呀，不是简单的孩子气或者天真无邪！"

为什么让她一个人过呀？——尽管遭到责备，林原也无法找到合适的话来回答。

初中时代，林原是学生会主席，里奈是秘书长。三年前，从道央的图书馆跳槽到图书馆流通中心工作的时候，他和里奈分了手。里奈留在自己出生长大的江别，在当地一家私立医院里担任医疗办事员。她和信辉一样，已经三十五岁了。奔赴钏路就任的时候，她说过一句话，至今依然留在林原的耳畔："小信，比起生活，你确实是会优先考虑解决工作上的困难。"

两个人之间男与女的关系，就在那个时候冷淡了下来。

依仗着资历和知识大摇大摆，懒洋洋地毫无作为——这样的集体不合林原的胃口。他最后的职位是股长。当图书馆流通中心选中他时，他毫不留恋地舍弃了原来的职位。用里奈的话来说，这是"不考虑后果的鲁莽"。

他常常无缘由地想要逃离封闭的世界。他留意到这是一种不好的习惯。有时候，他会产生一种无法抑制的冲动，想要抛弃到手后拼命捂热的东西。母亲在他十三岁的时候投河自尽，如果说这种性情是从她那里继承的，他倒也可以接受。

"小信和上中学的时候完全一样。别人都说你是独断专行的学生会主席，而我这个秘书长，可取之处唯有踏实这一点。想来想去，你总是喜欢不占优势的战斗。你这个人，就是这样一步步获得胜利爬上来的。"

里奈常说，信辉这个人，不会迫使自己放弃，却往往会迫使别人放弃。

他无法反驳。如果不是因为纯香把里奈当成姐姐一样地喜欢，他们俩或许不会这样藕断丝连。

既然开始和纯香共同生活，他和里奈的关系或许又会出现变化。谈及结婚，相当于是要求里奈来照顾妹妹。到手的东西，不管是一种欢喜还是一种负担，都存在突然舍弃的可能性。他常常感叹，只有"图书管理员"这个职业，不会遇到这样的危机。

一边专心致志地把还来的、堆成山一样的书放回它们应该在的位置，一边脑子里记住读者们经常借阅的书籍，是他喜欢的一个过程。他觉得这项工作是由反射神经支配的。一提到某本书，身体就会立刻奔赴应该去的地方。

现在，他的主要工作是筹措资金、管理工作人员和图书馆的建筑。他知道，当市里决定将指定管理者制度[①]引入图书馆的时候，引发了相当大的争议。他要不断地处理投诉，面对当地书店和媒体，应付城市里弥漫的不安和毫不掩饰的情绪。他自负地认为，除了留下来的自己，没人能够面对这样的喧嚣。"你永远都是学生会主席"——里奈这句话说到了他的心坎儿上。

回过神来，他发现烟灰缸已经满了。在全馆禁烟的工作单位里，不能随心所欲地抽烟。他翻开手机盖，给里奈打电话。

"是我，不中用的学生会主席。"话音刚落，耳边就传来了爽朗的笑声。

"纯香已经睡了吧？你是不知道该怎么办了，所以就拨了我

[①] 将迄今为止由地方公共团体及外围团体承担的公共设施的管理和运营工作交由股份公司等盈利企业、财团法人、NPO 法人、市民团体等单位代为行使的制度。

的电话，没错吧？"

"大概就是这么一个情况。我被她搞得筋疲力尽。就我这点常识，怎么都应付不了她。"

里奈停顿了一会，说道："这也没什么不好呀。"

"要让小信你一个人生活，准没好事。有纯香让你劳点神正好。你做事也就不会那么鲁莽了。"

"她就像个无法预测的生物。就算我想要莽撞地狂奔也逃不掉了。"

"纯香呀，就是只小猫。一只长成人样的小猫。她的话，小信听不懂也就罢了。"

断了念想的话语飘荡在夜晚。里奈也好，自己也好，都已经看清了对方的着陆点，没有争吵。他预感到，围绕着纯香会发生很多事，同时，也会有很多事消失无踪。

"总之，我的生活完全变样了。不好意思，还得麻烦你偶尔去照看一下我家的老房子。虽然门是锁好的，但是最近治安不怎么样。"

"好的。下班后我会时不时去看一眼。换季的时候也会去通通风。反正我对你家熟悉得跟自己家一样。"

"你白天有空的时候去就行。可别晚上去哦。"

和这个握有自己老家房门钥匙的女人，已经不需要多解释了。他拉开电脑桌旁边的窗帘。河面上，街道的倒影正随着水波流动。

因为距离入海口很近，河水的流向，随着潮涨潮落难以分辨。

"麻烦你这么多，谢谢了。"

"怎么又把毕业典礼时的话拿出来说呀？"

"我说过这话？"

"说过呀。毕业典礼那天，在回教室的路上。"

"那我可真是没长进。"——他的嘟囔又引得里奈哈哈大笑。

通话结束，他把手机插回了充电器。今天晚上，他必须完成上个月图书馆使用情况的统计汇总。在做计划书的时候，多多少少得有些虚张声势。距离向教育委员会和总公司提交的日子也很近了。最近，他把白天的时间都用来准备旧书展销会了。本来想尝试将展销会的营业额用来给图书馆捐赠书籍，但是由于缺少先例，没能获得批准。信辉的工作就是突破这个难关。事务性的工作，例如整理资料、提出能够让人信服的方案等，他不得不放到晚上来做。在此之前，不管干到几点，他都会在单位把工作做完。可是从今往后，把工作带回家的情况恐怕会越来越多。他不能把纯香一整天都关在家里。在过去的一年里，他几乎没有一个像样的休息日，现在终于每个月能够休息一次了。虽然他知道，一旦歇下来节奏就会被打乱，但是，在大白天也能躺下休息的日子，实在是可贵。

他忽然想起放在电视机柜最里面的成人DVD，赶紧取了出来。这种东西，被纯香看见可就麻烦了。他扔进了电脑桌下装资料用的纸箱里。

长时间出差的时候该怎么办，是他担心的问题。去札幌周边出差还好，可以带着她。但是，如果是要花一周时间去东京，那可就放不下心了。

纯香在三岁的时候就失去了母亲。母亲突然消失了踪影，等找到的时候已经死了。她是个拿起毛笔的时候，后背似乎会燃起火焰的人。活着的时候，他从来没有见过她的笑容，可是从水中浮起来的脸上却挂着笑。由于兄妹二人是由外婆照看的，所以即使失去了母亲，生活也没有发生太大的变化。

信辉固执地拒绝握笔，是对没有流露出丝毫温情的母亲竭尽全力的反抗。他只要有空就读书。母亲浓浓的血液流淌在纯香的体内。自己的父亲，不是能够让母亲的鲜血充满活力的男人。兄妹俩的父亲不是同一个人。事到如今，外婆也已去世，任何人都无从知晓他们的身世了。

他在屏幕前掐灭了香烟。

站在窗边，和办公室窗外几乎一样的风景映入眼帘。因为他管理的地方是本市的避难场所，所以作为负责人，他必须住在地势高的地方。有地震和海啸警报发出的时候，钏路河上所有的桥梁都会封锁，而作为馆长，他必须抛下一切奔向图书馆。所以，他选择住在图书馆附近——虽然这里租金贵，又没有超市。他想象着今后一边照顾妹妹，一边活下去的自己。在街灯辉煌的大道上，一个人影都没有。汽车以极快的速度穿过他的视野。不安如同潮水，满满地淹没了他的心。

店员指着身后的展示室微笑着说：
"不好意思，我想您说过，用手机的是那位小姐吧？"
"是的。"
"是这样，这个商品是小学生及更小年龄的孩子用的。考虑到价格和功能，还有其他更加便宜方便的呢。"
"不用，这个就行。"
功能多，对于纯香也好，自己也好，都是一种负担。光是教她怎么用就很麻烦，而且她也记不住。只要能够设定四个通话对象就行。而且还有报警功能，完全够用了。

店员向信辉转过身来。信辉注视着店员身后的妹妹。她站在摆放着各色手机的架子前，把手机一个个地拿在手里把玩。当他把目光转回，正好看见店员窘迫地低下头。

跟初次见面的人解释两人的兄妹关系是件麻烦事。从常理的角度难以理解的纯香，还有比他大出十岁的哥哥。这样的组合让人觉得不协调。他知道，两人的关系，只看一眼是搞不清的。不仅仅只是眼前这位店员，每次对方在观察纯香后露出恍然大悟的样子，都让他感到些许屈辱和安心。他再一次发现，能够对这种场面视而不见的外婆，是多么的坚强。

离开商店的时候，他回过头看了一眼纯香玩过手机的货架。不离远一点看，恐怕还真是注意不到——手机的颜色按照深浅程度准确地摆放着。摆放在右上角的颜色最深，朝着左下方逐渐变淡。要放回原位会相当费事吧。他不由得笑了起来。积聚在内心深处的沉重，一下子烟消云散。

回到家，他急急忙忙地做好了培根和菠菜的意大利面。虽然她没有任何埋怨地吃了，可是反应还是有些迟钝。她既不夸奖说好吃，也不埋怨说难吃。虽然她都默默地咽下了肚，可是林原却觉得自己白做了。尽管他知道，要求妹妹有所回应是办不到的，但是涌上心头的空虚，还是让他无所适从。

回到图书馆，等工作告一段落，已经是晚上八点了。当他去取登记好的手机时，商店都快要关门了。到家八点半。在接下来的一个小时以内必须让纯香吃完晚饭。她十点钟就上床睡觉，要配合这样的生活节奏并不容易。在此之前，晚上八点到九点，是他工作得正欢的时候。在这个时间段，他总是铆足了劲去着手处理白天没能完成的工作。他压抑住内心的烦躁，告诫自己，这不过才两天嘛。

晚饭后，他让纯香试手机。他拦住了每个键都想按按的纯香，手把手地一个个教她用。在图书馆的儿童角，给坐在腿上的孩子念绘本的母亲，也会是这样的心情吗？

"听好了，先按 1 键，再按有绿色话筒标志的键就能打给我。

如果没人接，你就按 2 键。可以打到我单位里的专用电话。这个电话一定有人接。你告诉接电话的人你是纯香就行了。"

"1 和绿色的'斜话筒'是小信。2 和'斜话筒'是小信单位。"

"对。你一定要说：我是纯香。"

"我是纯香。"

"电话铃响的时候，也要按这个'斜话筒'。明白了吗？"

"明白了。我是纯香。"

要立刻让她再记住其他东西，恐怕办不到。总之，只要能打通电话，一定就有应付的办法。纯香无聊地嘟哝道：

"只能和小信说话呀。"

"你还想和谁说话呢？"

纯香望着掌上的白色手机，回答道："外婆。"

"打不通。纯香，这可办不到。外婆不在了。"

不知道她是不愿意理解，还是无法理解，她只是一言不发地盯着手机。

"你先给我的手机拨个电话吧。"

纯香的手小小的，和外婆很像。信辉不记得母亲的手长什么样。记得极为清楚的，是她面对不愿握笔的儿子时，流露出的焦躁眼神。

看到纯香，就能知道总有一天，母亲会拥有一个不用勉强也愿意握笔的孩子。可是她不明白这一点。她觉得，只要是自己生下的孩子，理所当然都会握起毛笔。如果她没有亲手结束自己的生命，她一定能感受到养育纯香的喜悦。母亲应该能够坦率地接纳纯香吧。

纯香用纤细的指尖按下了1键和通话键。信辉手中的电话开始振动。他给她看手机的来电显示。屏幕上的纯香二字，让她天真地乐了起来。她没有要挂断的意思，于是信辉接通了就在眼前的妹妹的电话。

"是小信吗？"

"是的，是我。"

"你今天过得好吗？纯香今天过得很好。请讲。"

"纯香，这不是对讲机，是手机。如果遇到困难，一定要跟我联系哦。明白了吗？"

"你今天过得好吗？"

他迟疑了瞬间，慌忙答道："我今天过得挺好。"

"龙生老师说，想和纯香一起工作。请讲。"

妹妹在说什么，他没能立刻领会。她说的是谁呢？他想了想才明白过来，她指的是秋津龙生。他挂断电话，近距离注视着妹妹的脸。

"纯香，你见到秋津老师了？"

"我去图书馆玩，又见到了老师。他说想请纯香帮忙，去当书法老师。"

"你们还说了些什么？能告诉我吗？"

"龙生老师在中国学习过。那边的爷爷奶奶在马路上写字玩。我也想去中国。"

路边上愉快书写毛笔字的老人们，浮现在他脑海中。他想起了秋津说过的话：

"我想请您妹妹到我的书法教室来。"

纯香的话勾起了一段令他不愉快的回忆。那是在多年前的一个新年假期。

纯香睡着后，外婆一边温着四合瓶里供神余下的酒，一边向他诉说。发现外婆如此不安，那是第一次，也是最后一次。

"信辉，我有事想跟你商量。"

"什么事啊？您这么严肃。只要是我能办到的，您尽管说吧。"

"是纯香的事。"

他不愿再想起外婆接下来说的话。努力选择恰当词汇的外婆令他悲伤。

"我觉得总让她待在家里也不好，所以就让她去附近新开的超市打工了。"

那是搬运和摆放、替换商品的简单工作，一天大概三个小时。据说，纯香在摆货的时候，发挥了她奇妙的能力。她可以按照颜色和大小把商品摆放得很漂亮，这一能力在单位得到了器重。这一点可以大概想象得到。问题是在那之后。

"对于我们来说纯香就像个孩子，可是有些人只看她的身材和样子，并不理会这一点。她是二十岁的姑娘了呀。想想真是可悲，也怪我没有看清现实，让她受苦了。"

据外婆说，纯香成了超市里男员工们的"玩具"。这是一个打零工的中年女性找到家里来之后，外婆才知道的。那个女人并没有说出到底是谁，对纯香做了什么。

"她说她是偶然看见的，实在不愿意默不作声……"

就算是受到伤害也意识不到的纯香，究竟遭遇了什么，他难以想象。为什么那个一把年纪的女人不在单位把问题提出来，而是悄悄地跑来告诉外婆呢？她声称自己告知事实是为了纯香考虑，可是令信辉感到愤怒的就是这种明哲保身和伪善。烫热的酒也咽不下去了。深深的叹息，吐出去，又再次吸入胸口。如果自己不在了——外婆哽咽了。

找到溺亡的独生女时，她连一滴眼泪都没有掉，只是双手抱住外孙说："你妈妈终于轻松了，你替她高兴吧。"这样的人，却为纯香落下了眼泪。他不忍再看外婆落在罩衫上的泪滴，胸中充满了找不到发泄对象的愤怒。

"要是我不在了，你能照看纯香吗？"

当时的信辉，只能点头答应。

"怎么样？行吗？"

纯香的提问让他猝不及防。

"再等等看。我先和秋津老师好好商量一下。好吗？你可不能随便决定哦。"

"好。"她听话地说。里奈说过她是只"小猫"，这话和他的痛苦回忆紧密相连。要让纯香理解，送给她的手机打不通外婆的电话是很困难的。勉强向她解释，她也只是不满地噘着嘴，眼神表明她并不接受。

晚上十点，换好睡衣的纯香站在门前行个礼说："晚安。"

他也道了晚安，寂寞感越来越强烈。等这种寂寞占据了整个身体，他会看到怎样的光景呢？信辉在只剩他一人的起居室里，轻轻坐在电脑椅上。

秋津靠近纯香，是出自何种考虑？

他一想到纯香打工时的遭遇，以及外婆和自己的谈话，就感到闷闷不乐。

和图书馆志愿者的领导商量商量，让她去帮忙念书，照看孩子如何呢？不要报酬的话，倒是有几种办法可以让她出入图书馆。考虑到这，他又陷入了沉思。就算读书会答应关照她，他也会因为对方接纳了"图书馆馆长的亲属"而欠上一份人情。他不愿意这样，不想把公事私事混为一谈。无论出于什么样的原因，这也是种令人厌恶的明哲保身。这和向外婆报告纯香情况的打工女子，又有什么样的差异呢？说到底，比起纯香，现在的他更想优先考虑自身的立场。

秋津龙生的面孔浮现在眼前。同时，他妻子的身影也滑入眼底。

秋津是个眼睛里只有纸和墨的人。野心家明显的焦躁和烦恼，他越想掩饰，越是暴露无遗。而秋津的妻子留给他的印象，则是无底的黑暗。虽然她站在丈夫身旁微笑着，却让人感觉她的热情已经消散。同样都面带微笑，可是夫妻两人给人的印象却迥然不同。

见到秋津妻子的时候，他觉得那是个有着诚实眼睛，内心却能撒谎的女人。没有根据，只是直觉。信辉偶尔也会接触这种女人，但是他所认识的这种女人大多存在于夜晚的城市。秋津的妻子看上去并不是特别艳丽。服装朴素，妆容淡雅。可是不知为何，她和那些将虚与实翻弄于股掌的女人却有些神似。以至于听说她是高中保健教师的时候，他都不得不留心掩饰住自己的惊讶之情。

道立钏路西高中。

秋津龙生的妻子任职的高中，曾经请他去做过讲师。他以图书馆的可能性及民营化为题，讲了大概一个小时。学生们的听课态度，哪怕是奉承都谈不上热心。或许是因为自己口才不佳吧。无论哪所机构预算都很少。所以，当然会轮到不计报酬的人来讲。每次他外出演讲时都会做好精神准备。一般别人也是为了完成一年间的活动计划才请他去做文化方面演讲的。无论是去哪儿，都没有留下美好的回忆。

图书馆的民营化刚一提上日程，立刻出现了反对意见。在引入指定管理者制度的阶段，就出现了抗议团体。媒体也似乎是见着新鲜的饵食扑了过来。当时，没人搞得清状况。只是"民营化"这个词在四处传播。

当他作为新馆长到当地就任的时候，抱有好意的只是极少数人。虽然他已经扛过了明显的抗议和反对运动，工作也平安无事地走上正轨，可是依然难以断言隔阂已经全部消失。

为了减少人员、削减经费，市里采取了这样的方法究竟公平与否，也不是他能搞得明白的。无论是好的传言，还是坏的传言，都只是传言而已。即便是出于善意的意见，也不能完全当作是拥护。这就是白手起家。他并不讨厌这种情况，这是他来之前就知道的。他四处演讲，也是为了做宣传，来多少缓和一下紧张的局面。去西高中演讲的那一天，秋津的妻子是不是也在那里工作呢？他的思绪不知不觉转移到了秋津伶子身上。

既然是保健教师，关于纯香的事，她应该具有专业的知识。

冒出这个念头，是他在半夜做好活动手册的时候。放在电脑桌架子上的手表，指针指向了凌晨两点。

关掉台灯，他拉开窗帘，点燃了香烟。烟头和从币舞桥延伸到对面的街灯颜色一样。他每吸一口，烟头就离自己更近一点。路灯今天也依然照耀着空无一人、醒目的大道。对于这种照射着无人场所的光芒，他抱有一种莫名的亲近感。他用左手中指使劲地摁摁太阳穴。在他闭上的双眼深处，秋津的妻子正注视着他。

第二天，他上午、下午都去了一楼的展厅，但是没有看见秋津龙生。贴在大厅墙上的读书会海报打了卷，他把它捋平后，往玻璃窗外望去。虽然覆盖着宛如毛刷拂过后留下的薄薄云层，但是天空还是湛蓝的。

他在电脑上检索了"西高中"。昨天半夜，要在自己家里检索"秋津伶子"的单位，他多少还是有些犹豫。毕竟她是别人的妻子。在男人的内心，总是充斥着毫无意义的"借口"。正因为注意到了它的毫无意义，就更加觉得不好处理。

"头真疼啊。睡眠不足。"

听到他的嘟哝，显示屏对面的塚本由纪朝他看了过来。他隐约察觉到她对自己有意思，但是他决定装作不知道。为了顺利协调单位的工作，面对异性的期待，他必须做一个迟钝的馆长。在全都是女性的单位，他在接人待物时必须极力淡化自己作为男性的部分。塚本由纪显得成熟的五官并不难看。她和一个 AV 女演员同名同姓，这一点她本人很介意。她虽然性格略显内向，但是在工作中却能奇妙地发挥作用。在当地广播中介绍新书的时候，或是回答布告栏、主页中的提问时，她都幽默而诙谐。作为助手，她无懈可击，但是他却没有把她当作女人。她只是部下。

不论在什么样的工作单位，避免和异性发生纠葛，都是一大原则。尤其在这个几乎没有男性职员的地方，这简直就是最大的问题。不能尤为讨人喜欢，也不能过于招人厌恶。在把握自身给别人留下的印象这一点上，信辉是个狡猾的人。而这一点是他一直以来都被要求的。

他在便签纸上记下了西高中的电话号码，贴在了放在前胸口袋里的手机上。他又自言自语地嘟哝着"头疼"，走进会客室，打开里面的门，来到和视听大厅连在一起、通常叫做"后台"的地方。

宽度为两米的细长舞台后部，虽然和会客室有着同样的风景，但是并不对外开放。为什么这里会有一个吸收烟尘的大型烟灰缸呢？每次他看见都会发笑。他无法责备买来这个烟灰缸的前任或是前前任。在这个标榜全馆禁烟的建筑物里，在遭到驱赶后的沉默中，这个地方成为了被排除在外的存在。烟灰缸没有记录在案，但是它当然也不是谁的私人物品。存在感淡漠的它，俯视着河口的风景。

太阳下山了，橙色的街灯开始点亮发暗的景色。

他坐在已经淘汰在公物之外的旧沙发上。眺望着和自家窗外同样的风景，掏出手机，按下了西高中的电话号码。

当他回过神来，发现握着电话的那只手，空闲手指上已经夹上了一根香烟。

3

  她触及到了半开的欲望。

  她抑制住多少叹息，内心就有多潮湿。持续的刺痛。她想要触及到的，或许是放心的感觉。旋转的是手指，还是欲求，轮廓模糊不清。她试图去避开麻烦，而思绪却滑入了更加麻烦的地方。

  欲望是非常坦诚的。伶子发现自己依然被这种坦诚所支配，感到了失望。她的视野越来越窄。她心里清楚。

  她捧起沉淀在内心、越积越多的烦恼，将它释放，让它短暂地呼吸，又将它再次收回，逃离积郁。她触摸着欲望，懒于去思考今天发生了什么事，明天又将会发生什么事。她虽感厌烦，却又无法逃离。

  她想要一口气往上跑，见到不分上下左右，甚至不存在重力的白色世界。真想早点看见。"啊……"——伶子缓缓地长出了一口气。自己欲望的去处，她全都知道。这不是丈夫，也不是别人，是自己的意识。这种快乐，都是自己的。

  无法到达顶峰的安心和焦躁，与此相反的扭曲舒适感。自己已经对指尖感到了腻烦，迅速地失去了力气。

爬到螺旋阶梯的一半，她突然停了下来，断了念想，抽回了手。

躺在身旁的秋津翻了个身，床垫摇晃了起来。她屏住气息，偷偷地望着丈夫的后背。她一动不动地确认着丈夫的鼾声，睡意全无。

意识一下子变得清晰，这次她无所顾忌地叹了口气。傍晚接到的电话掠过脑海。那是图书馆馆长林原打来的。

他说有事想要找她商量。她答道，只要是自己能够办到的，请他尽管说。无论对象是谁，她的答复都是相同的。她周围的人，总会有些事，虽然还不用找医生，但是会想咨询一下具有医疗知识的人。如果她把这些事当作负担，就相当于是放弃了人际关系，还有她的工作。常常有人请她介绍市内值得信赖的医院。在化作语言向人倾诉的过程中，担忧也会消减半分。

林原信辉也是同样的吧。

明明是他主动打来的电话，却立刻就想挂断。她一面觉得他是个奇怪的人，一面却又闭上双眼，想要忆起他的面孔。

"很抱歉打扰您工作了。如果您现在手头正忙，那我回头再打。"

"没关系的。上次见到您也没好好打招呼，真是过意不去。"

她第一次见到林原信辉，并不是在图书馆。去年秋天，学校举行文化活动的时候，他来做过讲座。在工作人员领他去体育馆的路上，两人擦肩而过，还曾点头致意。不过他或许已经不记得了吧。

在没完没了反反复复的问候与自谦结束后，他用略带犹豫的口吻说道：

"其实，我想跟您聊聊我妹妹的事。"

"您妹妹？"

这是她第一次听说林原有妹妹。从报纸专栏的内容，可以隐隐约约地看出他是单身，不过她对他的私生活并不感兴趣。

"是的。我前一阵不是问过您在哪儿上班吗？"

两人的对话没有任何卡壳的地方，但是林原却突然停了下来。他稍微停顿了一下，说道："啊，还是算了吧。"她弄不明白，他说"算了吧"的事，究竟是什么。

"对不起。我打电话之前应该考虑清楚的。"

他又不愿意谈论这件事了。他的处境带来的沉重感，让伶子也紧张了起来。林原是在犹豫，这件事应不应该找这位只有一面之交的保健教师商量。来保健室的学生们，也经常这样欲言又止。持续的沉默。她放低声音说道：

"您不用客气，请讲。"

"这类事情，我已经习惯了。"——这句话她忍住了没说。她感觉到，对方在电话的另一端调整着呼吸。然后，林原再一次道歉，进入了正题。

"上次，在秋津老师个展上见到您的那天，我把妹妹从道央接过来了。因为，代替父母照顾她的外婆去世了，我不能对她不管不顾。"

"您妹妹多大年龄了？"

"二十五岁。"

这一次沉默的是伶子。他究竟想说什么？她不能催促。半分闲聊般的对话，蒙上了强烈的工作色彩。"她吧……"他继续说了下去，"是个很难融入社会的人。我很早就离开老家，一直没有直接观察过妹妹的情况。"

他接着说，自己毫无准备地突然开始和妹妹生活，一切都找不到方向。看来这不是在电话里能全部讲清楚的内容。伶子一方面犹豫着要不要介入林原的私生活，另一方面却急急忙忙以"工作"的名义给自己找了个理由，来接受他的咨询。

"您看这样好不好，改天我回家比较早的时候，去一趟图书馆吧。电话里也说不清。如果您着急的话，请告诉我。"

"您不是很忙吗？我知道，找您商量的这件事很麻烦。老实说，还是怪我自己，身边连个能商量这事儿的人都没有。"

"关系太近，反倒不好开口吧。我的工作就是起这种作用，您不要客气。这两天我就过去。到时候我给您打电话，如何？"

林原一直到最后都还显得过意不去。他刊登在报纸专栏里的文章给人以潇洒的印象，而此时此刻的他却显得有些木讷，下一句该说什么，他都会花上时间想一想。或许，他是一个外在形象与内心存在乖离的男人。乖离——伶子在心中重复着这个词。内外一致的人，这个世界上还存在吗？然后，她想到了躺在身边的丈夫。

内心和外在无限接近的人。也许自己就是被他这一点所打动的。对于秋津拥有的纯粹，她有着憧憬，也有着些许厌恶，她总是在这两者之间摇摆。就在这摇摆不定中，她为着丈夫男性的那部分而随波逐流。做秋津的妻子吧，和这个男人一起漂泊吧——自从她下定这样的决心，十年的时光已经悄然逝去。

她翻了个身。

抬头望着昏暗的天花板，她寻找着能够占卜明天的木纹。她明明知道，渴求这样的东西只会是痛苦，却依然在寻找。

说到底还是自己太清闲了，才会有工夫来左思右想。工作、夫妻关系、婆婆的看护。哪怕只有一件事能让她拼命应付，她都用不着去思考。就是因为每一件事都还不够彻底，所以这不眠之夜才一天接一天。身体太闲了，闲得连不睡觉都没关系。她在内心的角落里怀疑着，难道还有比这里更为舒心的地方？

在个展的第一天，她和丈夫一起俯瞰着车站前大街的路灯。可她并没有感受到，那是可以照耀明天的灯光。她只是和秋津两个人一起漂泊罢了。认定了这样就好的日常，真的是安稳的吗？一想到这个问题她就会感到，在前方等待自己的是无尽的迷途。

那么，什么时候去图书馆呢？睡意已经被推向了无法触及的远方。占据她心灵的，是林原信辉的咨询、婆婆那些天一亮就必须收拾起来扔到垃圾箱去的污物。是从什么时候开始失眠的呢？她妥协地认为，这是年龄增长带来的失眠症状。或许有那么一天，自己也不会再相信那些无聊的借口。在内心深处的某个角落，她等待着这一天的到来，期待着自己的选择。

她心中的天平常常轻微地左右晃动，保持着随时都有可能坍塌的平衡。

去年退休的同事说过的话在她脑海中掠过：

"到了这个年龄，女人的身体也会出现各种问题呢。一个人生活是自己选择的，既不像别人想象的那么孤独，也不是那么优雅。我自认为过得还不错哦。"

在退休前的几年，她一直在和疾病抗争。伶子没有问过她为何一直孤身一人。无论是工作还是恋爱，她的日子总是充满了对生的执着。有时候让伶子感到羡慕。

一切都是自己选择的，所以要负起责任。只要在工作，就可以为了独立生存的寂寞而讴歌。一个人枯萎，一个人入眠，一个人醒来。在自己的内心，渴望"一个人"的性质或许已经沉睡了。如果没有和秋津结婚，恐怕自己现在也正在享受着孤独。

在遇到秋津之前，她对结婚这种形式不抱有任何期待。对方有没有妻子都一样，她只会因为喜欢或不喜欢而行动。老朋友常常愕然于她"失效的恋爱阀门"，也常常用"奔放"这个词来描述她的日常生活。

这么想来，她毫不犹豫地选择了距离老家需要坐五个小时火车、没有一个熟人的地方就业，也是出于这种身心的低温。无论是对人还是对物都不会"投入"的性格，对她包括咨询在内的工作也起到了很大的作用。她不为自己的工作所苦恼，就是因为她不会被一件件咨询的内容所牵制。

身旁熟睡的丈夫并不了解妻子的漫漫长夜。伶子的思绪在同一个地方回旋一周，又回到了原地。然后，道东的清晨早早地来到了。

来到图书馆，是接到林原电话的第二个星期。
"把您叫到我这儿来，真是对不住啊。"
"没关系，我也是回家顺道来的。"
她被领进了四楼的办公室。这是个天花板很高、空荡荡的房间。房间的一半没有电灯。可供五个人使用的桌子一个挨一个地摆在角落，只有那里洒落着荧光灯发白的光。她为个展的事道谢，却反而让他过意不去。参观人数没有达到期待的水平，并不是任何人的错。伶子立刻转变了话题。

"闭馆时间真是延后了不少啊。"

"是的，民营嘛。"

去年他在体育馆谈到图书馆业务民营化时的气势不见了踪影，可见他有多么疲惫。待人接物的温和，是他的真性情，还是他在这座城市掌握的属于自己的处事方法呢？

宽敞办公室的一角，堆放着没人使用的桌子。大概数数就有十张以上。市里开保健教师会的时候，曾经借用过两三回图书馆的会议室。在借书处、地区资料室等借阅者会去的地方，都安排有笑容满面的管理员、动作敏捷的工作人员。时隔很久到图书馆里一转，她发现绷着脸的职员都不见了。她知道，这里曾经的工作人员对人爱答不理，被称为"图书馆的特产"。孩子害怕他们，成年人也都对他们敬而远之。曾几何时，这就叫做秩序。

图书馆的内部管理、活动运营，全由这个房间里的几名工作人员在支撑。这一事实让伶子感到惊讶。在实现民营化之前，五个人就能完成的工作，却投入了很大的人力。看看现在富余出的桌子，就知道当时有多少人。难怪会财源不足。

伶子再一次意识到了林原身上的担子。他本人越是表现得若无其事，越是能够让人想象到他所处的逆境。

她走进办公室里面的会客室，在正面的窗外，前些天和秋津一起眺望过的风景展现在眼前。她停下脚步，放走了惶恐之情。

她背对夜景，在待客用的椅子上坐下。

"你们就依靠这么几个人来准备每个月都开展的活动吗？"

"这样也有好处，比如决策时间就出人意料得短。"

他脸上露出笑容，仿佛早已忘记了第一次打电话时的踌躇。伶子自身似乎也快忘了自己为何来到图书馆。挺了挺背，他皱起了眉头。

"百忙之中请您过来，真是对不起。"

"您妹妹现在在哪儿呢？"

"在家里。"林原的视线移向低处。

伶子回家如果晚上三十分钟，晚饭时间也会相应推迟。如果她七点之后才能到家，秋津就会简单地准备点什么，这是两人之间已经达成的默契。但是，今天她并没有告诉秋津自己何时回家，所以没有时间在这里自在地闲聊。

在这样的情况下，无论对方是谁，耐心地倾听都是最好的选择。但是，她发现自己观察他的目光似乎带着自上而下的优越感，不由得于心不安。

林原慎重地选择着语句。在描述亲人症状的时候，人们很难排除对自己有利的内容。但是，他在讲述自己因为妹妹的言行而产生的困惑时，虽然都是片段，却绝对没有弄错应该传达的信息。

"我读了几本书，发现很多情况她都符合。我只是大概地了解了情况,还没有去医院之类的机构咨询。"

了解了大致的状况,就可以在一定程度上预测到诊断结果。

讲完这一切,林原的表情变得开朗而柔和,但他并不是在羞涩地微笑。他似乎是完成了将伶子请过来后应该完成的任务,松了口气。

"而且,"他停顿了一下,"把她每天都关在家里也不合适。如果放任不管,她的生活会过得每天都一模一样。"

一直面对着拘泥于自己的规则、行动迟缓的人,对健康的人来说应该是一种痛苦。伶子觉得林原是个精神健全而诚实的男人。和婆婆一天二十四小时都待在同一个屋子里的秋津忽然出现在脑海中,她急忙赶走了他的影子。为了更为彻底地提供意见,她继续问道:

"您妹妹有什么特长吗?"

"特长?您是指什么?"

"我想,她或许有某种比别人更为出色的能力。"

"出色的能力?"——说完这话,林原合上了嘴唇。

"有没有什么事情,是您觉得只有您妹妹才做得到的?包括那些不起眼的、对于林原先生而言微不足道的事情。"

他的脸上闪过了一丝犹豫,然后他直视着伶子说:"我妹妹对书法略知一二。据我观察,她似乎对物体的形状、颜色、布置很感兴趣。"

大大小小形状各异的拼图块在她的意识中集合起来。

秋津口中"有意思的人"难道就是林原的妹妹？图书馆、书法、有意思的人、二十五岁、女性、个展第一天提出的大胆意见。林原排列出的词汇和丈夫抱有的印象，凹凸之处准确地吻合在一起，开始连成一片。在伶子的脑海中，呈现出一个年轻女子的形象。

林原的视线越过伶子的肩膀，投向了她身后的景色。伶子慢慢地转过身去，看见街灯正在将触手伸向河面。她吸了一口气，朝林原转过身来。

"我觉得，把您妹妹安排在一个可以发挥她能力的地方应该是很重要的。如果能让她集中精力的事情是书法，那我丈夫应该可以帮上忙。我觉得这也是种缘分吧。"

她的无心之语，让林原的眉间出现了些许皱纹。她看不出，这到底是理解，是不快，还是抱歉。

就在伶子到图书馆去找林原的那周周六，纯香来到了秋津的书法教室。

"您好！我是纯香。"

"初次见面，我是秋津的爱人。非常感谢你能答应做他的助手。"

"我是纯香，请多多关照。"

出现在玄关的她，双眼如此清澈，让人理解了她哥哥的担心。她看上去就像个少女，可是又不太一样。林原说过，"她心灵的成长没有跟上她二十五岁的年龄"，而她的双眸清楚地印证了这一点。她给伶子留下的印象，是和她这个年龄应有的美貌无缘的、甚至让人连性别都会忘却的、纯洁的透明感。

伶子和秋津商量之后，决定请纯香做"书法教室的助手"。他们认为，如果她以助手的身份工作，会有时间和孩子们接触，不仅可以减少林原的担忧，也可以在一定程度上淡化周围人在她身上感受到的不谐调感。

当伶子以办个展时受到过帮助为由提出这个方案时，秋津没有掩饰自己的惊讶。他爽快地承认，自己一度提到的"有意思的人"就是纯香。对于林原直接和伶子联系这件事，他似乎也没有感到诧异。比起这件事，他更为关注的是纯香本人。伶子觉得，丈夫那透明的、似乎一眼就能看穿的心灵，以及做人的率直，如果简单概括的话，和纯香拥有的纯粹感非常接近。他忠诚于欲望，让身边的人不知所措。比起周围人的想法，比起理性，他有着连自身都解释不清的优先顺序。

她一方面感到羡慕，另一方面却又揣测，或许这样活着不易。虽然丈夫面对纯香难掩兴奋之情，却并没有在伶子心中掀起波澜。

"我希望你能一步步地适应这个教室。今天是星期六，来上课的人可能会大人孩子各一半。如果纯香你能负责孩子们的学习，我会很高兴。"

他连声调都和平常不一样。

无论是秋津还是伶子，都知道纯香就是他在个展上碰到的那个"有意思的人"。只因为让纯香来是妻子的主意，所以秋津和纯香的相遇就获得了"妻子的谅解"这一免罪符。

看着纯香，伶子似乎也理解了林原对今后的生活所抱有的不安。她忽然意识到，在丈夫和纯香的相遇获得了公开许可的同时，她自身和林原的相遇也同样得到了允许。

纯香给伶子留下的印象使她想起了林原，这让多少已经适应这种场面的她也难以保持平静。某种东西从内心微微裂开的伤口中渗透出来。如果说是不安，感触却又如此鲜明。内心某处，稍微用力就会喷出鲜血，可是她却犹豫着，不愿去确认。另一方面她又想到，不知会有多少人因为纯香清澈的眼眸而受到伤害。林原的模样慢慢地从心底浮现，朝她追来。

书法教室周末从上午十一点开到下午三点。在这期间，伶子会在厨房里干活，处理堆积起来的家务事，打扫卫生。这是近些年来从未改变过的情景。电视机从早开到晚，遥控器在婆婆手里，从没放开过。

在包括电费、取暖费等的生活费方面，伶子从来没有对秋津提出过节约的要求。她并不是不管不问，也不是完全放弃。她本人认为，这是因为她对这种生活缺乏女性的细致。无论是她对秋津母子生活上的支撑，还是作为他妻子的立场，在她看来似乎都是别人的事。

最近，面对自己和共同生活的人之间的距离，她也不再试图去缩小了。不管怎么去突破，如何去割离，"人是孤独的"这种感受，从来没有离开过她的心灵。

她用吸尘器从二楼卧室打扫到一楼，没有漏过一个角落。虽然开着窗户，但是她总感觉吸尘器的排气口有一股尘埃的气味。或许到了该换新机器的时候了。她第一次这么想已经是在两年多以前了。虽然经济上并不宽裕，但也并没有困窘到连吸尘器都买不起的地步。

伶子觉得，注意到了吸尘器的这个问题，却能不管不问地用上两年，完全和自己的薄情有关。在别人眼中，她是个对秋津母子仁至义尽的妻子，而这或许也是她的薄情所照射出的影子。

她把吸尘器收在楼梯下的储藏室里，刚缓了一口气，就听见婆婆在喊她：

"伶子，我想上厕所。"

最近，秋津在身边的时候，婆婆总是用更加虚弱的声音呼唤儿子的名字，用撒娇般的声音缠着他换尿裤。伶子独自在家的时候，她就会把整个身体的重量都压在伶子身上，让她支撑着去卫生间用马桶。伶子心想，这种情况一个星期也就一次两次，所以都很配合。她把婆婆动不了的左胳膊架在肩上，帮助她行走。婆婆全身的重量几乎都压在伶子身上。不知为何，每次她搀扶婆婆去卫生间的时候，都会想起吸尘器还没有换成新的。

支撑家庭的经济开销，让伶子从看护婆婆的工作中解脱了出来。一天二十四小时做这种事，她是办不到的。一周一次，她倒是可以温柔地完成。

她把婆婆的睡裤和纸尿裤褪到膝盖，让她坐在马桶上。

"好了，妈妈，您请便。"

她一坐好就板起面孔让伶子把门关上。真是可笑，明明上完厕所她还需要伶子给她擦屁股。婆婆不会对她儿子说自己要上厕所。就算还来得及去卫生间，她也会用穿在身上的纸尿裤办完事，然后让儿子给他换干净的。如果指出这一点，会惹她生一阵子气吧。伶子默默地陪着她。

在健康的时候能够隐藏的情感，会由于身体无法自如活动而暴露出来，首先露出苗头的或许是焦躁。不可思议的是，伶子没有感到生气。在婆婆活动不便的身体某处，依然藏着一个"女人"。在秋津面前，恐怕这一点比自己还要明显。这种想法让她脊背发凉，也让她对丈夫深深地感到同情。

下午三点过，送走最后一个学生后，纯香来到了厨房。伶子招呼她说："你辛苦了。"

站在正在沏茶的伶子身后，纯香说道：

"伶子，今天谢谢你了。"

伶子听到她叫自己的名字，吃惊地回过头。在纯香背后，秋津眯缝着眼睛，好像是在不好意思地微笑。他轻咬着下嘴唇，显得困窘而尴尬。

"她问我你叫什么名字。"

"你想好好道个谢对吧？我才应该谢谢你呢。我这就沏茶。"

"我要回家了。我和小信说好了一下课就给他打电话。请让我打个电话吧。"

就在伶子把手伸向电话子机的同时，纯香从拉绒衫的口袋里掏出了一个白色的手机。一眼就能看出，那是个儿童手机。

"是小信吗？我是纯香。刚刚下课。"

兄妹俩的对话几秒钟就结束了。纯香面对秋津和伶子，深深地鞠了一个躬。

"小信在等我，所以我要去图书馆。"

看来她并不打算礼节性地接过茶水。秋津投向纯子的视线，和投向婆婆的相似。伶子轻轻地叹了一口气。自从听见了四十岁的召唤，她对人们心中时隐时现的感情——包括她自身的——减弱了兴趣。这种暧昧的感觉并非厌倦，却难以名状。

"那么，下一次是周二的三点。如果你来不了，请给我打电话。"

当伶子把她送到玄关时，她再一次从口袋里掏出了手机。熊

猫手机链在摇晃着。她把手机递到伶子面前,严肃地说:

"伶子,请帮我把教室的电话号码记录在三号键。来不了的时候我给你们打电话。秋津老师说他不擅长机械的东西。"

丈夫既没有手机,也不擅长操作机械,连电脑都不用。录入家里的电话是没有问题的,但是她在犹豫,在没有得到林原许可的情况下,这样做是否合适。伶子用眼神询问秋津。

"确实是这样,我不擅长机械。"他苦笑着说。

"纯香,不和你哥哥商量我就自说自话地把电话录入进去,是不是不太好啊?"

"我不能再给外婆打电话了。所以请你把号码输进去吧。"

她试着想象兄妹二人隔着这个儿童手机,进行了怎样的对话。伶子接过手机,录入了电话号码。

"这个熊猫手机链真可爱啊。"

"是的。这是世界上最漂亮的配色了。没有比它更美丽的生物了。"

纯香得意洋洋地说。

她在玄关鞠了个躬,朝着图书馆的方向走去。送走纯香之后,伶子问秋津:

"不用送她吗?我有点担心。"

"这也是馆长考虑到的一个学习环节吧。不是吗?"

秋津的鼻翼微微膨胀。表情和几天前她把林原咨询的事告诉他的时候一样。

她用冷冻的白酱做了奶汁烤菜当晚饭。煮得略软的米饭,再加上一些梅干。这个菜单自成一派,却有些奇怪。她把看护床的靠背摇起来,喂婆婆吃饭。婆婆的右手还握着遥控器,没有一点要自己吃的迹象。这种行为,或许是她对自己不听话的身体、对儿子、对儿媳的情感表现。

伶子刚拿着托盘回到厨房,婆婆就把遥控器扔在了床上。正在看报纸的秋津跑过去,把遥控器交回到母亲手中。可是她又扔了。同样的动作她重复了三次,儿子也就放弃了。今天,丈夫要在沙发上睡一个晚上。秋津和伶子二人,就这样过着以婆婆为中心的每一天。没有一个人,能够解释清楚这个家里发生的事情,以及婆婆带来的不合理。

反常。

这种现实用一个词就可以概括,但是他们却过着给它裹上了好几层缓冲材料的生活。在林原纯香清澈的瞳仁里,这样的光景会是怎样的呢?洗完衣服,她朝镜子望去,里面映照着一张笑脸。在荧光灯的照射下,这笑容发白,让人厌恶。

洗完澡,伶子用浴巾裹住身体,正在吹头发,秋津就溜进了更衣室,站在她身后。还没等她开口,丈夫的手就从浴巾的下摆探了进来……

他们有着互相给予的身体。十年的岁月,对待两个人的关系格外温柔。

为了开卧室暖气，伶子上到了二楼。她站在房间一角的桌前，打开了电脑。陈旧的机型，等它完成启动，房间差不多都暖和起来了。这本是送给秋津的生日礼物，可不知从何时起，只有伶子才使用它。这台电脑，不仅查东西收邮件需要很长时间，而且很快就会发热，所以不能长时间使用。单位和分散在管片内的保健教师协会有事联系时，会给她单位的邮箱发电邮，所以她每隔两三天会打开这台电脑一次。现在几乎所有的事情都用手机邮件处理，发到电脑上来的，不是注册过的函购网站的介绍，就是垃圾邮件。她要把已经看过的和没用处的邮件删掉。就在还剩下几封邮件的时候，伶子的手停了下来，她看见了一个主题为"我是图书馆林原"的邮件。

秋津伶子女士：

　　我是图书馆的林原。今天，我妹妹时隔很久又闻到了墨汁的气味，心情很好。谢谢您。坦率地说，我一直很不安，担心自己是不是强人所难了。自己变得轻松，或许也意味着增加了别人的负担。

　　我希望不要给秋津老师和夫人您带来麻烦。如果出现你们处理不了的问题，请不要客气，尽管告诉我。

　　除了选书，我帮不了你们其他的忙。所以，您要是有什么想读的书，请随时与我联系。您选书的时候，如果能告诉我一声，我会很高兴。请代我向秋津老师问好。

　　虽然通过邮件的方式有些失礼，但请允许我在此谨表谢意。

林原信辉

　　伶子去图书馆拜访的时候，给过林原印有联系方式和自家地址的名片。如果不是正好赶上了星期六的晚上，她也不会打开家里的电脑吧。要是在平时，这封邮件是不会在当天就打开的。她想起了林原前额上摇晃的黑发。她想象着顶着逆风启程的他在这座城市的生活。

　　原来是"谨表谢意"啊。

　　想从形式固定的感谢信中揣测他的内心想法，真是愚蠢。伶子在邮件接收时间的六个小时之后，做完了睡觉的准备，才给他回了邮件。既然他的邮件用的是固定格式，伶子这边也一样。只是，她犹豫着要不要在邮件末尾写下自己的手机邮箱地址。她凝视着屏幕，几分钟后，敲下了"另外"这两个字。

　　家里的电脑旧，我不怎么用。邮件往来基本上都依靠单位的电脑和手机。如果您又想到什么不放心的事，请通过以下的手机邮箱联系我。这样我就能立刻回复了。任何时候都可以。今后也请您对我多多关照。

秋津伶子

她按下发送键之后才留意到,其实没有必要给他自己的名片。由于秋津的关系,无论是自己家的电话号码还是地址,林原都知道。伶子两次主动把自己的邮箱地址告诉他,无非意在请他和自己私下联系。

4

天空出奇的蓝。

新闻里正在说着今年的首场降雪不知道什么时候才会到来。这座城市冬季的日照时间很长，在全国都屈指可数，但是降雪量却很小。这或许也是让人感觉寒冷的理由之一。失去绿色的树梢和道路两旁枯黄的草坪，让人感觉户外的空气正在逐渐冷却。

"墨龙展"的结果很快就要公布了。如果获奖，最迟一周前本人就应该会接到通知。作为首次公开征集的展览，单从一长串赞成者的姓名和数量来看，就已经在一定程度上成为了大家的话题。在忙于照顾母亲和经营教室的日子中，秋津不知道这一天会在什么时候到来，自己需要等到什么时候，他急不可耐。

秋津凝视着已经完全适应了教室里中小学生的纯香，思绪复杂。因材施教是件难事，而纯香却轻而易举就做到了。一拿起笔来，她身上那种"偏差"就消失了踪影。这让他觉得太不可思议。

——你握笔的位置再高一厘米，这样手腕就可以活动自如了。

——你把头朝右边倾斜一点，挺起胸来。这样写出来的字就可以大一圈了。

——不是动笔，是动手肘。动的时候幅度比纸张更大，就能让留下的空白更加漂亮。

纯香的具体指点让学生们惊讶，按照她说的来做，又会更加感叹。

秋津不是这样指导学生的，他也做不到。纯香的指导，有着经过计算的基础。而她本人看上去却并没有注意到这一点。这一点让秋津更受刺激。

平时这间教室就是以中小学生作为对象，但现在"纯香老师"却一个人独占了孩子们的喜爱之情。尤其让人吃惊的是，每个月有一半时间都不来教室练习的初二学生泽井嘉史，竟然不再请假了。他自从读小学开始就在这里学习，但是进入高年级后就常常缺课。

几乎所有的学生都是因为厌倦和难以分配时间而离书法越来越远。等到他们长大成人，想要再次握笔的时候，便成为了爱好。只有很少一部分人初中毕业升入高中，甚至升入大学后还在坚持。为了不让书法最后只能成为一个爱好，在厌倦的时候不要搁笔是最为重要的。秋津有些瞧不起离开教室的孩子们，这和他一心想以书法作为立身之本是有关系的。他也意识到，自己对"老师"这个称呼毫无抵触，也是缘于这种傲慢。

泽井嘉史的母亲在这附近开了一间绘画教室。据说她让儿子到书法教室上课，是为了训练他更好地处理细处的运笔。她是一个说话直截了当得令人吃惊的女人。严谨的妆容、偏短的娃娃头发型。她常穿的衣服，看上去就像是把黑色布口袋颠倒过来套在身上一样。

虽然嘉史在家里也握笔画画，但是自从上了初中，无论是绘画还是书法，他都不投入。在秋津看来，纯香到书法教室来之后，变化最大的就是他。

教室很小，八张长方形会议桌纵向地分为两列，才算勉强地腾出了一条过道。自从习惯跪坐的孩子越来越少，教室里就开始用上了椅子。要按照母亲对秋津的一贯教育来看，坐在椅子上写毛笔字简直太过荒唐。随着时代变迁，想法和教法也都发生了变化。

平时，教室从三点开放到七点，学生可以选择自己方便的时间来。前半段来的是小学低年级学生，稍晚一些的是高年级学生和初中生。人多的时间段大概有十个学生。

已经过了六点。只剩下大概五个学生了。

纯香在过道后方观察着孩子的动作。和平时一样的白色拉绒衫配牛仔裤。秋津面对孩子们坐着，在略大一些的日式书桌上批改他们各自的作品。按照规矩，孩子们会在写完三张字之后，选出自己觉得好的那一张交给秋津修改。这一过程重复两三遍之后，挑出当天最好的一张。在教室的墙壁上，排列着当月的优秀作品。

纯香站在准备好了半幅宣纸的嘉史身后，说道：

"小嘉，你试试把两个肩膀摆在同一高度。这样的话，写'撇'的时候会更轻松。"

从秋津坐的地方望过去，能够清楚地看见嘉史强忍怒火的表情。虽然纯香的指点很在理，但是这位十四岁的少年似乎感觉自尊心受到了伤害。他抬起半张脸，露出和他的年龄并不相符的刻薄表情，说道：

"纯香老师，你可以做个示范吗？"

纯香在嘉史的座位上坐好，摆好了在秋津个展上展示过的漂亮姿势。用保养得并不好的便宜毛笔往宣纸上拂去。她缓缓地写出一撇，连最后的收笔都保持匀速。仿佛围绕纯香的空气都停止了流动。纯香从座位上站起身来，比她高出一头的嘉史在她旁边噘着嘴，一脸不悦。

"你还真的只写一撇啊。"

"我是在教你怎么轻轻松松写好'撇'的方法。小嘉需要注意的就是肩膀的位置。"

"我是想看看纯香老师会写什么样的字。"

因为被要求做示范，所以纯香就两肩同高地给他做了一遍。按理说，面对要求，纯香应该问问他需要"写什么字"，或者是按照秋津的范本完整地写一个字给他看。

秋津在远处听见他们的谈话，发现了两个人对话和思维的不协调。纯香好像并没有理解嘉史的意思。既然被要求做示范，那就把几乎称得上完美的姿势和技术展示给他看。这是她指导学生时的诚意。虽然嘉史不明白这一点，但是秋津可以理解。

"嘉史，赶快写完一张拿给我。"

秋津吸引了他的注意力，少年坐了下来。纯香注视着嘉史的手法，过了一会儿便移向了旁边的桌子。从刚才开始就一直犹豫着不知该提交哪一幅字的六年级女生，正在朝纯香微笑。

"第一届墨龙展获奖作品公布"

这是在十二月中旬。

既然应征的作品超过了千幅，自然关注度也在不断上升。大奖获得者成了专业杂志和报纸各方争抢的人物，估计在很长一段时间内都会格外忙碌。

秋津注视着版面中央的"隗"字和照片。

"肩负着年轻书法家的希望"

夸张的标题或许是多余的。获奖者是位三十七岁的女性。据说她是从初中开始习字的。报纸上这位年轻书法家的笑脸，看上去轻松愉快,似乎在仰望着秋津尚不知晓的天空。他把报纸叠起来,放在了桌上。

评语中说,选择"隗"字的应征者数量相当多。能让容易想到的构思在作品中多大程度地展翅飞翔,成为了一决胜负的关键。"真是个无聊的标准"——这个想法在秋津脑中闪过。但是真要说出口来,也不过只是不服输的嘴硬而已。

伶子把面包和咖啡放在报纸旁边。他想爽快地把结果告诉伶子,却犹豫了。如果没有伸直脊背,他感觉自己的体面似乎就要从身体的各个部位漏掉了。他轻轻地叹了一口气。

"又得去找新的纸墨了。"

"这不也是一种乐趣吗?"

他干笑一声表示回应,迎来了一成不变的早晨。在这种情况下,伶子的话里没有挖苦的意味,这一点他还是清楚的。这是她特有的鼓励。就这样吧,也没什么不好——秋津如此想道。这是十年共同生活的日子所创造的成果。

伶子把黑糖放到秋津的杯子里,问道:

"纯香怎么样?"

"什么怎么样?"

"她在书法教室没出什么问题吧?我周六只是看见她在,但是不知道她有没有收获。"

"馆长后来问没问过你情况?我觉得吧,她和别人沟通还是存在困难。"

　　伶子偏了偏头，把视线投向了稍远的地方。对话没有继续进行下去。

　　最先提出让纯香来教室工作的是伶子。或许是因为她有个保健教师的头衔吧，时不时会有人来找她咨询意想不到的事。面对那些打听市内医院信息的人，还有咨询病情的教职员工，她都像对待家里人一样聆听他们的电话。这样的身影，他一直以来都近距离地注视着。林原馆长没有找秋津，而是找到伶子咨询，或许也是因为比起所谓书法，他更为担心自己和纯香的整体生活吧。

　　多亏这样，纯香才得以来到秋津身边。当时，秋津因为能够亲眼目睹她的才能而内心欢喜雀跃。自从收留纯香，已经过去快两个月了。她守时，也绝不请假。不过，她只做秋津要求她做的事，其他事情一概不插手。秋津尝试着跟她聊聊天气，聊聊孩子们的情况，她也几乎没有显示出任何兴趣。

　　纯香还没有在秋津面前写过一幅谈得上作品的字。她写给孩子们看的字，因为是模仿秋津的字帖写的，所以看不出她自己的功底。

　　纯香身上存在一种危险。她似乎一旦被抓住，就会拔腿逃跑。用居高临下的态度和她说话是不行的，然而卑躬屈膝又会让自己受伤。纯香是有着女性形体的孩子。坦率地说，他自己也还没有理清头绪，自己究竟是不是真想了解潜藏在纯香体内的能力。

"阿龙,我今天会晚回来一些。"

伶子指着贴在冰箱上的计划表说道。上面用紫色的笔写着"新年联欢会"。

"我们都做着同样的工作,所以就像同学会似的。过了二十号,大家就该忙起来了。协调了半天,最后定在了今天。我尽量早点回来。"

没关系,不用有什么顾虑——话已到嘴边,可秋津又咬住了嘴唇,"嗯"地答应了一声。各式各样的想法在他的脑海里浮沉。想要做她的好丈夫这一意识,现在正在问他自己:"你不觉得这样做太过低三下四?"

伶子出门后的家,总是飘荡着一种褪色发白的气氛。或许是心理作用,在没有妻子身影的家中,母亲那些污物的气味变得更加浓烈。他打开了窗户,轨道发涩得厉害。房间里的温度一下子降了下来。在窗前站着,都能看见呼出的白气。

他看看钟。今天上午十点,母亲会被接到日间看护中心①去洗澡,四点钟回来。这段时间他可以自由支配。他给室内换气,把床铺收拾干净,将母亲的换洗衣服装进了纸袋。电视机的频道

---

① 为高龄人士提供洗浴、餐食、功能训练,指导护理方法的设施。

在不断更换。不管是什么节目，他都不愿意和母亲一起看。他一面想着，这可不是一个好倾向，一面却又回过头去看了一眼摆在餐桌上的报纸。

"肩负着年轻书法家的希望"。

读来读去都觉得这是个陈腐的标题。谁会把希望寄托给站在顶峰的人啊？胜利者的采访报道，和湿地上生长茂盛的芦苇、枯萎的草坪没什么两样。一问一答中的每一个词语，都只是在巧妙地包裹暴露无遗的野心。时间一分一秒过去，秋津内心逐渐被恶意所充盈。

"小龙，小龙。"

他站起身来，把装着母亲换洗衣服的纸袋扔在了地上。床上，母亲的喉头作响。那是一种他从来没有听到过的声音，她的眼中流露着胆怯。他瞪着母亲睁开的双眼。

从贴身被褥的缝隙间，飘过来一股尿臊味。秋津感到沮丧。他已经厌倦了，厌倦了这个丑恶的生物是自己的母亲，也厌倦了去承认这一点。

曾经是自己母亲的人。

现在却变成什么了啊？

他心想，自己明明是在这个人全心的关爱下长大的。在母亲病倒之后，他才发现，所谓母子之间的牵绊，是双方都神志清楚的情况下才拥有的理想。无论怎样祈祷，也无法再次获得母亲的爱了。这样的结局，会公平地降临在每个人的头上吗？他思考过这一问题，却没有得出令人满意的答案。谁又会想到，有一天，记忆中的爱的形状和气味都会被忘怀？

感情的磨损，他比母亲觉察到得略早一些。也有可能略早一些觉察到的是母亲。他期盼着，她到了最后一刻，都还能维持母亲的形象。秋津因为自己的愿望而受伤。

他一言不发地掀开被子，替母亲换好纸尿裤，把脏的放进塑料桶。眼泪不知不觉地顺着脸颊滑落了下来。

"妈妈，您就放过我吧。"

他把额头顶在看护床的栏杆上哭了起来。这是个为了能把儿子培养成一流书法家而几乎耗尽了家产的人。母亲用那皮肤薄得只剩一层的手，抚摸着秋津的头发。

他把厨房里的东西洗干净，将母亲交给了日间看护中心的人。今天他没有心思握笔写字。家里一片寂静，然而秋津身体的内部更为安静。他似乎觉得沉重的内脏已经从他的身体里抽取了出来。

他卷起母亲用过的床单和浴巾，扔进洗衣机。至少在洗衣机转动的时候，出去透个气吧。他这么想着，套上了羽绒服。活动如常的身体，今天似乎也变得更为轻巧了。他拿着钥匙来到了走廊。

踏入秋津家玄关的人，常常说他家充满了墨的气味，但是居住在这里的人却闻不到。他自从出生起就一直闻着这股气味。这是一直笼罩着母亲的气味。他决定晚些时候再来打扫教室。当他把一只脚塞进登山鞋时，电话铃响了。他回到厨房，拿起了听筒。

"老师，我是纯香。您好吗？"

"啊，是我。我挺好的。"

纯香毫不在意秋津的不知所措，开朗地说：

"早晨，圆圆的冰一个接一个从河面上浮起来。我一直盯着看，可是不知什么时候它们又全都不见了。那是什么啊？"

她指的应该是荷叶冰。它们会在寒冷的清晨漂浮在河口附近，就像这座城市的风景诗。在无风的冬季清晨，铺在水面的薄薄浮冰会被波浪分割开来，看上去就像卷着边儿的荷叶。他刚要开口告诉她那是荷叶冰，又忍住了。这就快到十一点了。纯香究竟是从什么时候开始盯着河面的呢？

"纯香，你现在在哪儿？"

"我在桥上。"

"你说的桥，是币舞桥吗？"

"是的。"

他没有打听她在那儿已经待了多久，只是告诉她十分钟以内自己就会到。

"老师也想看河吗？"

"嗯。我这就跑过去。太冷了，你先到对岸的屋子里待着吧。我立刻就能找到你。"

桥对面是渔人码头。半圆形屋顶的绿化设施是温室，去里面的话应该会暖和一些。对面是商务酒店、观光介绍所。哪里都行。

秋津冲下连接币舞桥的坡道，把腊月里寒冷的空气吸进肺部。每呼吸一次都会感到胸口发疼。鼻子、喉咙和气管都开始变凉。他朝着白色气息的另一端跑去。

直到他跑到桥头，才觉察到自己压根没有想过要联系林原。他看见一名女子用胳膊撑住栏杆，一动不动地俯视着河面。一直走到离她还有几米远的地方，她抬起了头。白色的气息让视野模糊不清。一吸，一呼。纯香的脸庞在清冷的空气中时隐时现。

"纯香，你怎么了？冷吧？今天早晨气温可在零度以下呢。"

"我在散步，老师。"

长及小腿的白色羽绒外套，再加上耳套、拉绒手套，全都是白色的，只有围巾是紫色的，上面点缀着白色圆点。纯香说话的时候呼出的气息也没有变白。她到底在这里待了多久？

"你跟你哥哥说过了吧？没让他担心吧？没关系吗？"

一听秋津这么问，纯香就从羽绒服口袋里掏出了白色手机。熊猫手机链在摇摇晃晃。他跑过去，看看纯香手中的电话，发现来电显示的界面排满了"信辉"的名字。所有的来电都显示"未接"。

"你哥哥在担心你呢！为什么不接电话？"

"小信喝了好多酒才回来。"

"现在是开新年联欢会的日子。那是他的工作。林原馆长有很多应酬，很不容易的！"

她毫不掩饰地露出闹别扭的任性表情。秋津迅速地抽过纯香的手机。

"快和你哥哥联系一下。我不知道究竟发生了什么，但是像这样让你哥哥担心是不对的。"

"小信浑身都是化妆品的气味。"

因为他是个男人啊——秋津忍住了这句话。一旦接纳了这个令人伤脑筋的妹妹，和她一起生活，就必然会出现各种无法获得她内心谅解的问题。他想起了坐着轮椅被抬上日间看护中心面包车的母亲那双空洞的眼睛。

"总之，先和你哥哥联系一下吧。拜托你，给哥哥打个电话！如果你不愿意跟他说话，我来说！"

纯香还是那副任性的表情，她按下按钮，把手机推给了秋津。他立刻听见林原呼唤妹妹名字的声音。秋津先报上家门，然后说清了自己在家接到电话跑来币舞桥的来龙去脉。一听到打电话的是秋津，林原的声音立刻低沉了下来。

"对不起。给老师您也添了麻烦。"

林原的应答有礼貌得让秋津觉得过意不去。这种礼貌让秋津不明原因地感到了不快。林原说这就来接纯香。

"馆长还有工作要处理吧？我今天正好有空，现在就把纯香送到……"

还没等秋津说完"图书馆"这三个字，手机已经从他手中消失了。

"纯香去秋津老师的教室。小信爱怎么工作就怎么工作吧。"

秋津愕然地抬眼看去，纯香已经把手机收到口袋里，朝着坡道迈开了步子。他追了上去。呼出白气的只有秋津一个人。纯香默默地朝坡上走去。秋津在半山坡回首望去，黛色的天空正从自幼就看惯了的太平洋那黑色的海平面上升起。

他把进了屋还闷闷不乐的纯香赶到了厨房。

秋津一回家就立刻调高了强排式取暖炉的温度。纯香进屋就脱下了羽绒服。他说房间里还冷，纯香就回答道，在家里还穿着外套很奇怪。虽然她行为古怪，但是说话却有条有理，死板地遵守着规则。因为过于极端，反倒形成了纯香独有的奇怪之处。

秋津把热好的牛奶倒在马克杯里，放在桌上。纯香端起杯子，立刻又放回桌上。

"你不喜欢吗？是不是茶或者咖啡更好？"

"烫。放凉一点我再喝。"

她是不是从荷叶冰出现的清晨开始就一直在桥上呢？荷叶冰的大范围出现要在新年之后。现在还不到太阳升高后能在河面看见冰的时节。

秋津对林原每一天的生活产生了同情。这不是母亲和妹妹哪一个更好的问题。共鸣和优越感交织在一起，从心灵的各个角落席卷而来。

秋津把手拿杯子的纯香安置在厨房，拿着电话子机走进了教室。他必须和林原联系一下。从按下图书馆的电话到馆长来接听，大概花了一分钟时间。

"对不起。我正想去您家，所以下到一楼去了。"

"哪里哪里，我才感到抱歉呢。"

林原说道："给您添麻烦了。"听上去还有些气喘吁吁。秋津没有等他继续说下去便开口道："今天教室没课，所以我想让纯香写点自己喜欢的东西。她拿起笔来，心情可能也会发生变化吧。"

"老师，我妹妹没说什么奇怪的话吧？"

照林原的话来看，他在黎明时分到家之后，和妹妹吵了一架。但是他没有提及原因。秋津感叹他们俩的争吵简直就像是夫妻间拌嘴，同时又对兄妹俩产生了淡淡的嫉妒之情，让他无法单纯地笑起来。他的思绪如同波澜，搅动起心底的泥沙。"总之，"他掩饰着自己的情绪说，"等馆长工作结束后，我把纯香送到图书馆。七点左右可以吗？"

听到林原答复说，再早一些也没问题，他笑着回答：

"其实，和纯香聊天我觉得挺愉快的。她很讨孩子们喜欢呢。虽然谈不上对她平时工作的感谢，但今天您就让我来负责她吧。"

面对过意不去的林原，他反复说明自己的空闲后，挂上了电话。秋津没顾得放下手机，就给温度已经降到七摄氏度的教室通上了暖气。要让纯香认真地写字，只有今天才有机会。他打开晨报时的那种灰心丧气隐藏起了身影。让她写来看看应该就可以把握她的水平。但是他不想轻易进行试探。秋津回顾着故意不让她握笔的这段时间，深深地吸了一口气。

秋津把习字用的桌子挪到一边，铺上了写条幅用的毛毡。秋津授课用的桌子后面，收藏着古人的墨迹、假名初级水平到高级水平的许多本字帖。全是些在旧书店都很难找到的东西。

"什么都行，写点你喜欢的吧。可以调节一下情绪哦。字帖有的是！"

旧的也好，新的也好，还有笔墨纸张，他都想让她选自己喜欢的。纯香站着不动，低头盯着毛毡看了一会儿。秋津耐心地等待着纯香开始行动。

"毛笔呢，你可以从挂在那儿的种类里选。如果没有你中意的，这边还有。"

他指指间隔均等地悬挂在九尺宽的窗户上那些大小不一的毛笔，又拿出一个箱子来，里面装着尚未使用的毛笔。纯香缓缓地靠近窗边，从悬挂的笔当中取出了一支狼毫。要说好写，应该是没有其他笔能赛得过它了。但是秋津还是因为她选择了太过普通的毛笔而感到失望。但是，她究竟打算用如此平凡的笔写些什么呢？失望的情绪立刻变成期待回到了秋津的心头。

秋津参加公开征集的纸还剩了几张。他把教室角落里的桐木抽屉指给她看，告诉她这里有纸。或许应该让她先选纸吧。不，他又摇摇头。追赶纯香强弱不明的动作，让他的侧腹和背脊上都淌下了冷汗。汗水一边风干，一边夺走了秋津的体温。

纯香把毛毡重新放了个地方，还调整了一下方向，背朝着秋津的桌子。在那里写的话，笔尖会因为暖炉的热风立刻变干的。要不要提醒她一下啊？不，等等看。上课时指导孩子们的她浮现在秋津脑中。或许她有自己考虑的因素。

秋津在指导用的桌子后面坐下，尽量不让自己进入纯香的视野。

纯香把表面粗糙的宣纸铺在毛毡上

她把墨汁倒进准备好的稍大的端砚中，在墨池里研磨好两种青墨。他从来没有见过这样的场景。在干燥的室内，最为干燥的位置，这个女子到底打算写什么呢？

看来她不需要字帖。秋津屏息凝视着纯香的后背、肩膀,还有沾满墨汁的笔尖。她把一尺乘四尺的条幅纸放在脚下,慢慢地蹲下身来。

第一笔便是逆笔。纯香的身体随着文字起伏。强弱,缓急。停止,伸展,提起,放缓,挥开。

他情不自禁地发出一声叹息。

署名。

秋津回过头去看看身后的墙壁,脖子拧得都快断了。墙上有着和纯香刚刚写下的字迹同样的笔痕。他再一次看看纯香写的字,又回过头来。

和框里的作品相同的署名。

那是秋津母亲的师傅,现在已经步入黄泉的畑本康生的字和署名。

室温和干燥的速度、墨汁的浓度、选纸。

等它完全干燥,装裱之后就能明白。秋津清楚,只要有落款,将诞生一件和原作无法区分的作品。

空气缓和了下来。纯香在左侧角落的空白处画上了一个巴掌大的叉号。

"你做什么?"

他跨出一步抓住了纯香的胳膊。她的回眸与秋津的不安撞击在一起。她因为他的吼声而露出胆怯的神色。他道了歉,然后调整了一下呼吸问道：

"你为什么要画上一个叉呢？"

"外婆让我这么做的。"

纯香眼神胆怯地回答道。他想象着林原兄妹的外婆是怎样的形象。好像说她像兄妹俩的母亲一样。

"外婆说，模仿别人作品的时候，要画上叉号。"

"来。"

他拿走了纯香手里的毛笔。没有笔的她，变成了一个无依无靠的少女，两只胳膊环抱着纤细的身体。恐惧与嫉妒、未曾体验过的悲哀开始在秋津的内心冻结。因为飘忽不定的波浪而边缘卷曲的荷叶冰。拒绝相互间的联系，磨平棱角，将边缘卷曲起来，在河面上不停漂浮的荷叶冰。

连揣摩纯香的内心都令人感到害怕，感到寒冷，也正因如此，他无法放手。

伪作——

纯香拥有的异质才能，震动了秋津的心底。

5

　　安排纯香睡下，信辉再次回到了图书馆。

　　傍晚时分，当秋津把纯香领到图书馆来的时候，他一次次地低头致谢。"能让我来负责纯香吗？"——他花了不少时间才领会了秋津这句话的意思。

　　"我想让纯香练习书法。这样一来，待在教室里的时间会比以往长。这一点请馆长谅解。"

　　他没有能够拒绝的理由。只是他总觉得，如果一直像这样放下肩上的重担，不知何时定会遭到报应。就像外婆曾经在信辉面前表示过对纯香的担忧一样，他想要相信，能够多少缓解一下眼前这种不安的人是秋津伶子，但是他又一直在回避对这一点的清醒认识。信辉一面打心底厌恶自己的明哲保身，而另一面又感到，对于现在的自己来说，除了明哲保身，还需要什么呢？

　　他在便门旁插进了卡片，机器说道："解除警备。"每次听到这句话，他都觉得是在对他说："欢迎回家！"他爬楼梯来到位于四楼的办公室。工作人员也都严格遵循节电政策。闭馆时，会切断电梯的电源，最后离馆的工作人员会关上自来水。所以图书馆里悄无声息。

自从民营化以后，办公室只有一个角落在使用。可以节约燃料费用的只有工作人员自己的区域。冬天，大家工作的时候都在自己的脚边放上一个省电的小型煤油暖炉。就算不开荧光灯，依靠窗外街灯投射进来的灯光，他也能轻车熟路地来到桌前。他在椅子上坐下，打开了暖炉的开关。一打开电脑，青白色的光线便笼罩了四周。输入密码，写了一半的提案出现在屏幕上。"扩大读书人口的数量""促进对市民的支援""执行委员会的组织"等条目排列着。

因为一大早开始就四处寻找纯香，他几乎没有合眼。单是盯着屏幕画面，眼球都感到钝痛。上午没干完的活儿，今天无论如何也要补上。截止时间是明天下午。

里奈发来了邮件。他动了动鼠标又停下了手。不是通过手机，而是通过电脑发来的邮件一般都很长。他不再犹豫，决定不打开邮件。

在单位和对外的场合，人们总说他待人温和宽厚，或许是因为他一直努力掩饰着这种薄情吧。实际上，对于和别人的关联，他既没有感到可贵，也不觉得期待。他知道自己通常给人留下"温和"的形象。这是林原信辉的长处，同时也是很大的缺陷。

当他终于快要找到着陆点的时候，前胸口袋里的手机振动了起来。

秋津伶子。

是条邮件。他就那么坐着用双腿在地板上一蹬,连着椅子把自己从桌前推开,急急忙忙地打开了界面。

"晚上好。我是秋津。我听说纯香在教室里很受欢迎。我看见图书馆的四楼还亮着灯,心想都这么晚了您还在。只是向您汇报一声。晚安。再见。"

他转过身体赶紧站起来。视线从正门扫到停车场,再从终身学习中心大楼扫到人行道,在视野中寻找活动的东西,静止的东西。拼命地寻找。但是哪儿都没有秋津伶子的身影。街灯下、树丛旁,都没有人影。他继续目不转睛地望着窗外。夜幕的笼罩下,不知她在何处。

在信号灯变绿的马路对面,树与树的缝隙中闪过一个身穿白色外套的背影。他重新读了一遍邮件。

"我看见图书馆的四楼还亮着灯。"

没有白雪的腊月街道。他感慨着,在这番风景的某处,似乎有一条纤细的蜘蛛丝朝着自己飞来。纤细却又强韧,将藏于信辉内心的某样东西捕获而去。急速冷却的东西,变得火热的东西,在他的体内不断撞击、不断分裂。

在夜的深处,有什么东西重合在了一起。他背朝窗户,按下了回复键。

"晚上好。我是林原。谢谢您给我发来邮件。这样我就放心了。等您有时间了，请到图书馆来玩。晚安。"

他牢牢地抓住了蜘蛛丝的另一端。他不愿向她汇报今天早晨纯香离家的事，也不想提及秋津照顾纯香的事。如果告诉伶子，就不得不去解释为什么会发生这种事，以及早晨才回家的原因。

从她邮件的内容来看，她或许还不知道今天发生的事。是自己主动告诉她好，还是让她直接从秋津那里听说好？他想到把纯香送来时秋津的态度，犹豫了起来。

纯香回到信辉身边的时候，脸上的表情和清晨时分迥然不同，仿佛身体被掏空了一样。如果要问的话，就相当于是掐住了自己的脖子。信辉对自己和妹妹的新生活充满了不安，连责任感都开始动摇。而自己却还……以妹妹为由，给秋津的妻子打电话。

先放出蜘蛛丝的，是信辉。他用大拇指轻轻地按按越来越疼的眼角。在紧闭的双眼深处，大厅里初次相遇时的秋津伶子苏醒了。

昨天晚上，他怀抱的女人发型和伶子相似。他在那个不知名的女子身上看见的是她。带着那个女人的发丝、衣服上残留着那个女人的气味就回到家中，是自己粗心大意。他完全没想到纯香居然会注意到。他祈祷着妹妹的想象不要传达给伶子。

写完提案,他打开了里奈的邮件。

> 你工作辛苦啦。其实,我是想年底去钏路看看,可以吗?我挺挂念纯香的,也想看看你们俩精神抖擞的样子。怎么样?只要小信同意,我就订票了。里奈

他俯视着窗下的街灯,想象着里奈是怀着怎样的心情才用邮件提出这个问题的。如果打电话询问,她一定会因为自己的反应而喜忧不定。可以看出,她并不愿意这样。他自己其实也一样。两人中一定要有一个下定决心。否则里奈和自己的关系将会遥遥无期地拖下去。两个人都感觉到了要迈出的这一步有多么沉重。然而,又没有一刀两断的勇气。这份和诚实相去甚远的感情,纵容着他们相见相拥。而在内心的某处,又还期待别人能把他的不下结论评价为诚实的表现。

> 谢谢!具体行程确定后请告诉我。纯香会很高兴的。路上小心。信辉

星期六,秋津伶子以"送纯香,顺便来一趟"为由出现在了图书馆。她在下午五点发来的邮件中说,下课后纯香会在秋津家

吃饭。回想起纯香突然离家那天，以及后来的日子里她发来的邮件，礼节性的内容表明她丈夫并没有把当天的详细情况告诉她。为什么秋津不告诉妻子？他没有可供想象的材料，主动去问，又显得愚蠢。

他向大厅里站在纯香身旁的她道了个谢。在有课的日子里，伶子几乎每天都发来内容相同的邮件。

　　纯香不累吧？如果有什么不放心的，请随时提出来。天气很冷了，请多留心，不要感冒了。秋津

　　谢谢。有课的时候她都很高兴，你们真是帮了我大忙啊。请代我向秋津老师问好。林原

用手机邮件来联系确实既简单又方便，但是正因如此，他觉得好像什么都没传达到。尤其是打开邮件时的兴奋让他恼火。他总是在字里行间寻找含蓄的暗示和心情。他没有那么干脆，能告诉自己说不存在这样的东西。就像在夜色中寻找她的时候一样，他总会在仅有一两行的简短文字中找寻那条纤细的丝。

纯香从伶子身边跨出一步，走到林原这一侧，来了个向右转，说道：

"小信，今天可有意思了。伶子做的炖菜，超级好吃。"

妹妹的笑脸，今天没有成为他的重担。

"伶子，谢谢你。"

"没关系。你不累吧？"

"没事。秋津老师和伶子都对我很好。纯香非常喜欢你们哦。"

"听到你这么说，我很高兴。纯香，下次你再陪陪奶奶聊天吧。"

纯香答应了一声，就再也待不住了，想去二楼的绘本角看书。

"好。你可以在那里看书等我，一直到闭馆。"

还没等他说完，纯香已经跑向了楼梯。纯香是不是高兴，一眼就能看得出。这种简单易懂有时候也很麻烦。自动门继续开合。为了躲避寒冷和交错的人群，两人不知不觉已经来到了电梯前。

"不好意思，连饭都在您家吃了。这么麻烦你们，我真是不知该说什么好了。"

"秋津看上去变化也很大哦。我想，一定是纯香在写字上给了他好的印象。纯香还很温柔地跟我卧床不起的婆婆说话来着。我也非常感谢她呢。"

这是他第一次听说秋津家里还有一位卧床不起的老母亲。这或许就是"受照顾不去市外上班"的理由吧。从伶子的外表，很难看出她被生活所累。想象她的生活以及她身后的景色，并不容易。从她嘴里听到的话，似乎是真的，又仿佛完全是谎言。秋津伶子身上同时存在着令人胡思乱想的毫无防备，还有不允许他人介入的高墙。

两人间只顾互相谦虚，对话似乎难以为继。林原朝着楼上指去，伶子的视线顺着他的指尖移动。

"如果可以的话，请允许我帮您挑几本书吧。在视听室里还有旧唱片呢。图书馆越老，宝贝就越多，堆得像座山。"

"宝贝多得像座山呀。"

"是啊。在不起眼的地方，堆满了现在不太容易到手的东西呢。确切地说，应该是工作人员费尽心思把它们摆放得不起眼吧。总之，这里可以让读者感受到和书店、旧书店风格不同的乐趣呢。虽然都在做处理书籍的工作，但是我们的矢量可是有些与众不同的哟。"

听说图书馆馆长是图书管理员，伶子很吃惊。得知他原本是国营图书馆的工作人员，她就更觉得不可思议了。

"我以为你原来是在民营企业里做其他工作的呢。真是抱歉，这些事认真读读报纸就应当留意得到。"

"跟别人说起来我也挺不好意思。自从大学毕业，我就一直埋在书堆里。我跟公司也说了，如果不让我管理图书馆，我就辞职。"

问及这是为什么，他说道：

"我想当个山霸王呗。"

他第一次见到了她的笑脸。这不是装出来的笑容,是真笑。脸颊自然地上抬,眼角充满温情。从唇间露出的前齿和淡淡的口红。他挪开了视线,想要问她,当她半夜抬头仰望着四楼的灯光,发来邮件的时候,究竟是什么样的心情?

记忆在摇摆中滑向萍水相逢的女人。惊慌失措。

"您最近读没读什么有意思的书?估计您很忙,也没时间吧。"

伶子微微偏头,略带自嘲地说:"读的全都是和工作有关的书。"挎在肩膀上的包快要滑下去了。她把糖果色的大号手提包重新背好。结婚戒指。眼睛依然仰视着他。

"虚构和非虚构,您更喜欢哪种?"

"年轻的时候净读些恋爱小说。那时候脑子太闲了。"

"工作忙的时候读读恋爱小说也挺好啊。不讨厌译本吧?"

"讨厌倒是不讨厌,就是有时候跟不上文章节奏。怎么说呢,不容易把握内容。"

信辉调整了对话的方向。

"那么,您也很难有时间看电影吧。"

"极为偶尔地在电视上看看。最近都不怎么去电影院了。虽然原来常去。"

"如果是您喜欢的电影原作,说不定能很顺畅地读呢。"

"这倒是有想读的呢。"伶子说道。

她说出的片名是《情陷撒哈拉》①。信辉读原作是在初中的时候，电影也看过。

听见从女人嘴里滑出的片名，信辉犹豫着，不知该怎么回答她。

《情陷撒哈拉》讲述的是一对失去了明天、迷失了生活意义的夫妻和另一个男人一起来到撒哈拉沙漠，陷入残酷命运的故事。

那是一部干燥的电影，仿佛沙粒在诉说着男与女不停变化的内心世界。夫妻二人选中的同行者，是一位开朗的年轻人，同样也是一个被命运所捉弄的人。

"是部好片子呢。"

"有一天半夜，电视里放了这部电影。整部片子的影像是茶色调的，而且挺无聊，我期待着自己能看着看着就睡着，没想到一直看到了结尾。"

"作为入门的话，文字可能不太好懂。"

"很难吗？"

不是，他摇摇头说：

"书比电影更能催眠哦。"

伶子双手捂着鼻子和嘴巴笑了起来：

"能催眠就正合我意！"

---

① 也译作《遮蔽的天空》，1988 年英国和意大利合作出品的电影。

"那么。……"他迈出步子，正想说"我们就去二楼吧"，却突然停了下来。因为他想起图书馆里没有这本书。或许在邻市有吧。这里藏书量很大，但是译本很少。倒是可以采用馆际互借的办法，但是不知情况怎样。出版商那里应该也绝版了。要不问问看吧。

"对了，您有借阅证吗？"

"我有一阵没来过图书馆了。不好意思啊。"

就在表情从笑容转为道歉的那短暂的一瞬间，伶子偏了偏头，带着令信辉感到不知所措的自然。声音也消失了。

他想，就在前几天，自己确实和这个女人同床共枕。在深夜的廉价酒店，没有问名字，也没有好好交谈，就这样拥抱在一起。

他很难定义自己对秋津伶子抱有的感情。他觉得自己被麻烦的东西捕获了。在这种想法的背面，他感觉到自己的脏器被轻抚过，而他正在与残留的疼与痒作斗争。

"我自己手里有。今天或是明天送到您家。是一本没有规定归还日期的书，还附带DVD。我记得那部电影的配乐也是相当棒的。"

图书管理员的大原则，是不干涉借阅者的隐私，不在服务中掺杂个人感情。如今秩序被打乱了。他正想说，"我也想向秋津老师道个谢"，可伶子却回答道：

"那明天我买完东西后到您这里来一趟吧。馆长,您每天都工作到那天么晚吗?"

"因为我要准备晚饭,所以有时候会把工作带回家做,或者是又折回单位来。在这边干活效率更高的时候,我就扛着冷在这里做。"

"明天傍晚我来之前,会给您发邮件。纯香的事有什么不放心的,请您随时联系我。"

她从出其不意的地方穿过了信辉的自尊心。他目送着走出大厅的她,心想,如果她的态度是故意为之,那只能用精妙来形容。自己真是比不上她。他一边上楼,一边摇摇头。不知不觉地笑了。

除夕这天,他在车站的停车场停好车,等候着下午一点零三分到站的"超级蓝天"号。车站人满为患,大家都在等待回家探亲的家人。列车进入了站台,也掠过了汽车的后视镜。纯香从后座上跳了起来。纯香自从得知里奈将要利用新年假期来做客,接连一个星期都一直把她的事情挂在嘴边。

——里奈姐可喜欢纯香和小信了。

——我和里奈姐一起看了《哈利·波特》。很好看。她给我买了爆米花。是奶糖味的,我还想再吃一次。

——我们和里奈姐去哪儿呢?

——里奈姐说她特别喜欢泡温泉。我们去温泉吧。

　　每天，每顿饭，每一次见面，他的耳朵都灌满了里奈的信息，相当影响食欲。但是，有一句话让他停下举筷的手。
　　"医院院长说特别喜欢里奈姐哦。"
　　信辉不愿意认为，通过纯香的嘴巴让他知道这事，是里奈算计好的。如果她故作姿态，自己也必须确定态度。假设并非如此，他也就装聋作哑。这是纯香一辈子都理解不了的、成年人的狡猾。
　　他慢一步走进车站，看见纯香已经找到了里奈，挽住了她的胳膊。他轻轻举起右手。里奈把长发齐着下颚的线条剪短了。和秋津伶子一样，发梢在耳畔轻轻摇动。他觉得她似乎被某种决心所驱使，而发型是第一个尝试。他吐出了积在胸口的叹息，被从列车方向涌来的归乡人潮挤来挤去，来到了里奈和纯香身边。
　　"纯香和小信看上去都很好啊。我本来想春天再来的，但是后来又想来看看冬天的道东。"
　　"去阿寒湖怎么样？如果不是因为冬天路不好走，我们还可以去知床一类更远的地方呢。"
　　里奈笑着说：
　　"从札幌过来要坐四个小时火车，还是挺远的啊。"
　　那是一副从离开家门起就准备好了的笑容。他点点头，取过了行李，把停车场的方向指给她看。纯香拉着里奈的手往前走，根本不理睬这个司机。

信辉在冬天的道路上朝着阿寒方向开去。里奈和纯香在后排座位上玩词语接龙。穿过湿地，沿途的风景发生了变化，有着海边看不到的积雪。虽然柏油路面还露在外面，但是时不时会遇上路面结冰的情况，速度快不起来。要这么开的话，得到酒店入住时间的三点左右才能到达了。正好合适。

"河马""巴士""西瓜""猪排盖饭"[①]。

总是纯香输。她挑战了好多次，但是好像并没有注意到这是个要一决胜负的游戏。

"纯香输了。好了，结束！"

"可是我喜欢吃猪排盖饭啊。"

"喜欢也不行。就算是词语接龙也是有规则的。"

不过只是告诉纯香游戏结束了而已，里奈的语气显得有些过于严厉了。他在后视镜里看了看后排座位。里奈从包里拿出装零食的口袋，递给了赌气的纯香。车里开始飘荡起一股甜味。是奶糖味的爆米花。

只要说出"结婚"二字，三个人的关系就会发生变化吧。愿

---

① 日语中这几个词，前一个词的最后一个发音和后一个词的第一个发音相同，但是最后一个词的末尾发音是鼻音，无法再接下去。

意一起背负这个沉重包袱的人，只有里奈。积雪越来越深了。海边原本湛蓝的天空变得阴沉沉的。他们的目的地是带有滑雪场的温泉观光酒店。如果没有积雪，就麻烦了。

是不是必须要下结论了呢？

事到如今，这样做太过狡猾。就算是词语接龙也是有规则的。把条件放在第一位考虑的婚姻，谁会幸福呢？所有人都可以接受的结果，实际上是谁都不想看到的吧？就差迈出这最后一步，或许一切都不会改变，只剩时间在不断流逝。

信辉抬眼望着与柏油路面衔接的天空。天空中彤云密布，看上去随时都有可能飘下白色的雪花。

"小信，你是休息到五号吧？"

"对。不过明天晚上我就必须回市区了。假期里要值班。"

里奈应声说"这样啊"，然后从后视镜里消失了。耳边传来爆米花咔嚓咔嚓的声音。

他越是集中精力开车，越是觉得方向盘正在变轻。现实感在逐渐远去。随着汽车深入内陆，积雪越来越多，前方的景色变得更有冬天的情趣，而车厢里的氛围却隐隐约约地令人不安。

里奈想要入住的，是一家因为中国电影的热映而一跃成名的酒店。在年末年初，这里也是人气高涨。停车处和大堂都熙熙攘攘。酒店里播放着古典乐，时不时还有外语钻进耳朵。

纯香跑到一幅肖像画前，对里奈说：

"里奈姐,给我拍张照吧。"

她摆出和画中少女同样角度的姿势、流露出同样的空虚眼神。里奈从衣兜里拿出手机给她拍照。

大堂非常宽敞,站在两端的话,连对方的脸都看不清。稍有不慎就会把纯香弄丢了。纯香因为见到了里奈,欢欣雀跃,有什么感兴趣的立刻就跑过去了。望着不厌其烦陪伴纯香的里奈,他并未感到欣慰,反倒是觉得胸口一阵刺痛。他怎能利用里奈的好意呢?对于自己和里奈的关系,是不是还余情未了呢?真是没出息。再次相见才几个小时,情况就变成了这样。

他交给里奈一把从前台取来的钥匙。虽然楼层不一样,但是能订到两个房间已经很幸运了。走进电梯,遇上了一家四口。他隔着只能放下一个手提包的距离,与里奈四目相对:

"真是抱歉,你就像为了照看纯香而来的一样。"

"现在还说这个干吗?小信晚饭前打算怎么过呢?我们要去礼品店转转,再泡泡澡,时间也就过去了。"

"我带了几本书来。还有必须再看一遍的资料。"

虽然不是假话,但并不是那么着急的东西。电梯门开了,信辉目送着里奈和纯香。他的房间在更高一层的西式房间。

他们将在度假型的温泉迎来新的一年。因为今年刚送走了外婆,所以他没打算庆祝新年。但是因为里奈的到来,收入不高的他也有些逞强。向窗外望去,是针叶林和一片白雪皑皑。只有黑与白。很久没有看到这种色彩全无的世界了。

他从出差用的包里取出了三本书。开春后要举行一个活动,是关于某位本地作家的,其中两本书就是为此做准备的。另一本是硬壳本的《情陷撒哈拉》。他把文库本的给了秋津伶子,并告诉她不用还了。借书的人傻,还书的人更傻。他忆起了因为这话而发笑的她。

他向她解释,这句话的意思是说,自己觉得好的书就给你了,你要是觉得有意思也不用归还。但是,他觉得看情形她恐怕会规规矩矩地把书还回来。他还附上了 DVD。

"借书的人傻,还书的人更傻。"

他如同叹气般地喃喃自语,和久未谋面的"保罗·鲍尔斯"一起坐在了单人椅上。那是张坐垫偏硬的舒适椅子。

夹在喜欢的段落的纤细浮签,像紫萁一样随意地卷曲在硬壳封面的顶端。这本书他读过很多遍。虽然这绝对不是好懂的译本,但是每当他阅读一些,浮签就会增加。他习惯在每一条浮签上写上日期。信辉打开了日期最早的那一页。

"所谓游客,大都会在几个星期至几个月以内归家。而旅行者则不同,他们不属于任何一片土地,会花费好几年的时间,从地球上的一部分,缓缓地移动到另一部分。"

自从读了这本书,信辉决定自己也要一直缓缓地移动下去。早熟的初中生。他认为自己应当是个不确定归宿的旅行者。为何会在年末时分,又拿起这本书呢?窗外暮色沉沉,夜幕已落。

洗完澡没一会儿,就接到了里奈的电话:

"已经开始上菜了,快来吧。"

走进里奈和纯香的房间,年夜饭和啤酒、日本酒都已经备好了。桌子里侧放着一张无腿靠椅,另一侧则放着两张。她们两人已经入座。

信辉在里侧坐下后,里奈给他倒上了啤酒。电视里已经开始播红白歌会了。常常在武道馆、体育馆里举行演唱会,理应很适应场面的歌手,看上去却比年轻的偶像派还要紧张。找话说的总是里奈。

"这首歌有一段时间走到哪儿都在放呢。"

"纯香会唱!里奈姐,我们再去卡拉 OK 吧!"

"下次把信辉也带上吧!"

"小信,你要唱什么歌呀?"

里奈意味深长地笑笑,答道:"《加州旅馆》[①]。"

"你还记着呢?饶了我吧。"

"什么?是什么歌?"

哥哥的不知所措让纯香的眼睛更加炯炯有神。这是信辉在初

[①] Hotel California,二十世纪七十年代美国著名乡村摇滚乐队老鹰乐队的巅峰之作,单曲发行于 1977 年 2 月。

中毕业典礼上，即席演唱的歌曲。别人以他"声音洪亮"为由，把磁带塞给了他。他考完试后把这首歌硬背了下来。他觉得让他唱歌的人，是个与自己方向略有不同的旅行者。前学生会主席结束了他的最后一次上台发言后，讲桌立刻就被撤走，在他身后摆好了乐器。而开始思考歌词的意思，是在他长大成人很久之后。

"唱得可好了。大家都没想到。那些崇拜小信的师弟师妹们都哭了。"

在那样的兴奋状态下，信辉在回教室的路上对里奈说了一句"谢谢你为我做的许许多多"。作为十五岁的少年来说，还是有些太过成熟吧。里奈和纯香的对话很快就转变了话题，让他跟不上节奏。而里奈呢，表面上是在和纯香说话，实际上却像是在说给信辉听。

她不可能是为了守护纯香，为了这种无意义的闲聊而特意跑来吧？他的视线避开了里奈一直挂在脸上的笑容。内疚和优越感在内心交织。他预感到两人必须达成某种一致，必须作出决定，心情不由得沉重起来。

纯香吃完饭后刷好牙，钻进了准备好的被子里。无论是除夕还是在外婆灵前守夜的日子，纯香睡觉的时间都是十点。

信辉也泡了个澡，回到了自己房间。就在红白歌会最后一场开始的时候，手机响了。

"我可以到你那边去吧？"

"嗯。你累了吧？真是不好意思啊。"

里奈笑着说："在我去之前道歉，你犯规了！

"小信，你要啤酒还是日本酒。"

"啤酒。"

很快，里奈手拿两罐啤酒来了。她在单衣和服上披了一件绗缝的短褂。

还有三十分钟就到新年了。就像约好的一样，他们在床上躺下……

这样的时光，这样的心底，不会留下伤痕。他无法思考任何问题。闭上双眼。

6

打算在年底更换的吸尘器，变成了三十二寸的液晶电视机和蓝光播放器。这是在家电量贩店的年底促销中，摆放在那里的热门货。就在伶子驻足的那一刻，穿着号衣的店员叫住了她。

望着在卧室里安装好的电视和播放器，秋津歪歪头问：

"怎么突然想到买这个了？你不是不怎么看电视的吗？"

"偶尔换个心情嘛。我觉得睡觉前看看电影也没什么不好呀。"

电脑旁放着从林原那儿借来的《情陷撒哈拉》的DVD和文库本。他说不需要还了。秋津并不知道林原和伶子之间还有这样的交流。她没能找到告诉他的理由。十年以来，他们重复了不知多少既没必要也没有理由的对话，而在这样的场景下居然需要理由了，真是不可思议。

在年底书法教室最后一堂课结束的时候，林原来接纯香，顺便拜访他们。她看见，在教室旁的玄关朗声接待他的丈夫接下了年终礼品。林原对稍迟一步迎向玄关的伶子鞠了个躬，这循规蹈矩的态度让伶子莫名其妙地烦躁起来。

林原说:"我已经完全依赖于两位的好意了。"秋津恰到好处地扬起脸答道:"我们才应该向您道谢呢。"他站在玄关告诉林原,因为纯香,学生们的出勤率提高了,教室的气氛也更加活跃了,等等。

林原对秋津道了好几次"谢谢",但是直到最后也没有说出"您帮我大忙了"这句话。虽然这在他给伶子发的邮件中屡次出现,但当着秋津本人的面,他却说不出口来。男人们互相间看似友好却心存芥蒂的对话,和她踏进办公室时感受到的气氛相同。

一放假,她就把纸类、箱子、空瓶等堆在家里的东西一气儿都扔了。清扫、擦拭,清除厨房、卫生间里的霉斑,这是她最低限度的、迎接新年的心理准备。

自从婆婆不能在厨房里干活,年夜饭的品种也减少了。费工夫的都买现成的,伶子只需要做干烧菜、醋拌凉菜、栗子泥什么的。再就是用高汤锅把汤汁准备好就行。不用特意放在冰箱里,盖上盖儿搁在走廊的架子上就不会坏。无论是用来煮荞麦面还是烩年糕,变化一下食材,可以用上三天。

比起一日三餐的准备工作,不得不长时间待在家里更让她感觉心情沉重。就算是正月,她也只能过着和平时一样的、和丈夫交替照顾婆婆的生活。而一边给自己的母亲更换尿裤,一边还要考虑妻子情绪的秋津,心理负担恐怕比她还要重出好几倍。比起立场相同的家庭主妇来说,丈夫的处境更为复杂。他的男性身份，或许会使他越发感到窘迫和拘束。故意不让自己过分谦逊，也全都是源于他强烈的自尊心。她利用了丈夫这种心情带来的自卑感而继续工作，秋津也依赖着伶子的收入。

她对自己说，丈夫和婆婆是有着血缘关系的母子，一定能好好相处。

正因为如此，她才会犹豫着要不要在秋津面前提及"林原信辉"。在她心底的某个角落，对丈夫还是抱有同情的。

"那我先去洗澡了。"秋津拿着内衣说。

她朝丈夫的背影说了声"你去吧"。自从茶室里放上了看护床，吃饭、团聚，都在餐桌上进行。楼梯下的电视机一整天都属于婆婆。

她按下了遥控器的按钮。除夕的下午，电视里放的都是电视剧的连续重播、电影、歌唱类节目和特别节目。没有一个频道吸引她。卧室里暖和得恰到好处，厨房里的工作也基本上都做完了。既不需要出门办事，也没有人计划要来。距离吃晚饭还有一点时间。

她伸手取过桌上的文库本。

《情陷撒哈拉》，是半夜里一边照看发烧的婆婆一边看的。婆婆渴了会叫她，所以伶子迷迷糊糊地给她拿水，迷迷糊糊地看着电影。那是在秋津连续两晚照看婆婆之后。

就算伶子说"妈妈，今天是我在这儿"，婆婆也不会回答她。

伶子的情绪已经不再会因为她沉默的表达而摇摆不定了。在婆婆病倒的那一刻，她已经做好长征的准备了。

画面中沙漠的颜色，让她对这样的风景有一种似曾相识的感觉。她没有去国外旅行过。但是，在影片中看到的撒哈拉沙漠，却令她如同亲眼见过一般地怀念。无法用似曾相识这一个词语来概括的影像，让她的视线一刻都没有离开。

就为了这一张DVD，她居然买来了电视和播放器。账单和生活费、为了迎接新年而准备的内衣和服装。用于看护婆婆的存款和房子的修缮费。各种税金及保险费。扣除了这些那些，最后留在伶子手头的奖金，只够买一台吸尘器，或者是播放器套装了。不可思议的是，伶子也并没有想过两者都要。为自己花钱的满足感和对秋津抱有的歉意，让她得以保持心理平衡。

如果两者都买，她将会产生一种自己在为家里赚取生活费的优越感。结果伶子选择了优先购买自己想要的东西所带来的罪恶感。而且，这样做可以让自己善待他们。她意识到，自己的心已经远离了婆婆和丈夫。她在心底对自己的愚蠢嗤之以鼻，却从未因这不彻底的伪善而心痛。

书本的勒口上，印刷着电影的一幕场景，是沙漠色调的照片。那是混杂着金黄色和透明茶色的景色。主演德博拉·温格和约翰·马尔科维奇溶于沙漠的色彩中。她翻开书页。

林原说得对。作为入门的话，译文本身的文字不易读懂。她站着往后翻看，看到第十二页的时候，她忽地停了下来。

"而旅行者则不同，他们不属于任何一片土地，会花费好几年的时间，从地球上的一部分，缓缓地移动到另一部分。"

游客会归家，而旅行者则不断地移动。她感觉一种冰冷的东西触及了她的脊背。那是一种类似于恐惧的东西，无形的东西。这一部分，她反复读了好几遍。她觉得，似乎仅仅这一行字便试探了她的心。她合上了书。

读同一本书，就像去同一个地方旅行。她踌躇着要不要轻易地向林原传达这一心情。有时候，就算是在同一个地方旅行，也会看到不同的风景吧。

或许间隔一定时间后再去同一个地方也不错。

这么想着，她开始期待和他拥有共同的时间。振幅依然如故。她发现，原来旅行的提议者是自己，不禁心跳加速。她想起了把手里的书和DVD交给自己时的林原。总之，她叹了口气，这个含含糊糊搞不清结果的心思，必须就此了结。不能让任何人发现。她又一次翻开了书，一行行地追逐着尚未习惯的译文。林原把书交给自己的时候说过，他还有一本硬壳本，所以不用还了。不知不觉中，她一边读，一边在字里行间揣摩着男人的心思。

除夕夜的餐桌，有着比平时略微奢华的食材。只是没有选择最便宜的东西而已，却让人有了富裕的感觉。菜的调味比较清淡，所以今天婆婆看上去吃得也很老实。伶子做的饭菜原本并不合她的胃口。她身体还好的时候，总是赶在儿媳妇回家之前就把饭都吃完。而现在，味道一不合口就大模大样地吐出来。但是儿子准备的东西她却吃得一干二净。她心情不好的时候，秋津总能机灵地采取行动，也就避免了伶子的大动肝火。下定决心在家里照顾婆婆的时候，她就已经想好了，让母子俩按照自己喜欢的方式生活，是最好的办法。

快要吃完饭的时候，她接到了小樽娘家打来的电话。就在红白歌会刚刚开始的时候。好像是秋津把遥控器从不断调大音量的婆婆手中拿走了。他在她身后说："妈妈，别这样。"既不是哀求也不是斥责。这是他独有的声音。

她以照看婆婆和工作为由，已经两年多没回娘家了。从十八岁上大学她就离开了家，找工作的时候也定在唯一收到录用通知的道东。比她小三岁的弟弟在札幌结了婚，和父母之间的关系，她交给弟弟夫妻俩处理，自己完全不管了。母亲时不时地打来电话，但是开口闭口都是弟媳的事。虽然她的工作就是耐心地倾听他人的咨询，可是母亲的牢骚却依然让她受不了。

母亲大概询问了一下伶子的身体状况、婆婆的情况和秋津的样子，然后提到，今年弟弟和弟媳没有回家。

"每年除夕不都是在小樽过的吗？"

"我也张罗着等他们呢，可是今天一早却突然打电话说不回来了。"

"是他俩谁身体不舒服吗？"

"这个嘛——"她感受到了电话那一端母亲的犹豫。看来又遇到麻烦事了。伶子拿起子机上了楼。当她在楼梯平台上停下脚步时，母亲说道：

"说是不想要孩子，两个人在闹别扭呢。"

"这是怎么回事？"

"好像是公惠说她不想生。于是两个人就闹僵了。"

她和公惠只见过两次，包括三年前的结婚典礼。第一次见面，是她和弟弟康志两个人来道东旅行，顺带前来问候。听说她在札幌的广播局工作。

伶子把子机换到左手，右手拿起文库本，在床边坐了下来。

"闹僵了是怎么回事？"

"我不是说了嘛，公惠说啊，如果非要她生孩子不可，她就离婚！"

"康志跟你说的？"

"那孩子，我问了半天他为什么不能回来了，他才好不容易坦白的。"

弟弟夫妻二人关系不好，母亲也脱不了关系。就是因为母亲总在电话里问这问那，原本只应该夫妻二人知道的事也说漏了嘴。弟弟对于母亲来说是个贴心的儿子，对于妻子来说却是个没出息的麻烦男人。

如果公惠得知三十七岁的丈夫居然把自己夫妻间的事情告诉母亲，光这一条就足以成为她离婚的理由。强行让孩子坦白的母亲不像话，说漏嘴的儿子也不成器。

"你别管不就行了吗？这可不是妈妈你能插嘴的事！"

"可是你看，我生了两个孩子，也都好好养大了，连一个孙子都不让我抱，这也太过分了！"

"就你这样，每年正月的时候都要反反复复说同样的话，换成我也不想去了。"

"我又没期待你做什么。你婆婆又是那种情况。要真离婚，你离了我倒是觉得省心！"

她问母亲这话什么意思，母亲说道：

"这还用说吗？你看你家，夫妇两个人的角色，完全就是反了嘛。老婆在外边工作，秋津却在家里做喜欢的事，婆婆又躺着起不来。"

"你不觉得你说得有点过分了吗？难道换过来让我照顾婆婆，他在外面上班，你就可以理解了？"

"我还以为你会在这边找工作，嫁个更好的男人呢。"

每次谈到这个话题就开始绕圈子。要摆脱和母亲对话带来的消沉情绪，也是需要费些力气的。母亲本来就反对她和秋津结婚，十年都过去了，可是和母亲的对话却一如既往。她总是戳人的痛处。她越是打着"为了女儿"的旗号,结果越是不好。

"哎,就没点好事情说吗?这一年在今天就要过去了!"

母亲说,希望她在假期里去一趟小樽,她有话要说,内容还涉及弟弟。而这不是伶子想在这一年仅剩几个小时就要过去的时候谈论的话题。

"如果要跟我说什么麻烦事就算了哦。恐怕康志也是这么想,所以才不去的呢。"

"公惠说想要见见你。康志没和你联系吗?"

弟弟夫妻二人之间出现了麻烦,她是刚刚才知道的。她说弟弟并没有和自己联系,母亲便接二连三地要求她暂且先去一趟小樽。

"知道了。我先问问阿龙。"

"他不会不同意的。他还靠你养家呢。"

"这话你就不要再说了。我听着不舒服!"

母亲立刻改变了战略,突然用微弱的声音说:

"我也有好多话想跟你说呢。拜托你了,偶尔也让你爸爸看看独生女健康的模样啊。"

这是含泪的声音。母亲一般都会找到理由,把自己的愿望说成是为了他人着想。这或许就是母亲对湮没在育儿和生活中的自我的放弃,还有她在闯过种种难关的过程中掌握的处世方法。这样的生活方式也是存在的,伶子无法否定。如果不答应,这通电话看来永远也结束不了。直到她答道"我知道了",才终于获得了解放。她把电话子机扔在床上,转动着自己的脑袋,听见脖子根发出的声音,就像缺油的合页。

她的目光落在了文库本上,心里想,这样的话,就算停留在一个地方不动,自己不也在缓缓地移动吗?用一种连本人都难以发现的速度,不停地向下一个地方移动。她不知道去向何在,但是,可以肯定的是自己确实在不断移动。

她拿出手机发邮件。

"今年就要过去了。我开始读您借给我的书了。我读到了一段关于旅行者和游客的文字,真是意味深长。在新的一年里,也请您多多关照!秋津伶子"

要不要发出这封邮件呢?她犹豫了几秒。

"既然还在犹豫"——她这么一琢磨,删掉了录入的文字。

正月初十,伶子和弟媳公惠说好在札幌见面。

听到伶子提出要回小樽娘家,秋津说道:"那你好好地尽尽孝道吧!"并爽快地送走了她。札幌的天空比想象的要低沉。她乘坐地铁,在中岛公园站下车来到了地面。大朵大朵的雪花正在慢慢地飘落。和公惠约好见面的地方,是位于中岛公园站附近的"Park Hotel"的大堂。

从钏路到札幌四个小时的火车行程中,她一半时间在睡觉,一半时间在读文库本。很快就要看完了。开年后,除了教室第一次开课时发的那封邮件外,她没再和林原联系。也没有把看DVD 和文库本的感想告诉他。也许自己会被认为是个读东西很费时间的人,或者是个大懒虫。确实,她花的时间长得连自己都感到吃惊。本来她就不习惯译文,再加上时不时会遇到一些让自己动心的文字,搅乱她内心的平静,让她难以再用同样的步伐行走于故事当中。

她在前台边的沙发上坐了下来,把脱下的羽绒外套放在身边。距离说好见面的下午一点,还有十分钟。

她打开包着封皮的文库本,还不到五分钟,公惠到了。她穿着黑色的西服套装,披着一件灰色的外套,浑身散发着即将迎来三十岁的女人的自信与性感。

看见公惠,伶子回想起自己只读恋爱小说的年代,她的内心也同样蕴藏着无数未知的东西。就在这些东西多得无处可藏向外泄露的时候,她遇到了秋津。

"我一直想见你一面。"

在餐厅里刚一落座,公惠就这么说道。她跟公司说自己要外出两个小时办事。新年时门前装饰的松枝已经撤了,正月的气氛眼看着就要淡下来了。

公惠一边询问伶子的喜好,一边熟悉地点好了午餐。伶子望着她干脆利落的动作,想象着她在单位的样子。

"很抱歉,这么忙还劳烦你过来。我听说,因为我们过年没回小樽，给姐姐也添了不少麻烦。"

"正好我也觉得有必要回趟娘家呢。偶尔坐坐火车也挺好的。"

最终，从除夕开始，母亲每天都会打来电话。用"下雪了""冷啊"这样的话开头，然后就立刻开始抱怨弟弟和弟媳。去年恐怕情况恰好相反，弟弟夫妻二人一定听了不少母亲对伶子和秋津的抱怨。

公惠说，可以避开康志单独和伶子见面，真是高兴。在丈夫身边，她的娴静、坚毅和刚强时隐时现，是个让人感觉有些难以捉摸的女人。比自己小十岁，就职于广播局的她，在伶子看来是拥有着未知和华丽的。这一点让她多少有些怯场。

伶子的家人中，在教育系统工作的人较多，父亲也是名教师。弟弟也理所当然似的选择了初中教师的职业。伶子直到高中毕业都还没有想好该做什么工作。最终，她还是选择了每天去"学校"的职业。自从上了小学，所有人都只去"学校"。想想这也真是件奇怪的事情。

今天的公惠浑身都笼罩着她单位的气氛。她的时间有限，她的不绕圈子，都让伶子感到高兴。她那握刀叉的手，都让人看着舒服。公惠的目光投向餐厅外，大朵的雪花变成了小粒，从空中流动一般地落下。她望着窗外，几秒钟后，她翘起了嘴角问道："能问你个问题吗？"

伶子请她说，她便问道：

"姐姐是从多大年纪开始考虑离婚这件事的？"

公惠舀了一勺清汤。伶子一时间没有反应过来，歪了歪头。公惠皱起了眉头，说：

"我听说姐姐的事情只是时间问题。"

"是谁说我要离婚？"

这次皱眉头的是伶子了。沉默。出现婚姻危机的是弟弟夫妻，伶子只是为了商量这事而来的。让弟弟传话说想要见面的人是公惠。见面这才第三次，老实说，把她当成自家人的感觉还很淡漠。各自拥有了家庭之后，姐弟俩的关系也就不过如此了。面对公惠投出的牵制球，她有些不知所措，为了恢复平静，她把手伸向了盛着水的玻璃杯。

"希望你作为咨询顾问提些建议，然后再问问她的真实想法。"母亲是这么拜托她的。她也能感到，母亲期盼她能够圆满地解决问题。

"老实说，我可没想到今天见面是来说这个的。"

公惠一边切分着作为主菜的鱼，一边干巴巴地笑着说：

"姐姐，这么说虽然不太好，但是我觉得，我们俩恐怕都上了妈妈的当。你知道吗？从除夕开始，妈妈每天都给我打电话，求我跟姐姐谈谈呢。"

"你说的上当，是指什么呢？"

"妈妈希望姐姐你回家去呢。顺便再让儿媳妇生个孙子。那是她坚若磐石的老年蓝图呢。你接下来不是要去小樽吗？她一定在家忐忑不安地等着姐姐前去汇报呢。"

她那为了进餐而擦去口红的嘴唇，已经彻底抛掉了社交辞令和人情。如果她不是弟弟的妻子，伶子几乎要为她拍手称快了。她想，如果真要发生什么争执，母亲一定对付不了这个儿媳妇。相信孙子的诞生会是一条生路，是衰老后孤寂不安的心灵自然的状态。对于身为婆婆的母亲来说，她的聪明充满了危险，如果不赶紧给她戴上脚镣，她似乎这就会逃走。

大女儿伶子回到娘家，时常有孙子前来探望的生活——在母亲描绘的蓝图中，守在中心的总是自己。她不知道公惠掌握的信息究竟在多大程度上是正确的。母亲、弟弟夫妻俩，都有各自描绘的理想。要把它们恰到好处地印刷在一起，是极为困难的工作。

"公惠，你打算怎么办？"

公惠面色一沉，灵巧地舀起一勺鱼，吃了两口，把芹菜放在白色的鱼肉上，开口说道：

"说实在的，我想要继续工作下去。我们那儿福利待遇很好，绝对不是那种没法生孩子的单位。但是我现在还不想中断工作。如果妈妈无论如何都想让我马上生，那我就和康志离婚。因为这样的话，就不是我们两个人自己的问题了。要在这件事上强迫妈妈放弃，也不像成年人的行为。"

最后一句话简直是绝妙的威胁，或者说是讽刺。她是故意这么说的。公惠是个脑子好用的女人，但是并不聪明。伶子不讨厌对方的强硬。如果不是弟弟的媳妇，她会很喜欢这场对话。她在单位里也一定受人依仗。有那么一段时间，伶子自己也难以想象突然间有了孩子会是怎样的生活。

母亲希望伶子离婚不是虚张声势。公惠的话有着奇妙的说服力。

与公惠的会面，让伶子不得不重新考虑自己留在秋津家的理由。其中也有对母亲的意气用事。她不想什么都听母亲的。一旦开了这头，她便发现，自己竟然是被如此无聊的东西所左右。

"我觉得这话你直接告诉妈妈会更有效果。"

"如果按照设计图来看，妈妈的兴趣暂时还停留在姐姐身上呢。在此期间，我们的事情会暂时搁置。如此这番的话，姐姐的再婚又会提上日程，接下来她的目标或许就是让姐姐生外孙了。"

她不知道母亲有没有想得那么远，但是她不难想象，母亲在潜意识中会为她自己考虑得更多。母亲每一天，在每一个到来的日子里都是那么空闲。

"很遗憾，我并不打算离婚。连想都没想过。我丈夫很需要我，我也很需要他。刚才那番话，与其说是间接听来的，不如说是臆测吧。我就当成是公惠的愿望好了。总之，请和我弟弟好好相处吧。说老实话，我既不想在家里兴风作浪，也不愿意听这些家务事。"

公惠的瞳仁朝着斜上方，听完了伶子的话。她掰下一块面包，蘸上盘子里的酱汁，送进口中。她让面包滑到喉头，咽下一口矿泉水，然后用有些强硬的语气说：

"不管怎样，我不生孩子。就算将来生了，也不保证那是康志的孩子。"

在甜点端上来之前，两人只好默默无语。往嘴里放了一口甜东西，伶子才总算平静了下来。虽然还不可能调整好情绪，但有一句话她必须要问：

"你怎么会想和我见面呢？既然你都已经决定了，还有什么必要来见我这个名义上的姐姐呢？"

公惠在布朗尼上抹了些鲜奶油，停下了手里的叉子。视线落在了涂着米色指甲油，有着饱满光泽的指甲上。包裹在公惠身上的强势消失了，原本围绕在眼角到面颊，嘴唇到肩膀的华丽也突然委顿。伶子也停下了手。

"我听康志说，姐姐一直不回老家。所以，我想你和妈妈之间也一定有很多问题吧。可是，不管是妈妈还是他，都只说些对自己有利的话。所以我想和姐姐好好谈谈。和这个家里不是敌人的人谈谈。"

她的嘴角轻轻一歪：

"又有谁会愿意离婚呢？"

这话渗进了伶子的皮肤里。她答道："是啊。"公惠吸了口气继续说：

"不过，我喜欢上了康志以外的人。就像刚才姐姐说的一样，他需要我，我也需要他。"

公惠移开视线，倒上了红茶。伶子尽量保持微笑。她没有想到会因为自己刚才说的话而受伤。

"我并不讨厌康志。"

面对她表情僵硬的脸，伶子缓缓地点了点头。

"我没法讨厌他。"

伶子又一次深深地颔首。

"我真的不想考虑工作以外的任何事情。"

大滴的泪珠从公惠眼中滑落。伶子从包里拿出纸巾轻轻推到餐桌的那一端。一张，两张，泪水被吸走。她在哭泣，完全不在乎眼部的妆容受到破坏。泪水擦干了，又不断涌出。

触摸到她透明的青春，伶子感到胸口发疼。她无法责备弟妹内心的恋情。才差十岁，她想。才十年时光，自己放弃了多少东西啊。望着公惠，她的内心泛起了波澜。

"这件事我会保密的"她告诉公惠。公惠哭得更厉害了："说了也没关系。这点心理准备我还是有的。"伶子回绝道："我又不是信鸽。"

"对不起，我原本没打算说这些事。"

"我不能保证自己没什么想法，但是我可以当作自己没听说过这话。没关系的。我好像谁都偏袒不了。不管是弟弟的事还是娘家的事，我都觉得离自己很远。虽然我说不太清。"

雪停了。就快到公惠回公司的时间了。

伶子在大堂里等着去卫生间的她。日暮的街景和道东的色彩不一样。包里的手机振动了起来。就在她打算取出来的时候，公惠回来了。和她华丽的氛围一起回来的，还有大堂里的喧嚣。

"今天谢谢你了。很抱歉。不过，能见面我很高兴。"

"我处于放手不管、无法支持你的立场，不好意思啊。我觉得夫妻之间的事情最好是夫妻二人自己解决。我能做的也就是像这样听你说说而已。我不想回娘家是真的。唯有妈妈说的话我无法冷静倾听。或许，出于本能我也知道自己无法彻底摆脱她吧。"

公惠笑了。眼角的妆容已经复原。伶子也同样地笑了。吃完午饭的几位女性客人们离开了大堂。一月的室外空气从两人面前掠过。在自动门前，公惠停下了脚步：

"我正在制作一部在本地拍摄的电视片，是单集的。秋天就要播出了。在那之前，我会好好找出答案的。说不定还会给你添麻烦。"

遇到这种话题的时候，她总是对别人说："按照你的想法来做吧。"就算面对的是弟弟的妻子，落在伶子心中的景色也是同样的。这种冷漠究竟源于何处？伶子自身也不清楚。所谓咨询原本也没有什么理论可言啊——她这么想着。一留神，发现到了最后自己总是同样的心情。

她问这是部什么样的电视片。

"是一名被派到离岛工作的女医生的故事。等雪一化，就要到岛上取景了。"

"是吗？那还有一个月呢。到秋天也还有半年多呢。我想，你给了自己这么长时间，说明公惠你自己也还没有得出结论呢。不要过于自责。为这件事苦恼，在某种意义上也是诚实的表现哟。"

"我，诚实吗？"

"不诚实的人是不会苦恼的。我想，他们也不会和明知会怨恨自己的人见面。"

"我本想在姐姐面前彻底成为一个招人厌的女人。"

伶子摇摇头。她要变成真正令人讨厌的女人还需要些功夫。公惠笑了，是今天最漂亮的笑脸。看上去也像是在哭泣。这是伶子不知忘在了何处的青春。多么耀眼。

"你保重身体哦。"

伶子轻轻地在胸前摆摆手，公惠对她鞠了个躬，转过了身。她在转过大楼的时候也没有回过头来。

伶子走进地铁站，下到楼梯的平台，打开了手机。是一封短信，林原发来的。

　　我正在札幌出差。这里在下雪，比我预想的要冷。我把纯香也带来了，所以明天她去不了书法教室，但是我把请假的事彻底忘了。上午我已经和秋津老师联系过了。很抱歉。请多关照。林原

她跑上台阶。又开始下雪了。细雪纷飞。气温开始下降。雪花向着仰望天空的伶子落下，融化在温热的脸颊。她又看了看手机，重新读了一遍邮件。

不诚实的指尖回复道：

　　我所在的札幌，也在下雪。秋津伶子。

7

那天送走伶子之后，秋津的内心一直波澜起伏，没有一刻的平静。在剩下他和母亲两个人的家中，度过了一个夜晚。他无法忍耐预想到的凄凉心情。自卑感从一周前伶子决定回小樽的时候，就随着时间的流逝而不断膨胀。从昨天开始，他连握笔的时候都焦躁不安。他想要逃避，躲开这种情绪，躲开母亲。秋津的愿望已经仅仅只有一个：获得属于自己的时间。

秋津把伶子送走以后，等到日间看护中心开门，给他们打了一个电话说：

"对不起，我知道要求提得很突然，非常抱歉，但是我还是想问问看，能不能让我母亲在你们那里住上一个晚上？"

秋津迄今为止从来没有想过要把母亲"交给别人照顾"，他自己对此都感到吃惊。就在伶子说要回娘家看看的时候，他不知为何突然产生了这个想法。他大致可以想象得到，伶子的娘家是如何看待自己的。这种想法，一旦浮出了水面，就难以再让它沉到意识底部了。

由于妻子不在家，他得到了独处的时间。内疚。如果自己能够挣来足以维持生活的收入……他这么想道。而内疚感让秋津更加兴奋。他至少有了一个妻子不知道的秘密，他因此情绪高涨。

从电话的那一端，传来前台工作人员洪亮的声音：

"秋津先生，今天早晨刚好有人取消，我们十一点去接您母亲，明天同一时间回家，可以吗？"

"谢谢。那拜托你们了。"

听到对方说"您运气真好"，他心中的愧疚得到了抚慰，一时不知该如何应答。

还有一个小时，接送车辆就要来了。他慌慌忙忙地把母亲的睡衣、内衣、纸尿裤和浴巾等物品塞进纸袋。电视机每隔几秒就会换一次频道。广告、笑声、拍手、歌声、不知所云的台词。母亲明显情绪恶劣。

"妈妈，你可能会觉得有些孤单，请原谅我！"

频道的更换更加频繁了。音量也更大了。他站在床边。母亲的眼角下垂，布满深深的皱纹，看上去并不像是内心存有积怨。他取过遥控器调低了音量。母亲闭上眼睛，将儿子的烦躁拒之门外。

"妈妈，我有点累。今天你能听我话住在外面吗？就今天一个晚上，你让我好好睡一觉。求求你了。"

几秒钟之后，他再次喃喃道："求求你了。"嘴巴歪着张开的母亲，开始打鼾了。秋津觉得有什么东西堵住了自己的喉头，便来到厨房喝水。可是不管他怎样用水冲用水灌，不消几秒，那硬块又回到了喉咙深处。他接连喝下了三杯水，终于放弃了。

十一点整，迎接母亲的面包车到了。秋津把母亲背到玄关，在护工的帮助下让她坐在了轮椅上，然后把装着数量较多的换洗衣物和纸尿裤的手提袋递给了护工，掏出钱包付了一个晚上的住宿费。伶子在年底给了他一些钱，这是其中一部分。妻子当时说："这不是生活费，我想让你用它买些纸和笔。"在发奖金的月份，伶子会以这样的名目给他钱。秋津会简短地道声谢，感激地收下，但是就在同一瞬间，也会对妻子产生一种憎恨。

直到借助升降机坐进车内，母亲都没有看儿子一眼。秋津目送着，直到汽车转过路口。

他在没有电视机声音的家里晾晒衣服。没怎么下雪，达不到积雪的程度，城市的空气很干燥。轻薄的毛巾刚挂上就干了。送走母亲之后，秋津的心情也变得干燥起来。居然没有丝毫的罪恶感，连他自己都觉得不可思议。

伶子不在、母亲不在、纯香也不在。

没有对自己构成威胁的才能、没有在妻子心灵深处感受到的蔑视、没有母亲的要求和哀恳。渐渐的，他开始感到，这些带有胁迫感的心情全都是自己心灵的形态。因为不在眼前，他几乎能够当它们原本就不存在了。利己的感情在胸中缓缓腾起。令自己厌恶的内心世界，让他停下了正在晾晒浴巾的手。

等他缓过气来，想起冰箱里还有一个布丁。那是伶子昨晚买回来的，她说很好吃。他原本打算午餐时让母亲吃的。会不会保质期就到今天呀？想到这儿，秋津突然想吃甜食了，便打开了冰箱门。

点心类的东西通常放在和眼睛同高的架子上。但是，他找遍了上下三个架子，都没有看见布丁。那是三个布丁中的一个。秋津和伶子昨天晚上洗完澡后已经吃过了，母亲的那一份应该还留着。可是没有。他不想长时间开着冰箱的门，于是放弃了寻找。伶子也不可能在出门前吃掉它，秋津左思右想不得其解。

下午六点，秋津跨过币舞桥，朝闹市走去。在母亲倒下之后，他再也没有去过那里。彻底凋敝的闹市区，还残留着几个令他怀念的招牌。稀疏的人影，让秋津颇有凄凉之感。虽说这是工作日，可现在毕竟还是新年联欢会盛行的日子，却连个擦肩而过的人都没有碰到。他想起了在报纸上看到的新闻，说是郊区的餐饮业引入了代驾，价格只比出租车高一点。

把伶子给他买纸、买笔的钱花在了其他地方的话，他的钱包也就瘪了。就算家里的电话响了，他也可以说自己在二楼看电视，或是在洗澡。他预备了好几个不能接电话的理由。他嗤笑自己，没有理由竟然就无法迈出步伐。

风很冷。虽然他穿着羽绒服、戴着手套和风帽，可还是觉得耳朵冻得就像快被揪掉了一样。预报的最低气温是零下八度，不过因为风很大，体感温度还要再低一些。他在古老的拉面店门口停下了脚步。就在他把手伸向暖帘的那一瞬间，将母亲托付给别人的罪恶感回来了。母亲看都不看儿子一眼的身影，就像蛇的腹部一样时而伸展时而收缩，捉弄着秋津。最终，他没能找回消失的食欲，没有踏进拉面店。

他在闹市区信步而行，走着走着，一个小酒馆的招牌映入了眼帘——"Thundra"。那是他在工业学校担任讲师时，注意到伶子和物理教师之间关系的店。这么无聊的事情，自己也还真能记得住。冷风从领口和羽绒服的下摆钻了进来。

秋津推开了店门。

这是一家小店，吧台前有十个座位，靠墙这一侧，内陷大概一米，安排的是卡座。墙上依旧挂着雷阿诺的复制品，没有任何改变。店里一个客人也没有。他看看手腕上的表，不到七点。还不是小酒馆人多的时候，再说了，连闹市区都没有什么人。

虽然店里没变样，可是长着一副马脸的老板不见了，站在吧台里的是位穿和服的女子。坐在没有客人的酒馆吧台里，是需要勇气的。就在秋津快要坐定的时候，她道了声"欢迎光临"。

她看上去大概三十五岁上下，穿着黑底小花的和服。白色的衬领在筒灯的光照下显得格外漂亮。女子把秋津的外衣挂在衣架上。随着她一举手一投足，后脑上的盘发和发际飘过来淡淡的香味。

打开的手巾放在了秋津的手中。

"这是第一次见您呢。今天可真冷啊。"

"我很久没来了。今天老板休息?"

"您说的一定是以前的老板吧?我接下这家店已经两年了。"

他问她是不是被雇来的,她微笑着回答:"不是。"这可算不上是好问题。他坦诚地道了歉。

"您要来点什么?"

他本想开口要杯啤酒,但改变了主意。在女子身后的架子上,排列着各式各样的标签。银色的调酒器大大小小共有五个。

"这里还有鸡尾酒啊?"

"我们店是专门喝鸡尾酒的呢。"

他望着她水汪汪的眼睛,点了一杯巴拉莱卡。他想看看穿着和服怎么摇晃调酒器。如果摆放着这么多工具,却只能拿出些现成的甜酒来,那可就让人笑话了。

秋津带有偏见的期待并未得到印证,女子从吧台下面取出一条红色的长带,咬住带子的一端,在背后迅速交叉,最后在左胸打了个结。斯米诺伏特加、银质量杯、冰块。她用麻利的手法调制着鸡尾酒,束衣袖的红色带子跟随着调酒器的节奏一起摇晃。

他接过巴拉莱卡喝了一口,味道很好。外面卖的酒是什么味道，他早就忘记了。胸口发闷。第二口，沉默无语。他顺势又要了一杯原创鸡尾酒。被问及从事什么职业的时候，他答道："吃软饭的。"

就在她站着第三次晃动红色束袖衣带的时候，他半带虚张声势地开始提问。突然袭来的醉意让他废话连篇。

"穿着和服摇调酒器啊？真是个好点子。很厉害啊。你这技术，在哪里学的？"

她垂下双眼回答"自己琢磨的"，然后立刻给他端来了矿泉水。他并无小看她的意思，但是提的问题却很愚蠢。这时候他才发现，趁着没醉，自己应该赶紧离开这家店。

付了母亲的住宿费和酒钱，钱包中的钞票已经少了一半。

回到家，冲着热水澡，被欲望所抛弃的秋津，跪倒在地，在淋浴花洒下放声大哭。

在使他几乎就要失去知觉的倦怠与后悔中，秋津钻进了被窝。在没有一个人的夜晚，在空无一物的夜之寂静中，他搜寻着睡意。把今天的记忆挨个抹杀，忘记了第三杯鸡尾酒的名字，似乎连自己都快要消失。消失吧！他把手伸向旁边的枕头。那里散发着伶子的香气。他陷入了深深的睡梦中。

他尽兴地睡了一个懒觉，起床的时候已经是上午九点了。他感到一丝寒意，于是慌忙打开了取暖炉的开关，走到厨房里喝了一碗葛根汤。自来水非常苦。昨天用过的杯盘碗盏浸泡在水桶里。他收拾好厨房，叠好干净的衣服，更换了看护床的床单，扔进洗衣机。在母亲回家之前需要做完的事情接二连三。

留言电话里没有伶子的声音。在他内心的某个角落感觉到一丝轻松。现在的首要任务是让母亲回到和昨天同样的状态。

面包车在家门口停下的时候，比计划回家的十一点晚了五分钟。他急忙打开大门。干燥的风一下子灌进了走廊。在睡衣上罩着厚外套的母亲连同轮椅一起用升降机从车上放了下来。护工推着靠背上的把手，朝他微笑着说：

"您母亲可听话了。"

秋津的目光避开面无表情的母亲，道了个谢。

他安排母亲在玄关里铺榻榻米的横框处坐下，目送面包车离开。秋津把玄关的拉门关上，抽出了夹在邮箱里的信封。那是"墨龙会"发来的颁奖大会邀请函。包括获奖作品在内，入围者的作品会花上半年时间在全国巡展，好像在各个地区还将举行交流会。他在北海道内的入围者中，发现了几个自己认识的名字。

他重振似乎要落入谷底的心情。

就在秋津弯腰准备换下拖鞋的时候，母亲的脚离开了他的视野。布满毛球的袜子从他眼前经过，母亲穿着睡衣的样子迅速变成了披着外套的背影。

在那一瞬间，秋津感觉自己的个子仿佛突然间缩小了。不对。三步、四步。母亲沿着走廊离去。最后一次看见她依靠自身的力量行走,是在什么时候呢?那是秋津自己都无法回忆起来的过去的风景。

父亲还在世的时候买的灰色外套,无论是良好的质地还是做工,一眼就能看出。后背的接缝既没有褶皱也没有歪曲,下摆优雅地晃动着,随着母亲在走廊下前行。

母亲依次来到茶室、厨房,然后把手搭在门上。

"妈妈。"

她缓缓地回过头来。

秋津的心脏在挫折中跳动。

理应只有半边脸可以活动的母亲,却均等地扬起了嘴角两侧。

"妈妈!"

他大叫着,试图确认这不是在做梦。喊声在走廊里回响,又回到耳边。母亲的笑脸转瞬间变成了白发的背影。他奔向那扇关闭的门。明明如此着急,却一步都无法前进。

等秋津进入房间,母亲已经躺在了看护床上,正手按电视遥控器。

日常,又回到了眼前,回到了耳中。

束缚着秋津,无法割离的日常,再一次开始了。

进入二月份了。

尽管量不大，道东还是下了雪，积在人行道的角落里。秋津觉得小时候的积雪更多。有好些日子，气温还降到了零下二十度。夏天和冬天，正负二十度的城市。据说现在气温还要高一些，但是，随着年龄的增长，秋津已经难以那么清晰地感觉到差异了。

他和纯香说好，课后将花上一个小时来看她如何运笔。换笔、研磨、挑选纸张，写完的都是伪作。如果把它们装裱起来，隔一段时间再找人鉴定真伪，或许会很有意思。按照现今的技术，采用人工方式进行氧化、日晒、做旧挂轴，不都是轻而易举的吗？

秋津饶有趣味地想象着，一旦纯香的才能公之于众，将会引发怎样的混乱啊。他朝着刚好写完一幅字的纯香的背影，说道："纯香，那是上河八十戒的'野鹤'吧？写得真不错！"

"是的。'野鹤'是八十戒作品中留白最美的一幅。"

纯香说完这话，在原本应该落款，让作品整体显示出紧凑感的地方打上了一个十厘米见方的"×"。秋津想起了第一次见到这姑娘时，她所说的那句话——"跳不出这张纸"。这似乎已经是很久以前发生的事了，而实际上还不到半年。他不禁露出了笑容。什么啊，跳不出既成作品的，不就是这姑娘自己吗？他真想放声大笑。

秋津嘲笑纯香的才能，同时也感到畏惧。如果有朝一日，她

129

悟出了"自己的笔风",将任谁都无法再撼动。一心一意写下的作品,会成为不允许他人评价的东西。秋津认为,注视这第一步的,必须是他本人。"墨龙展"带给他的失败感正在逐渐远去。把握纯香的变化,成为了他的新目标。

"秋津老师,您什么都不写吗?"

"嗯。我就不写了。纯香,你写点你喜欢的吧。"

"老师要是不多写写,也是不会进步的哦。"

"是啊。不过,我已经写了很多了。不过,对于一般人来说,存在很多问题哟。比如说无法逾越的障碍、界限,还有力不从心的感受。"

"您说的是框吗?"

秋津略微思考后回答:"是这样吧。"纯香把精彩再现出八十戒"野鹤"的字,挂在了墙上的磁性白板上。和八十戒的笔致完全一样的飞白与伸展。或许连书写的速度也同样得到了再现。当纯香把"今天最好的一幅"挂在墙上的时候,露出了秋津都快看腻了的笑脸。平时常常面无表情的纯香一旦开口说"今天是某某人的'空即是色'"时,房间里的气氛会在一瞬间变得轻松起来。随之飘荡而来的,是密度极高的空气,如同已经离世的书法家降临了一般。他是第一次体验到空气的沉重。即使是大学时代和留学期间,在著名书法家的课堂上和实际技巧中,他也没有感受过如此这般的紧张感。

还有她最后打上的"×"号。他可以猜测到纯香的外婆让她这样做的理由。要熟练地操纵写出"伪作"的能力，出人头地，引起轰动，必须拥有更为强烈的俗人的欲望。而这个姑娘，连"互相帮衬"一词的意思都搞不明白。对于有人迷上了她的才能，同时也有人因为她的才能而内心深受伤害的情况，她既不理解，也理解不了。

　　纯香调好墨、选好笔，把纸展开。就秋津看来，无论是飞白、蘸墨，还是正宗书法家稍有喘息的部分以及为了覆盖它而略微膨大的笔迹，全都和原作一样的作品，共有五幅，都挂在墙上。他无论见到什么作品都不会再感到惊讶了。在他眼里，她打上的"×"号也变成了理所当然的东西。反倒是不打"×"号，撕碎扔掉更为可怕。

　　自从让她握笔书写自己喜欢的东西，已经过去快一个月了。每当她书写"今天最好的一幅"字时，地位、名誉这些不确定的、香气四溢的欲望便会从秋津的身上消失。纯香写的东西，会按照她的意愿当天就撕毁扔掉。

　　——这是我和外婆说定的。

　　最初，秋津对此感到抵触，而现在他会按照要求把它们撕碎并扔进垃圾桶。纯香写的都是所谓"书法家遗留的最高杰作"。用来自石碑的古典进行"临帖"，对她来说不可思议地缺乏魅力。虽然一瞬间看上去似乎是完美的，但是仅凭完美的运笔，无非停留于"擅长书写"而已。"抄经"也摆脱不了抄经的局限。只有拙劣之分,无法继续前进,和印刷没有分别。仅有一次,她临摹了秋津临帖时写下的作品,完美地再现了笔迹和错误。如果停留于临摹的技能,以及因此而派生出的半分个人特质的话,纯香或许已经成为了大名鼎鼎的书法家。然而她把它升华为了"伪作"。她彻彻底底地获得了毛笔的钟爱。即使她能成为书法老师,也无法成为书法家。一旦世间发现了纯香的存在,她本人自不必说,连她周围的人也会遭到沉重的打击。正因如此,她的外婆才会要求她一定在作品上打上"×"号,并且立刻撕碎扔掉吧。

秋津按照要求,把今天写的字都一张张撕得粉碎。纯香外婆生前做的事,现在都由秋津继承了过来。最后,他一边撕毁"野鹤",一边问道:

"关于纯香写的字,外婆说过些什么吗?"

纯香在废纸的反面整理着洗干净的毛笔笔穗,歪着脑袋。秋津换了一种问法说:

"纯香的外婆,在纯香写完字后,说了些什么?"

"外婆什么都没说。"

"可是,她不是说,要你写完后必须打上'×'号吗?"

"是啊。那是我们说好的。"

"你不觉得这个约定不可思议吗?"

纯香的脑袋连同身体都倾斜着说:"我觉得提出这个问题的

老师才不可思议呢。"她松挽在脑后的头发轻轻地从肩头滑落。秋津小声地嘟哝着:"我问得不可思议?"纯香也跟着说了声"就是不可思议啊",把洗过的毛笔挂回了窗框上排列的钉子上。

秋津说出了自己在两人相遇后一直抱有的小小疑问:
"你母亲是怎么了?"
"听说她变轻松了。"
"变轻松……了?"
"是的。外婆说她死了,然后就轻松了。"
他想要道歉,却无言以对。

二月份是一年中最寒冷的时期。半夜都不能关掉暖气,所以相当干燥。秋津早晨的第一项工作,就是帮助母亲清理下身,并确认加湿器水箱的状况。纸尿裤还是干净的,但是加湿器已经空了。

秋津一边加水,一边注视着伶子的背影,她正在准备早饭。在睡衣外面,她披着室内穿的羽绒服。妻子原本就不喜欢说话,从小樽回来之后就更不爱开口了。他不知道妻子本人有没有意识到这一点。要去打听她是不是在娘家遇到了什么事,在他看来很愚蠢。反过来想,秋津自己找妻子说话的次数也在减少。

他还在怀疑,母亲依靠自身的力量走回床边是不是个幻觉。她那转瞬即逝的微笑会不会同样只是胡思乱想呢?是秋津为了责备自己——以自责作为理由来保持心情平静的胡思乱想？那是一个突如其来却又鲜明的画面。自己将母亲托付在外一个晚上时的心情，或许已经被她察觉了吧？这一想法总是在折磨着秋津。当他装作若无其事的样子，向日间看护中心的负责人询问母亲的情况有无变化时，他得到的答案是"一如平常"。母亲的事，连同在握笔的纯香身上感受到的畏惧、憧憬与悲哀，占据了他的整个脑海。

柴米油盐全都依赖妻子所带来的内疚，也随着纯香的出现而略微改变了形态。找到了可以毫不吝惜地倾注自己兴趣的对象，让他精神高涨，冲淡了有关生活的一切。和纯香两人相处的时候，他甚至有那么片刻时间，得以忘记自己的母亲。

给早餐的烤面包抹好花生酱后，他从妻子手中接过了咖啡杯。假装若无其事的一天开始了。秋津侧过眼看着显示最低气温为零下十五度的天气预报栏，恰到好处地抛出了远离他们自身的话题。

"康志还好吧？"

"应该还好吧。你怎么会提起康志呀？"

"没什么。正月里不是闹别扭了嘛。"

他听说，每年都回小樽老家过新年的内弟夫妇，今年连招呼都没回去打一声。伶子不太愿意提起娘家的事，他也正好对小樽的事情睁一只眼闭一只眼。但是，她毫不提及娘家从除夕开始就每天都打来的电话，多少有些不正常。他通过委婉的询问，得知了内弟夫妇俩的情况。

在秋津正对面坐下的伶子，喝了一口酸奶。她接过打开盖子的花生酱瓶子，简短地道了声谢，看着秋津的眼睛说：

"不知道后来怎么样了。受妈妈所托，倒也见了公惠一面。"

"我记得她是在札幌的广播局工作的吧？"

"她好像挺忙的。说是正在拍一部电视剧，秋天就要播出了。"

"是这样啊。那么，小樽的妈妈他们也就没什么可操心的了。"

"操心也没什么用啊。都是成年人了，老是摆出一副至亲骨肉的样子，反而招人嫌呢。不会有什么问题的。真想闹离婚的人，离了之后才会联系我们。"

他从来没有问过，妻子对父母及弟弟夫妇抱有何种担忧。或许只是伶子并不认为有必要积极谈论这个话题而已。与伶子相遇以来，他从未在她的沉默寡言中，感受到她对自己主动询问的期待。

秋津也没有告诉她，母亲依靠自己的力量——迈着和健全时完全一样的步伐——从玄关走回了自己的床边。一旦说出口，这个家里保持的平衡将会完全崩塌。每当谈论起双方父母的事，在前方等待的都会是妥协和放弃。谈还是不谈，眼下的情况都不会有任何改变。

虽说这样，他却时不时会产生一种冲动，想要逢人就说"我母亲在装病"，不管对方是谁。他也希望有人能够明明白白地告诉自己："你母亲在说谎！"

每当秋津触摸到妻子的坚强和聪慧，就会想起纯香。她是个不幸的姑娘。她没有伶子所拥有的智慧，也不像伶子，有能力独自解决生活中的大部分问题。但是，上天赐予了她"力量"。一种从未体验过的感情渗透进秋津的心底。他难以给这种感情命名。就连把它归结为怜悯都让他感到迟疑。

"今天要开会，安排修学旅行的事，我会晚些回来。你先吃饭吧。"

"修学旅行是什么时候来着？"

"五月的长假结束后。没有一年不出问题，所以今年我也得做好心理准备。"

在新型流感肆虐的那一年，他亲眼见到妻子筋疲力尽地回到家里。据说，就因为想去大阪的环球影城，有很多学生都瞒报了自己发高烧的事。在学生病倒之后，老师们忙于接待到当地去的家长、进行隔离。不仅是任课老师，连保健老师的手机也都响个不停。

"流感那次可真是厉害啊。"

"一想到那时候，光是听到修学旅行这几个字我都觉得头晕。"

伶子说完这话，笑了起来，把空盘子放进了水槽的洗碗盆里。放水的声音。秋津注视着妻子的侧脸，把剩下的烤面包送进嘴里。

在秋津的身后，电视机的音量大了起来。似乎是因为不满意两人的欢笑。秋津站在母亲的床边，拿走了电视机的遥控器。就在这一瞬间，母亲的眼神恢复了正常。就是这样的眼神。他不会再看错。因为看护而疲倦的身体与心情，给他观察母亲的眼睛蒙上了雾霭。秋津环视母亲的卧榻，问道：

"妈妈，纸尿裤没脏吧？"

他把遥控器塞回双眼紧闭的母亲手中，回到了厨房。对着正在吃维生素片的伶子的背影说：

"你不要硬撑哦。"

面对回过头来的妻子，他微笑着。

在自己的心里，是不是一丝一毫的自尊都已经不存在了？这么想着，他开始隐约相信，"被逼上绝路的不是自己"。关于母亲，关于纯香，只有秋津才了解的事实随着血液涌上头部，涌进胸膛，蔓延到身体的各个角落。或许眼下，这鲜红的血液在回到心脏的时候，已经因为吸收了感情的腐败而变成了浓黑的墨色。

接下来的战斗，面对的一定是这就要把手搭在母亲脖子上的自己。

8

　　他打开视听大厅的门,送走了离开会场的八名参会人员。他虽然听说过春分时节的三月也会出现暴风雪,但是万万没有想到会在今天遇上。尽管他自认为,从策划阶段起就已经考虑到了所有的情况,却还是出了纰漏。

　　准备好的一百五十张入场券,连一半都没有卖出去,打广告的工夫也白费了。"八"这个数字让信辉的士气委顿,也夺走了工作人员的笑容。眼看着每月一次的活动就要走上正轨,却遭遇了这样的失败。

　　受邀前来以"地方上的电子书"为题进行演讲的讲师,从讲台上扫了一眼听众席,说道:"看来我们的时间将会过得很充实。"赢得笑声的唯有这句话。在按下印章领取讲师报酬的时候,他笑道:"我这是通过模拟切身地体会到了数字鸿沟[①]啊。"他连备好的茶水都没有喝便拂袖而去。他们明明周详地通知了当地的

[①] 数字鸿沟,也称为信息鸿沟,指的是拥有信息时代的工具的人以及未曾拥有者之间存在的信息掌握量等方面的鸿沟。

新闻出版界。恶劣的天气不是唯一的原因。他只能认为存在根本性的问题，例如人员的配置和安排，会场和讲师之间的平衡等等。

他望着办公室窗外不断倾斜飘落的雪花。天空中彤云密布，似乎伸手便能触及。注视着这一阵接一阵、无休无止的落雪，他的情绪越来越低落。雪花的个头比早晨还要大。气温没有像预想的那样升高，雪花也不像北海道中部那样落下便会融化。如果刮进来的雪导致自动门无法打开，那可就麻烦了。他想要去除雪，转过身背对窗户，把手伸向挂在办公椅靠背上的羽绒夹克。

收拾完会场的塚本由纪回到了办公室。举行活动的时候，她总是穿着灰色的西装。脖子上挂着的工作证正在摇摇晃晃。她朝信辉露出笑容，似乎想要赶走活动的失败。

"您辛苦了。"

"嗯。雪下得比预想的大啊。我去扫扫雪。"

他把胳膊套进羽绒夹克。一想到这次的失败让职员为他感到担心，他就如坐针毡。在工作一线，进馆人数准确地反映了每月一次的活动情况。问题或许正是在于工作一线的士气低落。

"馆长。"

他停下正在拉拉链的手，抬起了头。进入眼帘的是塚本欲说还休的眼神。如果她是想要面对面地为了活动的失败而安慰我，那我真想赶快离开这个房间——信辉低下头，拉上拉链，冷淡地问：

"怎么了？要帮我扫雪？今天的雪太重，不用了。"

"我是想谈谈纯香的事。"

信辉使劲儿地合了一下眼。他想象了好些她有可能说出的话，感觉依靠预测而得以逃之夭夭的日子，全都成为了自己欠下的账。他做好心理准备，抬起头，露出了和蔼可亲的笑脸。这让人无法捉摸他内心世界的笑容，被职员们称为"馆长的微笑"。他带着微笑问道：

"纯香怎么了？"

塚本皱起了眉头。这几秒，信辉等着她开口。其他的职员马上就要回来了。塚本的视线缓缓移动到办公室的入口，又再次回到信辉身上。

"休息的时候，我在自由学校① 做义工。"

对于职员工作以外的个人活动，他并不多嘴，但是她在休息日都还工作确实让他感到意外。在受到约束的时间绝对不算短的每一个工作日，他们奉献着自己的身心，而到了休息日，她依然过着与此没有分别的生活。到底是什么原因让她选择了如此禁欲的生活？信辉留意着不让自己显得冷淡，简短地答道："哦。"

"如果可以的话，我想带纯香去，一周就一次。我想，除了

---

① 学生们可以按照自己的兴趣自由选择科目的学校。

秋津老师那里，如果还能找到其他让纯香感到高兴的地方也挺好的。"

这不是一个可以立刻答复的问题。信辉在琢磨着她的本意。"而且"，塚本继续说下去。

"馆长，您几乎也没休息过吧？最近您看上去特别疲倦。我想，如果能帮上点忙……"

他躲开了那双闪闪发亮的殷切眼睛。他一直避免和职员发生工作以外的接触。自从纯香来到这里，保持工作和生活的平衡开始变得困难起来。虽然他仍然认为，这种情况很快就会发生变化，但是一旦被这坦率的眼神指出事实，他还是会感到心情郁闷。

"谢谢。很抱歉让你担心了。我会和纯香谈谈的。"

电话响了，塚本伸出手去。信辉拉好了羽绒夹克的拉链。

当他拿着塑料除雪铲走出大厅时，放在夹克内侧口袋里的手机振动了起来。一看到画面，他立刻按下了通话键。

"是小信吗？我是纯香。"

眼前只有皑皑白雪。无论是脚下、头顶，还是树木上，都沉甸甸地积压着白雪。

"你怎么了？有什么事吗？"

"没什么。雪下得太大了，我在担心小信有没有被雪埋起来呢。"

他想要回答"我已经被埋住了"，却先笑了起来。

"纯香说什么可笑的话了吗？"

"没有。纯香为我担心，我很吃惊哟。"

"纯香总是在担心小信哦。吸烟也是不行的。以前外婆总是担心小信。现在外婆不在了，就该纯香担心小信了。"

"原来是这么回事啊，谢谢！"

接下来就没有别的话了。在没有一个人影的茫茫大雪中倾听纯香的声音，仿佛外婆的恋恋不舍变成了白雪倾注而下。在独自一人待在房间、闭门不出的生活中，如果纯香能以她的方式感受着哥哥的孤独，也算是上了一个台阶。他愿意这么想。仅仅只是把她带入外界，或许并不意味着全部。纯香也好，信辉也好，依然处于孤独之中。

"我今天会尽早回家的。告诉我，你想吃什么？"

"小信想吃什么，我就吃什么。"

信辉回忆了一遍冰箱里有的东西。明明没有任何关联，可是秋津伶子的脸庞却出现在眼前。他想，她在生活中，也是每天都考虑着家里人的一日三餐吧。卧床不起的婆婆、丈夫。他想象着她肩扛的生活。

冰箱里有的，是鸡胸肉、洋葱和鸡蛋。

"我们做鸡肉鸡蛋盖饭吧。"

"鸡肉鸡蛋盖饭！纯香的大爱！我等着小信回来哦。谢谢！回头见。"

电话突然就断了。信辉拍掉肩上的积雪，放声大笑。没有任何人在听。他用铲子推动沉甸甸的积雪，把它们推到树丛里，辟出一条通道。

理应是个旅行者。自己就是个旅行者。已经抛弃的种种东西涌上了信辉的心头。

"缓缓地移动。"

来自《情陷撒哈拉》的一行文字，落在他的心底。

一种比雪还要冰冷的东西开始充满信辉的胸膛。来到这片土地之后，自己不是连一步都没能迈出吗？他停下捧着白雪的手。他把空忙的每一天，连同沉重的白雪，一起抛进了树丛中。他呼出一大口气，白色的视野变得朦胧起来。

他把锅碗瓢盆交给纯香清洗，自己则坐在了电脑前。他很不情愿地开始撰写新的计划书。如果不考虑预算的问题，将不会有任何进展。

雪停了。他原本打算，如果雪一直下到半夜的话，要在天亮前再出去扫一次雪。天气预报显示，从明天开始会一直是晴天。如果白天的气温能达到零上，雪很快就会融化。他把手伸向了书桌上的香烟。

厨房里的水声消失了，房间归于沉寂。不知哪儿在沙沙作响。掀开窗帘一看，好像不是在下雪。他竖着耳朵，寻找发出声响的地方。从厨房窜出来的纯香跑进了自己的房间。他快步走向平常刻意避开的妹妹的房间。

一步之遥,他被关在了门外。

"纯香,怎么了?"

门把手被她从屋里紧紧地握住。他不知到底发生了什么事。信辉抓着门把手,一遍接一遍地敲门,叫着妹妹的名字:

"你要是不开门,我就砸了。纯香,出来!"

几秒钟之后,门把手松了。信辉看见纯香站在漆黑的房间里,捂在胸前的胳膊里抱着什么。有两只眼睛在黑暗中闪闪发光。等他适应了房间里的黑暗之后,发现那是一只猫。信辉的手离开门把,向纯香伸了过去。他尽可能用温和的语气对往后退的妹妹说:

"纯香,这座公寓是不能养小动物的。我没告诉过你吧?是我不好。"

一双眼睛死死地瞪着信辉。信辉拨开搭在前额上的头发,心情渐渐阴郁起来。对于信辉来说,在纯香还没有来到这里的很早之前,时间就已经不再是拿来度过的,而是必须挤出来的了。如果不想方法设法做好安排,连去理发店的时间都没有。

"总之,你先从房间里出来。"

他对妹妹的怜悯,伴随着一种气馁。就算他在只有二分之一联系的血脉上感受到逃避和愤怒,状况也不会发生任何变化。信辉继续耐心地劝说她从房间里出来。

屋内和屋外两人都在相互间的无言以对中执拗地站着。三十分钟之后，纯香抱着猫来到厨房。她看都不看信辉，从冰箱里取出牛奶盒，倒进干净的碟子里。然后，她把碟子搁在地上，放下了小猫。望着蹲在地上，抚摸着小猫脊背的妹妹，他犹豫着不知该说什么才好。当碟子上的图案露出来的时候，纯香抬起头望着信辉说：

"它总算是有精神了。我是在币舞公园门口的一个瓦楞纸箱里发现它的。还是只小猫咪呢。我一直抱着它，让它暖和。它今天才刚开始走路，开始叫呢。"

信辉决定听完妹妹的解释。一种期待在他心底某处产生——没准这只猫能够多多少少减轻自己的负担呢。就在不由得问及小猫的名字时，他发现自己已经接受了现状。

"它叫熊猫。"

"小猫的名字叫熊猫？"

"是的。是世界上最美丽的生物。"

信辉搞不明白纯香所谓的美学标准。他看见，自从出生以来一直不自觉地完全处于庇护中的纯香，黑眼珠里闪烁着保护者的光芒。这让他死心了。白天，纯香曾在电话里说："雪下得太大了，我在担心小信有没有被雪埋起来呢。"现在，他总算理解了这句话的含义。他笑了起来，原来在纯香心中，自己和被遗弃在瓦楞纸箱里的小猫处境是相同的。她可能一边为了小猫在自己手中重获生命而喜悦，一边想到了哥哥吧。

真正的旅行者，或许是纯香。缓缓地，但是踏实地移动着。她从容地按照自己的速度朝着其他地方移动。

这只被命名为熊猫的小猫，就像是知道信辉是这间房子的主人似的，迈着前腿慢慢地向他靠近。它来到信辉身前，轻轻地叫了一声。

虽说已经是三月了，气温却还在零下。把它扔到雪地里也是不行的。如果这么做，信辉也会忍受不了自身行为的残忍。他看看放在电脑桌上的数码钟，还有三十分钟就十点了。

纯香把熊猫放回房间，开始准备洗澡。当她拿着睡衣和内衣穿过厨房的时候，信辉对着妹妹的背影说：

"明天，我们去买猫粮和猫砂吧。"

慢慢转过身来的纯香，和死去的母亲一模一样。平时空洞的眼珠，一瞬间放射出清醒的光芒。母亲死时的面容浮现在他脑海中。她在笑。那是信辉第一次，也是最后一次见到她的笑容。

"谢谢你，小信！"

他点点头，闭上了眼睛。无论是声音还是气质，都与母亲相似，相似得让人不舒服。

母亲渴望的东西只有笔、墨、纸。虽然她生下了两个不知道父亲是谁的孩子，可是她一个都不想要。她追寻着墨和纸，投身于如墨一般漆黑的浑浊河水中。在达到顶峰的第二年便死去的书法家"林原圣香",已经没有人还记得了吧。外婆或许是为了给那噩梦一般的日子贴上封条,才立下了不让纯香抛头露面的誓言。他现在明白了。无论是在母亲活着的时候,还是在她死了之后,大家都被她所捉弄。冻结了外婆心脏的人,或许也是来自冥界的母亲。

他离开浴室传来的水声,在电脑桌前坐下。读了一半的书积攒了三本。今晚看来也没有读书的心情了。插在充电器上的手机闪烁着蓝色的光,在通知他有短信。他的视线不知不觉移向了放在桌边上的DVD《情陷撒哈拉》。这是二月中回到信辉手中的。在把DVD还给信辉的时候,伶子说:"书我就不客气地收下了哦。"听到她说电影看了两遍还觉得有意思,他也喜形于色。

出差时发现两个人就在同一个地方的时候,他踌躇了片刻。虽然会议结束得较早,但是要把纯香托付给里奈和她见面,还是让他感到犹豫。

"我所在的札幌,也在下雪。秋津伶子"
"我这边总算是可以喘口气了。雪下得真大啊。林原"

明明为了这一偶然而雀跃不已,他却一边观察着大马路旁书店里新书的堆积状况,一边发出了这条装模做样的短信。

她再回复的时候,已经是在小樽的娘家了。特意把她从娘家叫出来也不合情理。接下来,他们相互间发了两三次不知算是简洁,还是冷淡的短信,内容无非是"明天我就要回钏路了",或是"我在读《情陷撒哈拉》,挺有意思的"。

关闭的房门内侧,传来了挠门的声音。好像是熊猫在找纯香。他打开短信。第一条是麦当劳发的优惠券,第二条是里奈发的。

我是RINA。别来无恙?我在电视上看见了道东的大雪景象。这边今天也很冷。上次我把电话号码输进了纯香的手机,但是她一直没给我打过,我有些担心。明明小信也不跟我联系啊,我倒没觉得有什么不放心的。拜拜。晚安。

他翻来覆去读了三遍。距正月里的肌肤相亲,已经过去两个月了。熊猫正在挠门。听上去就像是纯香的脚步声,她从只有庇护的地方走了出来。咯吱咯吱、沙沙的声响在房间里回荡,让信辉的心情陷入低谷。在母亲生下纯香的那一天,外婆的眼睛就已经看到了这一切吧?这条以"RINA"开头的短信让他感到隐约的不协调,他回信道:

扫雪也是我的工作,已经直不起腰了。纯香捡来了一只猫。疲惫和工作越积越多。这里是不允许养动物的呢。要是被发现的话就得搬家了。晚安。

短信发出还不到一分钟,电话来了:
"真的捡了只猫?"
"是啊,被她骗了。好像从好几天之前开始猫就在这儿了,只是我没发现。"
"什么样的猫?"
"一只小白猫。好像是被扔在了附近公园的一个瓦楞纸箱里。"

里奈叹了口气。让他想起自己沉没在她身体里时她所发出的声音。同时,塚本客气的眼神掠过眼前。他的身体沉重得如同沙袋,但思维却以极快的速度朝着各个方向交错飞行。

"今天也挺累啊。"
"我们聊的总是这些内容呢。"

停顿了短短的一瞬,里奈这么说道。这种语气既不代表不满,也不意味着放弃。面对这句把握不了感情的话,他只能保持沉默。如果把一切都付诸语言,这危险的平衡就将被打破。他点上一支烟,掩饰了这种不适感。

"钏路还在下雪吗?"
"没,傍晚的时候停了。"
"小信,你到那边已经是第二年了呢。"

对话一旦拉长,坏心眼就渗透了进来。他想象着她将要说些什么,于是更加沉默了。远离诚实的心绪,已经做好了逃跑的准备。他低声呢喃:"两年了啊。"

"疲惫的,或许不只是小信一个人吧。"

"只要在工作就会疲惫的。大家都一样。"

当她问及猫怎么办时,他答道:"我也不能把它扔了吧。"洗完澡的纯香,在房门前给信辉鞠个躬说:

"晚安!"

他把手机从耳边挪开,回了一声晚安。里奈的声音又回来了:

"过了十点,小信就有自己的时间了。虽然有些麻烦,不过眼前有一个能给你的生活分区的人,也是件好事哦。"

"可是我已经累得毫无力气了。"

"小信。"她说完这句话后莫名奇妙地停顿了一会儿。这样下去的话,他恐怕会听到没完没了的埋怨。

"因为是在打电话,所以我们俩才会说上这么好几分钟吧?"

"什么意思?"

"说的就是这个意思。如果是在同一个地方,我们一定连这样的对话都不会有。最近我明白了这一点。我觉得,我们也许会相对无言地终了此生。"

疲惫让信辉的身体越发沉重。他感到,就算是询问里奈话里的意思，也只会给自己增加询问后的责任，不会有任何好处。

"我可能也有些累了。"

她没话找话地问起了小猫的名字。"熊猫。"回答很简练。

"哎呀，一听就知道是纯香的风格。我觉得跟她一起生活的动物一定会过得很舒服。如果是满心烦恼的人，宠物也会跟着疲倦起来的。回头我再给你打电话吧。晚安。"

他把手机放回充电器，发现他们仅仅只是进行了一个随时都可以结束的交谈。他无法接过里奈设计好的"更为严肃的话题"。他在诚实与不诚实之间游走，漂浮在暧昧中。就像错过季节的雪，在即将落地的那一瞬间，犹豫着到底应该累积还是应该融化。最后，这种暧昧开始依赖于让它轻松的时间。一动也不能动。不是旅行者。是去了又回的观光客。

寒气从窗帘的下摆钻了进来。他关掉房间的灯，拉开了窗帘。辉煌的街灯持续照耀着没有人影的街道。他点燃了第二支烟。一天的疲惫渐渐开始融化。同样的时光将日复一日。这种预感冷却了信辉的身体。他想起了短信里的文字"RINA"。除了信辉以外，和她互发短信的对象有很多。在长时间的交往中，他一次都没想过去把握里奈所有的人际关系。

不是"里奈"，而是"RINA"，这意味着什么？他左思右想，感到某种一点点逼近的、被试探的不快。但是，如果指出哪怕一点不对的地方，听到的都会是女人预备得百般周全的回答。

彼此间原本无心的话语,却都在无意中变得别有意味。这不禁让他感到长时间的交往变成了相当大的麻烦。如果两个人不能在同一时间找到着陆点,将会无休无止地困在原地。稍有一步偏离,都会带给两人伤害。为人考虑不过是明哲保身。头很沉。他转转脖子,一个个关节发出令人讨厌的声音。

"真弄不明白啊。"他的呢喃模糊了窗玻璃。

他延长了午休时间,来到了最近的一个宠物店。

纯香怀抱熊猫,正在专心致志地听一个体格健壮的女性工作人员给她讲解。女工作人员微微晃动着她那似乎比围裙要大出一倍的身体,说道:

"当它不舒服的时候,就喂它吃这种食物。然后,最好是一边观察它的情况变化,一边再给它添加干性的食物。"

被称为阿姨的楼层工作人员,因为自己的话得到了原封不动的重复而感到困惑。信辉急急忙忙地把别人推荐的猫粮袋子放进购物车。猫砂和塑料猫砂盆、猫抓板。抱着满满一怀的养猫工具让他叹了口气。

"它叫熊猫。可爱吧?"

信辉在楼层工作人员回答纯香问题之前,就把购物车推向了收银台。

"小信,你等等我呀。"

"没时间了。午休就快结束了。"

让他烦躁不安的不仅是收银员慢条斯理的动作。他把东西放进后备箱，离开了停车场。难以名状的愤怒让他握方向盘的手变得粗暴。积雪的道路变成了表面结冰的坡道。慈悲的太阳只融化了它的表面。必须赶紧更换的无钉轮胎，他一直没换，心想着忍过这一年。他不知道，哪里还有余地来养这只猫。

他把纯香送回公寓，避人耳目地把东西搬进了房间。没时间把猫砂倒进盆里了。他万般叮嘱纯香不要一个人做。找到了保护对象的纯香，不知是否还会遵守信辉的吩咐。"旅行者"这个词溜出了他的嘴边。

他回到图书馆，走进大厅。学生很少。就在他踏上台阶的时候，想起来今天是公立高中的入学考试日。信辉停下脚步，在楼梯的半中央发愣。每月的例行活动不尽人意，整个城市对于事件、活动感觉迟钝……他四处追究原因，最后似乎会一拥而上全都归结在纯香的身上。有理由，就是前进了半步。如果都怪到纯香身上，他就可以轻而易举地获得别人的同情。

走进办公室，他看见塚本正在茶水间里做咖啡。

"馆长也来一杯吧？这是别人给我的咖啡豆。"

"谢谢。我来一杯吧。"

塚本负责在本地的 FM 广播节目中介绍书籍，每周一次，每次十分钟。咖啡豆好像是节目主持人给她的。

"这是大家都说好喝的豆子哦。"

塚本的为人，有效地缓和了馆内容易僵硬的人际关系。他常常通过她的缓冲，和各个职员建立良好的关系。

他没有提及自由学校的事。昨晚小猫引发的混乱淡化了这件事。要适应别人的怜悯，看来还需要一段时间。信辉站在窗边，俯视着还没化完的积雪。曾几何时，在这风景的某处，他寻找过秋津伶子的身影。塚本把杯子搁在信辉的桌上，回到了茶水间。感觉到她走远，信辉回过头来。

喝完咖啡，他取出了胸前口袋里的手机，想象着入学考试结束后高中老师们的慌乱。秋津伶子工作的西高中，今年名额没有报满。少子化和学习能力下降是这个城市最大的问题。任何一个人都会被某所高中录取。所以不学习的孩子依然彻底不学习。越是在地方城市，快乐教育带来的欠账就越多。无论是能够辅导学生进入中央的大学的指导队伍，还是课程安排，对于没有学会安排时间的孩子们来说都仅仅只是负担而已。

信辉站在窗边给秋津伶子发了一条短信：

你好！昨天的大雪真是让我领教了它的厉害。你别来无恙？纯香冷不防捡来了一只猫。要让她扔掉，我实在是说不出口。我是不是太好说话了？

他没有接着写下去。他的视线在写了一半的短信和雪景之间来回移动。虽然他更想把短信删掉,但是手指头又不自觉动了起来。

  我这里的一个职员,想邀请纯香去自由学校。我一直依赖着秋津老师和您。如果继续这样拖泥带水,我们或许会永远在人们的好意中活下去。我每天都生活在犹豫之中,但是也不得不在某个时候下定决心。只是不知道会在什么时候。
  林原

  他没有重新读就发出了短信。他从来没这么做过。自己究竟想在这条短信里说些什么呢?这个念头一闪而过,他开始期盼秋津伶子的回信。午休过去了。
  工作结束回到公寓,已经是晚上八点多了。家里只有煮好的米饭。信辉急急忙忙地炒好了家里现成的蔬菜。把先前就炒好的鸡蛋混进去,感觉似乎营养也就均衡了。对于如今的信辉而言,无论是工作还是准备饭菜,"处理完"才是重点。必须做的事情在不断增加,想做的事情却一直被忽视。站在自己所期盼的地方,不断增加的只有义务。
  望着安静动筷的纯香,他问饭菜味道如何。
  "很好吃。小信还会做饭,是纯香的骄傲。"
  "哈哈,纯香还会说奉承话了。"

"奉承话是什么？"

信辉今天第一次笑了。

"是让别人听了高兴的话。"

"听了奉承话会高兴吗？"

"就算是假话，听了也会让人有些高兴吧。"

"如果小信高兴，我就再多说点奉承话。"

"那就麻烦你了。"

"你就放心吧。"

纯香似乎并不明白信辉为何而笑。也许她一直不明白也很好。要下定决心，可能就是现在吧。就像蔬菜被粗暴咬碎后静静地落入腹中一样，信辉再一次自语道："这样可能也挺好。"

纯香在洗衣服，信辉在她身边，把猫砂倒入砂盆里。明天再去买本养猫的书吧。自从开始和纯香一起生活，某种东西始终在一点点地移动。无论是心灵还是身体，虽然他不能明确地把握这种东西，但是和妹妹来之前确实有差异。这可能是每天在不知不觉中，试图去把握某种东西的纯香的速度吧。

在纯香就寝后安静下来的起居室里，熊猫在角落里撒尿。熊猫从猫砂盆里出来时，几粒沙子从塑料容器里散落出来。手机振动了起来。他急不可待，连充电器都没有拔掉就打开了画面。

晚上好。你发来的短信，我读了好几遍。我想，纯香捡来的小猫，今后可能会很靠得住哦。纯香的心灵或许会慢慢地成长，从被守护者变成守护者。拥有可以依靠的人，而且这个人也乐意被依靠，我觉得没什么不好。只不过，或许存在林原先生的客气所带来的"负担"。我不知道该给你打电话还是发短信。结果，犹豫来犹豫去，时间都这么晚了。接下来，让我们期待小猫咪的表现吧。晚安。伶子

9

五月的第三周,道东的樱花绽开了。天空也衬托着樱花的颜色,几乎每天都是淡淡的灰色。在厚度不明的彩霞之后,太阳升起、落下。

当升空的飞机穿过灰色的云层,展现在伶子眼前的,是与地面相同的色彩。地形一点点模糊起来,很快就消失无踪了。刚才位于机体之上的东西,现在到了下方。分界的不是云层,而是雾霭。行程为三晚四天,目的地是京都、奈良和大阪。从暑假结束到秋季这一时间段,西高中的文化活动很集中,所以修学旅行被安排在了一个学期的中间。

在集体活动之外的时间里,保健老师在住宿地点待命。率领着六个班共二百四十人的队伍,必然会出现身体不适的学生。即使地点远离校舍,伶子的工作内容依然相同。第一晚和第二晚按计划是住在京都,第一天的参观活动按照行程表顺利地完成了。

第二天一早开始,便是以班级为单位的自由参观。决定留在宾馆的学生中,还有几个人症状不明,说不清是感冒发烧,还是贫血。他们说自己肚子疼,头疼,但是让他们吃药,他们又说,

"我躺着休息一会儿就行了。"好不容易来一趟，就算是硬撑着也要出去——这样的愿望，他们是没有的。每年情况都这样。在自由活动的班级里，一眼就能看出哪些孩子受到了孤立。在飞机上、客车中，在移动过程也好，在就餐的时候也好，他们一直在观察着身边的情况，考虑究竟在什么时候开口说自己身体不适。这样的学生也是保健室的常客。因为有暗号，所以伶子也很好处理。无法融入周围环境的孩子有着各自不同的理由，但是很少有人在毕业后还持续这种情况。摆脱了受欺负、被孤立这类高中时代脚镣的孩子们，会发生巨大的变化。每一年她都会因为这种变化而感到吃惊。他们会在大约半年之后突然造访保健室，说道：

"和高中时代相比，现在简直就是天堂！"

他们第一次在恋爱方面遭遇挫折，前来向伶子求助，也是在这个时期。对于他们的牢骚，保健老师会默默地倾听。化着妆、穿着入时的他们或她们，如同化茧成蝶一般。不过，他们还是会回到保健室，来展示羽化后的自己。

他们是观光客——每次外出旅行都会回到原点。外表的变化，就是旅途中带回的礼物吧。

五人一组的学生们接二连三地走出了宾馆大厅。大家都会抬起头望着天空皱起眉头。一大早气温就超过了二十度。这和道东还需要穿拉绒衫的天气完全不同。不知到了中午会有多热。

"伶子老师，我们走了。"令人意外的是，保健室常客集中的那班学生精神抖擞地跑了出去。伶子举起一只手，回应着学生们。

　　班主任老师手里都握着班级活动日程表。为了以防不测，老师们也都在宾馆里待命。大堂的自动门几乎一直都开着，外面的空气涌了进来，温度升高了。

　　伶子使劲地向傍晚才会疲惫归来的学生们挥手再见。还剩几组，大家即将外出。就在这个时候，有人在叫她的名字，站在那儿的是三班的班主任。

　　"抱歉，我们班的君岛说她身体不舒服。"

　　"什么情况？"

　　"她脸色发青。是她本人要求留在宾馆的。来报告的学生说，她一个晚上都在吐。肚子不舒服的学生目前只有君岛一个，所以我认为应该不是饭菜的问题。她会不会是中暑了啊？要是不舒服，昨天晚上说一声多好，真是的。"

　　从外面流入大堂的空气已经让他热得出汗了，他正从衣兜里拿出手巾擦拭着额头。

　　伶子通过手里的文件确认了房间号，然后向君岛沙奈的房间走去。因为预定了整个楼层，所以老师待命的房间是敞开的。有学生留下的房间，门也开着，固定在门碰上。

　　她敲了敲332房间的门。里面传来嘶哑的声音。"我是秋津。"说完这话，她走进了房间。房间里残留着少女们使用的止汗粉的气味。君岛身穿制服躺在床上。

"我听说你肚子不舒服。感觉怎样？是吃什么就吐什么吗？"

君岛沙奈苗条的双腿占据了半张床。缩短制服长度、化化妆这类少女们的小小出轨，与她无缘。担当学生会秘书长的她成绩总是独占鳌头。大家说这个年级能考入国立、公立大学的学生非她莫属。

虽然她的成绩可以上个偏差值①更高的高中，但是不知为何，她却像个变种似的选择了西高中。因为她没有来过保健室，所以直到她上二年级，她们之间除了打招呼，也没有其他的接触。

"君岛，你还觉得恶心吗？"

听到伶子在问她，君岛沙奈微微睁开双眼说："比昨天好些了。"她似乎并没发烧，但是脸色很难看。既然吐了一个晚上，伶子担心她会不会出现脱水的症状。伶子从常备的包里取出了能量果冻胶。吃下去的话，可以同时补充水分和养分。

"一点点地咽下去就行。不要勉强自己。放在嘴里试试。"

她从伶子手中接过铝箔包装袋，用雪白纤长的手指握住放进了嘴里。一口、两口，她的喉头动了起来。她拿出呕吐时用的塑料袋，呼吸急促。

---

① 相对平均值的偏差数值，是日本对于学生智能、学力的一项计算公式值。偏差值与个人分数无关，反映的是每个人在所有考生中的水准顺位。

"我们去医院吧。"

她的眼睛望着伶子。伶子问她能不能站起来，她说：

"没问题。"

沙奈下了床。伶子用手机和班主任取得了联系。从他那里拿到医保卡复印件的时候，班主任询问她情况如何，伶子告诉他，去医院后有可能需要输液。如果今天能止住呕吐还好，如果不行，就不得不考虑让她先一步回家了。还有两天的行程，最好是尽早做出判断。

在旅行社的安排下，她们立刻坐上出租车前往联系好的医院。古都的道路狭窄，让人担心汽车随时都会蹭上墙壁。在笔直延伸的宽阔道路上，前方的景色总是天空。在这样的风景中成长，会感到整个京都就像是一个巨大的主题公园。即使年年都见，印象也没有任何变化。

君岛沙奈躺在后座上，依然显得精疲力竭，一只手里握着伶子给她的塑料袋。旅行社向导叫来的出租车，无论是起步还是刹车都很平稳。

虽然每一年都会多多少少出些意外，但要是和新型流感肆虐的那一年比起来，就都显得清闲了。

伶子想，如果服用一些止吐药，输输液便能恢复的话就好了。然而，尿检和诊查推翻了这一设想。

护士告诉她，已经让沙奈在治疗室里躺下准备输液，接着说道:"医生有话跟您说。"便把她领进了诊室。一位上了年纪的女医生面带柔和的表情等待着她。她让伶子坐在自己面前的圆形椅子上。

"她怀孕了,老师。"

伶子一时间无言以对。

君岛沙奈和那些会因为呕吐而被疑为怀孕的学生层次相去甚远。不,不对。不管是什么类型的学生,都有可能发生这种事。为何就这一次自己却没有产生疑心呢?伶子回顾了自己从年初开始便沉重而疲惫的心情。她只能认为,自己作为保健老师的天线折了。

"她是怀孕了吗?"

"是的。她本人好像知道。我跟她说,这件事我只通知保健老师,她同意了。总之,我暂且选择了对母体没有影响的药物给她输液。"

君岛沙奈已经被称为"母体"了。

"接下来的事,可以交给她自己和老师您来处理吗?"

"好。让您费心了,谢谢!"

伶子礼貌地道了谢,回到了候诊室。她迟疑着,没有立刻去治疗室。虽然开着空调,可是汗水却从身体的各个角落不断渗出。

"她本人好像知道"——她试着在喉头重复这句话。她取出手机，心里想，自己刚才是打算给谁打电话来着？有短信。一条是林原发来的，还有一条是一位做保健老师的朋友发来的。这位老师今年春天刚调动了工作，也正在关西，行程和她相似。

早上好！今天的钏路岂止是凉快，简直有些冷了。气温只有一位数。我想您在京都要早一步过上夏天了。多保重！
林原

我们今天从大阪去神户了。热啊。教物理的川久保老师问起了伶子你的情况。他好像在四处打听你的事呢。真是个麻烦的男人啊。他想知道你的地址，我保密了你要谢谢我哟。千寻

不管是哪一条短信，话题都远离现在的状况，让她心存感激。输液大概需要一个半小时。护士对她说："您好好歇口气，睡一会儿吧。"她刚把手机扔进包里，又改变了主意。她联系了班主任：

"现在君岛正在输液。我想，输完液后我们需要商量一下是否让她先回家。"

"就是，还有两天呢。真让人为难啊。要是明天返程就好了。秋津老师怎么看？"

她并不认为这样下去的话，君岛能承受得了客车里的空调和

外界的温差。她也不打算将君岛的情况向班主任和盘托出。她很犹豫，不愿意和君岛本人以外的另一个人共同拥有这个话题，即使对方是班主任。

在发现学生怀孕时，她总是感觉到的一点是，即使叫来好几个老师一起商量，到最后能拿出结论的依然只有学生本人。现在，不把问题扩大，是伶子唯一能给予的支持。

她以"万一"作为开场白，询问说，如果君岛提前回去，家里是否有人能来迎接。班主任低吟一声，嘟哝道："很困难吧。"

"很困难，是指什么？"

"我是说君岛的家长。有些麻烦呢。因为她本人想要上大学，所以二年级我开始当班主任的时候见过他们一次。"

"他们麻烦吗？"

"我都低下头求他们了，他们还是一味地坚持说不给女儿掏学费。她有一个哥哥和一个弟弟，跟她都是差一岁，都在清明高中，一个高三，一个高一。"

清明高中是市内唯一一所拥有理科的升学后备高中。据班主任所了解的情况，她的家庭环境看上去似乎很平凡，但是对待女儿却给人以草率马虎的印象。让沙奈一个人进西高中，就是因为这所学校能让他们尽量减少交通费等开支。

"他们说，如果君岛想上大学，就要凭自己的力量，一边打工一边读。说是在哥哥和弟弟身上花了很多钱，顾不上她了。我是打算想方设法让她进国立大学。"

班主任的气势和对话的形势朝着奇怪的方向滑去。伶子再次问道：

"那你是觉得，和她家长联系，让他们到关西机场来接她是不可行的？"

"到时候我会和他们联系，但是老实说，我觉得他们说什么也不可能来接君岛。"

班主任的一口否定，渗透着他的愤怒。如果家长来，无论怎样也不得不说明情况吧。伶子说，等输完液再做判断，便挂断了电话。

不知不觉中，她叹了口气。到了明天，还会有学生因为尚不适应的暑热和疲惫而倒下。她也考虑是不是让副班主任把她送回去。那是个刚刚从学校毕业、骄傲自大的女老师。无论遇到什么事，都摆出一副挑战的态度，和伶子不合。如果她对沙奈的情况抱有疑问就麻烦了。如果是男老师，或许注意不到，能把她好好送到家，但女老师的眼睛可是无法长时间瞒得过的。

她走进治疗室，透过布帘的缝隙朝里望。君岛伸出的手臂上插着输液的针管。她从未想过要去包庇学生，或是利用保健老师的身份做些什么。但是关于君岛怀孕的事，她却感觉不能有丝毫的风言风语。应该怎么办？怎么办才好？

回到宾馆，她告诉班主任君岛是"过度疲劳和消化不良"。

听说她体力消耗严重，班主任按着额头闭上了眼睛。

这天傍晚，就在学生们开始回来的时候，沙奈搬到了伶子的房间。因为她急需疗养，所以决定让她乘坐第二天早晨的航班返回钏路。

据班主任说，虽然和她的家长取得了联系，但是得到的回答很冷淡。他们说会让人到机场迎接，让老师们送君岛上飞机。

"这样也不行啊。而且秋津老师，君岛只希望你陪她回去，说是换成其他老师的话，会担心得回不了家。"

晚餐后的会议上，班主任无可奈何地说。伶子看着手里中暑学生的人数和健康报告。还有两天。如果明天的奈良之行和大阪的住宿不出问题，最后一天只有三小时自由活动，然后就回家了。年级组长点点头说：

"秋津老师，这边的事情我们会设法解决。君岛就麻烦你送回去吧。"

"好的。"

在同学们把行李搬到伶子房间后，脸色不好的沙奈走了进来。她躺在床上，朝面带同情离开房间的同学们挥挥手。长发、显示出坚定意志的眉毛、纤长的胳膊和腿。天生的丽质和提出让伶子陪伴的聪慧，让她想要亲眼看看，这孩子会如何处理好怀孕这一现实问题。

伶子忽然想起自己以照顾婆婆为由，放弃怀孕的那一天。从结局上来看，或许是她卖了秋津一个人情。公惠说，如果婆婆非要她生孩子她就离婚，她现在情况又如何呢？还有君岛沙奈，她将怎样面对现实呢？

穿着短裤和T恤的她，看上去比穿制服的时候年龄更小。

"我会把你带回去。在到达之前，我必须考虑如何向你父母报告。"

"伶子老师，您这是在吓唬我吗？"

伶子与句尾抬高语调的她对视片刻，摇摇头说：

"吓唬你对我又没什么好处。我是说，我们需要谈谈如何来善后。"

"我自己会处理好的。我觉得没必要商量。您没有把这件事闹大，我很感谢。"

"这可是要花钱的。你哪有钱呢？如果你能告诉我答案，我不会过问对方是谁。"

沙奈说了句"我有钱"，沉默了片刻。她平躺在床上，双手捂住了脸庞。伶子以为她在哭泣，结果并不是。沙奈转身趴在床上，从放在床底下的旅行包的侧面口袋里拿出了智能手机。和别的学生相比，那是个相当朴素的包。她一边用手指拨动着屏幕上的画面，一边说：

"不知道对方是谁。无法确定的多个人。因为这是工作，再说我也记不住啊。看来以后得好好选择对象才行。"

君岛深深地叹口气，继续看着画面。"援助交际"这个词在这种情况下显得如此老套，让伶子踌躇着没有说出口。她在旁边的床上躺下，又一次和她四目相交。

"就是老师想象的那样。虽然要花光三天才能挣来的钱，可是没办法啊。是我的错。要说我的感觉，就像是在模拟考试的时候，还有三分钟就要交卷了，却发现答题栏填错行了一样。"

面对保持沉默的伶子，沙奈移开了视线，赌气地说：

"你要多问问我反而轻松呢。"看来输液起到了作用。让伶子感到不可思议的是，她对君岛没有产生任何不良的情绪。就算是把麻烦的现实摆在面前说给这孩子听，也只会让她笑话自己吧。面对一直遵循自己的价值观生活的人，是无话可说的。尽管如此，还是有些事必须问清楚。

"你打算怎么对家里人说？我能为你做什么？"

沙奈短暂地笑了几声，胸口和肚子如波浪一般起伏，低声嘟哝道：怎么可能有。

"总之，明天拜托你了。"

第二天，旅行社为伶子和沙奈准备好了机票，她们从关西机场出发，经停羽田机场前往钏路。君岛依然感觉身体不适，但是好像没有头一天厉害了。她吃掉了伶子给她的半个饭团、茶和维生素果冻胶。所幸飞机基本没有摇晃，一路上她也没有呕吐，过了中午，平安到达了钏路丹顶机场。

仅仅是在机场里站了一会儿,她们就明显感受到了这里和关西的温差。伶子环视到达大厅,寻找君岛家说要来接她的人。在距离出口几米远的地方,一个男子过来跟她们打招呼说:

"不好意思,这位是君岛同学吗?"

伶子点点头。那是君岛父亲安排的出租车司机,会把她从机场送回家。

"伶子老师,难得同行,您跟我一起回去吧。"

到市内开车大约三十分钟。如果走那条穿过湿地的路,或许能更快到达离高中很近的沙奈家。总之,首先应该把她送到家。于是伶子也一起上了出租车。

"你父母很忙吧?"

"可能吧。"

"你回到家也总是一个人吗?"

"哥哥和弟弟的学校远,他们两人晚上又都要上升学的补习学校,不常见面。爸爸要加班,妈妈不分早晚都在工作。我们在湿地旁边的居民区边儿上买了新房子,他们说要一直工作到三十五年的房贷还完为止。这样的生活怎么可能维持得下去呢?明明是个连小学生都明白的道理……"

沙奈微微一笑,说道:"不过,模拟考试的成绩,我是第一名哦。

"我到西高中上学,是因为从家里去学校不需要花交通费。

我现在挣的，是上大学的学费和生活费。"

为什么？——伶子的提问在后座上空响。"不知道。"君岛慢吞吞地答道。

"他们这么一清二楚的差别对待，反倒让我感觉很痛快。因为没有烦恼的理由啊。就哥哥那样，怎么挣扎都是上不了他想去的学校的。我只要能考上个差不多的大学，然后抛弃这个家就行了。还要再忍两年。"

"你弟弟呢？"

"他是个性格比较温和的孩子呢。所以嘛，他最后会抽到个下下签，变成我爸妈发牢骚的垃圾桶。这也没办法啊。"

说完这话，沙奈便陷入了沉默。

伶子暂且在君岛家门口下了车。就像她说的那样，房子坐落在新建居民区的边儿上，位于好几排一模一样新房子的一角。从这里再往前去，是开拓无望的湿地。紧挨着房子背后，是枝叶繁茂的水曲柳。它们起着防风林的作用。走路到西高中需要二十分钟。据说，要坐绕路的公车需要朝相反方向走十分钟，考虑到这一点，走路上学反倒更合适。伶子思考着冬天上下学的严酷条件。从湿地刮来的风，该有多冷啊。

"我可以在这里等你家里人回来吗？"

沙奈从旅行包里取出钥匙，一副对伶子的要求感到不可思议的表情：

"没关系的。我会老老实实待在家里的。"

"如果不好好跟你父母见个面，我跟着你来这一趟也就没有意义了呀。"

伶子告诉她，在成年人的社会里，形式是很重要的。她说了声"明白"，撇了撇嘴。伶子在走廊尽头君岛的房间里，等着她家人的归来。

塑料衣橱、床和桌子。面积大概不到六席，收拾得非常整齐。木板床上只搁着装教科书的背包和放体操服的衣物包，一个靠垫都没有。没有可爱的小玩意儿，也没在镜子周围布置女高中生华丽的装饰。桌子有多宽，就排列着多少参考书和厚厚的应试题集。估计在西高中的所有学生当中，能够有实力与这些题集交锋的也只有君岛沙奈一个。

"你一个人在这里准备考试？"

"是啊。钱是我在长假里集中挣的。学期中我只往返于家和学校，还有就是学生会。"

沙奈在床上躺下。伶子也坐在了课桌前的椅子上。椅背传来了螺丝钉咯吱作响的声音。明明通知了他们到达时间，可是没有一个人回来。伶子想象着来家访的老师有多么烦躁不安。她问沙奈要不要把到家的消息告诉父母，沙奈说：

"她五点钟会回家一趟。上夜班之前，她要回家换衣服。"

据说她母亲就在住宅区入口处的卡拉OK酒吧里当经理。君岛说自己要睡一会儿，转过身背对着伶子。伶子拿出手机，看着"川久保"这个名字，犹豫了一会儿，然后给千寻回信说：

> 我提前一步回到钏路了。出现了一个生急病的学生。这边很凉快。谢谢你为我费心。让你感到棘手，真抱歉。下次开完例会，我请你喝茶吧。伶子

昨天早晨之后，林原没再发来过短信。她也还没有机会告诉秋津自己是今天回来。在突然多出来的这一天，没有给林原回信的内疚感滑落心底。

似乎是受到了沙奈睡眠中呼吸的感染，伶子也开始迷迷糊糊了。就在这时，玄关传来了声响。焦躁直接变成脚步声向她们靠近。

"沙奈，喂！沙奈！"

没有听到敲门声，房间的门冷不丁地被打开了。看见伶子，女人的语气发生了变化：

"哎呀，对不起。有客人呀。"

"我是西高中的保健老师秋津。我想等到您回来，所以留下了。"

"这真是太不好意思啦。电话里没说保健老师会到我家来。给您添麻烦了，非常抱歉。"

虽然低着头摆出一副受宠若惊的样子，可这位母亲看都没看床铺一眼。似乎不是故意不看，而是没看见，或是说，已经习惯不去看。伶子有意识地把视线移向沙奈。

"我想，学生会的活动和修学旅行的准备把她累得够呛。旅行结束后有休息日，请让她在家好好休息。"

"这孩子经常请假。以前她可是个从来不生病的人呢。"

只有在说这句话的时候，她的视线移向了床铺。沙奈似乎对两人的交谈毫无兴趣，凝视着天花板。

"老师，对不起，我接下来还要上班，换了衣服就得出门。什么东西都没招待您，真是抱歉啊。这次对不住您了。请替我向班主任老师问个好。"

等伶子抬起埋下的头，门已经关上一半了。在母亲离去后的房间，沙奈低声笑着说：

"你看，我说没问题吧。"

"你打算什么时候去医院？"

"修学旅行的假期里我想想办法。这么恶心，我可真是受不了了。"

"你一个人能去吗？"

"没关系。牵扯上别人就不好办了。我也不会给老师您添麻烦的。"

"有想去的医院吗？"

沙奈听到这话才拖长声音说："哎——

"也不是哪家医院都可以吧？您有推荐的地方吗？我也不想去那种只有孕妇的医院啊。"

"还要准备文件，办各种手续呢。要找手续完备的医院，否则很危险。"

老师，沙奈抬高了句尾的声调：

"您对这类事情很熟悉嘛。"

"我可不熟悉。只记得这事很不好办。"

"啊？老师也有各种烦恼啊。"

"明天早晨你别吃饭。正好有个私人医院明天是手术日。如果运气好，明天或许就能解决问题。"

沙奈起身靠着床头坐下。她脸色不好，只有双眸出奇的闪亮。

"就早晨不吃饭吗？"

"我今天先跟医生说一声。明天白天来接你。你穿着宽松的衣服等我。"

沙奈的嘴角翘了起来。虽然自己也觉得是多管闲事，但伶子还是记下了她的手机号和短信地址。

如果学生一开始就摆出一副拒绝说教的幼稚态度，她反而能够表现得更像个保健老师。而君岛沙奈却不一样。和她在一起的时候，几乎会忘记她是个十六七岁的少女。伶子不讨厌这个少女。为了十年后能够走在正道上，只要是必须做的事情——哪怕是会被人在身后指指点点的事情,她都觉得没什么大不了,包括怀孕这样的意外事件。

玄关传来她母亲离开的声音。沙奈连看都不看一眼大门。

"那我也走了。约出租车来这儿的时候,该怎么跟司机说地名?"

"唐松小区。最里面一家。"

她按下了手机上记录的出租车公司电话,按照沙奈说的地址约了车。出租车大概十分钟后到。伶子把包挎在肩上,窗外已是天色渐暗。

西日本是初夏,而傍晚的湿地还飘荡着春天的气息。与其说凉快,还不如说是冷飕飕的。站在室外的空气中,和沙奈间的对话让她感到更为孤寂。肩上担负着一名学生的沉重感,让她打消了必须回家的念头。就这么回家,恐怕秋津会看到自己原本可以不展现给他的一面。

坐在出租车的后座上,当司机问她要去哪儿的时候,她赶走一瞬间的犹豫,说道:"市立图书馆。"

她在图书馆大厅入口旁的死角坐定,等到没什么人了,才给班主任打去了电话。

"君岛同学情况如何?"

"我见到了她妈妈,请她让君岛好好休息休息。"

"你没觉得她不在乎女儿吗?"

"我和她就聊了几句，说不太清楚。"

班主任语气粗暴地说，现在自己的目标是让沙奈进入国立大学："就算指望不上她父母，我也能设法解决！"

挂断电话，她深深地叹了一口气。在沙奈心里，班主任老师恐怕也是令人厌烦的。对于这个确定了最终目标的少女来说，大人说的任何话都是滑稽可笑的，包括不要在长假里援交的规劝。无论伶子觉得她是多么的软弱无力，能够下定论的依然只有她自己。

包括谣传在内，每一年她都会听说好几起学生怀孕的事件，可是这次却比平常心情更为沉重。在一个人独自前进的决心面前，所谓判断力是毫无用处的。

她约好了医院。保健老师求人给学生堕胎，一定有特殊的原因。医生虽然只说了句"我检查检查再决定"，但实际上已经有所察觉。这位医生不要求她解释得一清二楚，然而医术却是有保障的。

不管是否怀孕，女人的身体都是很麻烦的。今后如何与这种麻烦和平相处？她还只是个十六岁的少女，却仿佛已经看尽了人生。君岛眼下的情况让伶子倍感凄凉。紧握的手机震动起来，就像是在回应伶子。

晚上好。到了晚上就越来越冷了。我看电视里说，今天关西迎来了今年气温最高的一天。真不像在同一个国家啊。

愿您健康。请注意身体。林原

她想起了仰望白雪发短信的那一天。和林原互发的短信，是两个人忽近忽远的证据。看上去他们为对方心神不宁，互相吸引，而事实却是，他们都明白接下去的路不好走，在有意识地回避对方。

晚上好。我陪身体不适的学生提前回来了。不知不觉已经来到了图书馆大厅。回信晚了很抱歉。伶子

不到两分钟，林原就出现在了大厅。他或许是从四楼跑下来的，呼吸急促。伶子知道，他是接到自己的回信立刻扔下工作跑来的。是她不由分说地将他拉入了自己难以排遣的孤独之中。
"晚上好。"
林原的声音就像是在念台词，而且毫无抑扬顿挫，表情茫然。伶子轻轻点点头，说：
"对不起，打扰你工作了。"
他的视线投向了她的旅行箱。伶子把手机放进包里。林原摇摇头说"没事"，又一言不发了。
"我想，到这里来我或许就能平静下来。"
通知闭馆的广播在耳边响起。她装作若无其事地看看手腕上

的表，心想，又不是十九、二十岁的人。自己的笑声在两耳深处响起。那个声音在说："这不是和你的计划完全一样吗？"伶子的视线落在地面上。林原的双脚距离自己只有一米。

"上楼吧。"她慌忙拦住他伸向旅行箱的手，但是没来得及。轻轻松松拎起行李的他，又变成了平时的那个图书馆馆长。

林原默默地走进了办公室。今天晚上开着的灯，依然只能照亮需要用的桌子。开始准备回家的工作人员，对被领向会客室的伶子点点头。修学旅行用的轻便服装和林原正在搬动的行李，不知道她们会怎样看待。

"抱歉，请给我二十分钟时间。"

"回家"这个词，他没能说出口。伶子点点头，站在窗边。背后传来关门的声音。从会客室的窗户望出去，是开始薄雾弥漫的街道。橙色的街灯在薄雾的包裹中膨胀起来。它们因为水珠而鼓胀，看上去就像纸罩蜡灯，也像是马赛克画，缺乏远近感。很快，大海、河流、道路和楼房就都看不见了。

如林原所说，二十分钟后他回到了会客室。他把两杯咖啡放在了桌上。

"让你久等了。"

"我原本没打算这么唐突地跑来打扰你。"

"我们基本上靠短信联系，所以我也一直想见见你当面道个谢。"

"纯香一个人在家?"

"自从她开始照顾小猫,就自己一个人做晚饭吃了。多亏这样,我轻松多了。"

"叫'熊猫'对吧?"

"她说,熊猫是这个世界上最美丽的生物。我问她斑马就不算吗?她的回答很奇特。"

"纯香怎么说?"

"她说,斑马身上没有余白。"

被林原的笑容带动,伶子也笑了。她一边笑,一边想到了秋津。秋津的面孔淡去,君岛沙奈苍白的脸庞又掠过脑海。窗外,夜晚的雾霭在缓缓移动。她想到了明天即将流逝的那个孩子。

眼泪涌了出来。停不下来。林原从待客的椅子上站起身。原来,自己到这里来,是为了寻找哭泣的地方啊。理由就像眼中烟雾朦胧的街灯一样模糊了起来。

海雾向河流上方飘荡了过来。

10

　　打开窗户，高湿度的海风就会吹拂进来。秋津打开卧室的窗户，望着七月波澜起伏的黑色大海。不用开暖气是件好事，但是又太过潮湿。即使是朝南的房间，湿度也超过了百分之八十。

　　这个季节的雾总是夹裹着海风，让他自幼气管就出了毛病。秋津还不算严重。在太平洋沿岸雾浓的城镇，还有很多孩子会患上小儿哮喘。猛咳起来的时候，母亲就会摩挲他的后背。母亲在父亲的资助下安静地经营着这间书法教室，可是一旦事情和儿子相关，她就会变得很固执。曾经有一回，父亲担心秋津患上哮喘，想让他去学游泳，母亲还为此和父亲吵了一架。理由是，万一游泳导致手臂力量过于发达可怎么办？在母亲的心里，自己的孩子天生就是握毛笔的。秋津有时还会产生一种想法，认为自己很特别。父母之间的争吵那是第一次，也是最后一次。

　　在教室里，她待人宽厚、为人师表，却有些畏惧作为母亲出头露面。当她不得不担任年级家长的干事时，每次接到电话都一脸的不耐烦。

　　秋津回忆起母亲当时的表情，觉得和现在的她很相似。母亲一旦被放在不自由的空间,便会立刻变成枯萎的花。她极不擅长人际交往,可是在书法教室里却是"老师"。她一步都走不出这个让她感觉舒坦的地方。为了可以寸步不离,她为自己寻找着各种理由。母亲和自己都是井底之蛙。

孩提时代的回忆,就像夏天的黑色大海。拍打海岸的波浪沉重,母亲的声音从远处涌过来,在海底从深渊变为浅滩的那一瞬间,突然扬起了白色的波浪。翻起的波浪也好退潮也好,看上去都是海水,却都像浓墨一般步履沉重。

——真棒啊。小龙是个天才呢。

——才这么小就能写出如此漂亮的字,我还是第一次遇到像你这样的孩子呢。

得到母亲的表扬让他非常高兴,毛笔片刻都不离手。无论是上小学还是升入中学、高中,都会被刻意要求写字。母亲或许从来没有想象到,在一切都不能重来的现在,她的儿子会亲眼看到什么叫做天赋的才能。

母亲的情况从一月份开始没有丝毫变化。不高兴的时候会扔掉电视遥控器。随着心情的起伏也会时不时地发烧。对儿媳妇隐隐约约的敌意、下体需要的照顾和身体不听使唤的状况,一点都没有发生变化。

连医生都看不出她在装病。或许妈妈掌握的方法,不仅可以控制自己的身体,还可以控制别人的情绪吧。在这半年中,他假装自己依然蒙在鼓里，同时思考着母亲在那一瞬间单单只让儿子看到她清醒的样子，究竟原因何在。黑沉沉的大海对面，覆盖着灰色的云层，让他几乎忘记，这个世界上除了白与黑之外还有其他颜色。伶子的声音在楼下响起。

"阿龙。"

他注意到，伶子实在是很久没有叫他的名字了。快要放暑假了，工作非常忙碌，她说打算今天忙里偷闲好好休息休息。他感到后悔，自己在吃早饭的时候评价她的休息属于"罕见"。虽然他没有讽刺的意思，但是伶子却没有回应。

不知不觉中对话减少，或许原因不仅仅在于相互间感到了倦怠。自从过了年就一直这样。他不觉得伶子是在有意回避他，但是也难以认为两个人关系亲密，日子就这么一天天过去。秋津短促地答应了一声，连忙关上窗户下了楼。

"纯香打来的。"

接过话筒，他刚说完"我是秋津"，便听到了紧迫的声音：

"秋津老师，我哥哥发烧了。今天我不能去教室了。"

"是感冒了吗？烧得厉害吗？"

"三十八度五。今天我想请假不去教室，照顾我哥哥，可以吗？"

"当然可以了。我这边你不用管，好好照顾哥哥吧。体温那么高，是不是去医院看看为好啊？没问题吧？"

"他吃了药现在正睡着呢。要告诉老师的事说完了,请换伶子小姐听电话。"

秋津被纯香急迫的腔调所感染,急忙叫来了伶子。

"她想跟你说话。"接过话筒,伶子似乎接到了同样的报告。她不先跟伶子说话,而是首先向秋津请假,然后再次换回伶子接电话。似乎合情合理,又似乎很奇怪,这就是纯香思维中不可思议的地方。

伶子正在询问林原的状况。什么时候开始发烧的,有没有咳嗽流鼻涕,有没有食欲,有没有解决不了的问题……秋津站在厨房里,透过伶子的话语想象着纯香的回答,停下了想要喝水而伸向茶杯的手。

"你家应该是在图书馆附近吧?"

为什么会问起这个?他回过头看看妻子。伶子好像并没有注意到秋津的视线,依然盯着电话液晶屏上显示的电话号码。

"不停咳嗽对吧?现在感觉发冷吗?"

不管是咨询健康问题,还是介绍医院,她都是一个乐于助人的女性。如果听说某个人发高烧,像介绍医院这种小事,她会立刻就办。让秋津放不下心的,是她在确认林原的家在哪里。要在平时,他对这话应该不会抱有任何疑问。

或许她考虑的是,如果他们做不了饭,她可以送去点立刻能吃的东西。秋津不能欣然接受伶子对纯香说的话,问题其实在他自己。

他也有无法对包揽整个生活的妻子言说的事情。他在内心搜寻着、等待着,期望能够发生些什么,能够彻底打消他的内疚。

当他想到伶子或许会对林原产生兴趣时,觉得自己略微轻松了一些。在不愉快的反面,他看见了拍手称快的自己。

"你觉得他能说话吗?现在他还躺着吧?我知道了。纯香,如果有口罩的话你们俩都戴上吧,以防万一。"

他在伶子事务性的语气中寻找话语的破绽。语言本身没有任何拖沓。和平常一样的伶子。秋津在自身的隐瞒和伶子的语言、态度中揣测着越轨的迹象和她对丈夫以外的人所抱有的兴趣。如果自己有着与年龄相符的地位和收入,恐怕留意不到这样的卑屈。

假如自己在外工作,又或者,假如自己更为自信……他很想知道,尤其爱在伶子休息的日子将自己束缚在家里的母亲,究竟在想些什么。

放下话筒的伶子,看了一眼厨房里的钟。秋津顺着妻子的视线看过去,上午十一点。

"馆长感觉如何?不会是感冒了吧?"

"好像是发烧咳嗽了。学校里目前也在流行支原体肺炎。如果馆长是这病,那纯香就让人担心了。"

"支原体肺炎,是那个咳个不停的肺炎吗?"

"是的。"说着伶子又看了一眼钟。他自己也反常地立刻接应了这句话：

"如果传染给纯香就麻烦了。要是能帮上点忙就好了。"

一抹亮色出现在伶子的脸庞。

"我们能派上什么用场吗？"

"如果呼吸内科开着就好了。"

"纯香一个人照顾馆长也吃不消吧。你去看看吧。如果担心传染，是不是让纯香住过来的好啊？"

"现在去星期六开门的医院或许还来得及。要不我去看看吧。"

伶子把取下的围裙搭在椅背上，往走廊去了。秋津站在母亲床边，叫了声"妈妈"。

母亲睁大眼，抬头看着秋津。那是毫无浑浊毫无沉积的瞳仁。他又喊了一声。这一次，母亲微微张开嘴，眼皮往下耷拉着。

"纯香的哥哥生病了。发烧咳嗽。如果传染的话就麻烦了。我们能让她到家里来待会儿吗？"

"小龙……"母亲用嘶哑的声音回应道。

"什么？妈妈？"

"小龙……"

"你记得纯香吧？有一回她高高兴兴地跟你说过话呢。就是那个像天使一样的孩子。可以让她住在这里吧?"

母亲的下颚上下点了点,看上去是表示同意。她是真的在装病吗?这样的姿态,对母亲来说有好处吗?这和母亲的意图又是另一码事。

"如果纯香在这里小住,可能会把猫咪带来。这对妈妈来说,也是一个很好的康复训练呢。"

秋津观察着母亲的脸庞。她的脖子、睡衣的接缝、胸口、枕头,都散发着老人独有的酸味儿。

——妈妈,你就一直保持这种状态吧。

如果伶子发现母亲是在装病,那么自己的处境会比现在还要痛苦。尽管他已经觉察到了这令人想要逃避的现实,但是依然无法就此抛弃母亲。

下午一点,去看情况的伶子打来了电话。

"馆长住院了。"

"住院?那么严重吗?"

"他好像还有些疲劳过度,现在已经进病房了,正在输液。我跟医生说了一下他家的看护环境,医生说为了慎重起见,还是让他住院为好。我现在在他家,让纯香给馆长准备了两三天的换洗衣服。送到医院我就回家。"

"不能让纯香一个人待着吧?"

"是啊。不过妈妈会不会不高兴啊？而且，如果让她来我们家，小猫也会跟着来，会很吵吧。"

"没关系。我跟妈妈说。如果是纯香来，她也会很高兴的。总之，纯香住在我们家，馆长应当也会放心一些。"

停顿片刻，伶子回答说："也是。"秋津预感到自己将有机会接近纯香的内心，不由得突然兴奋起来。

他打开洗衣机，洗好衣服，连厨房的水槽都打磨了一遍。住院的林原，他也只是时不时地想到而已。秋津的思绪已经转移了，他兴致盎然地期待着，纯香住在家里时会发生些什么。

下午两点半，快要下课的时候，伶子带着纯香回到家里。在这个时间段，完成任务的学生正在挨个回家。伶子微微推开入口的门往里看，还剩泽井嘉史和一个小学生没走。

纯香从伶子身边钻进了教室，怀里抱着小白猫。纯香站在门旁深深地鞠了个躬，说道：

"老师，承蒙您照顾了。我没能来教室上课，对不起。"

"这回你哥哥可是受苦了。他是太过操劳吧？"

"小信和老师不一样，每天都很忙哦。"

纯香的眼神直率得让秋津感到了畏惧。仅仅只是照顾母亲、在书法教室上课，在纯香看来并不忙碌。不知是不是因为哥哥住院让她内心不安，她一直把小猫抱在胸前。伶子把纯香留在教室，关上了门。做好回家准备的小学生跑过来，抚摸着小猫的下巴。纯香看上去比小猫还高兴。

"纯香老师,小猫叫什么名字?"

"它叫熊猫。"

"可是它明明是只白猫呀。"

"熊猫可是世界上最美丽的生物哦。"

小学生"哦……"了一声,但是似乎并没有接受她的说法。嘉史起身来到秋津旁边。看上去他这一年个子又高了不少。嘉史满脸不悦地从纯香手里把小猫拽了过来。即使在嘉史怀中,熊猫依然老老实实地蜷缩着。

"给小猫起名叫熊猫,太奇怪了。"

"小嘉,你不喜欢猫吗?"

"这倒不是。说不上喜欢不喜欢。纯香老师总说些奇怪的话。"

"我,奇怪吗?"

"大家都说,你没认识到这一点真傻。"

"嘉史,别说了!"

虽然秋津警告了他,可他的表情还是丝毫没有改变,依然板着脸盯着怀里的小猫。秋津一下子恍然大悟——他恐怕是因为今天纯香没来上课而生气呢。少年的自尊心无法容忍自己坦率地表现出见到纯香时的喜悦之情。

"小嘉,你今天写出漂亮的字了吗?"

"我可是天才哟。我妈妈也总是这么说。"

秋津坐在桌旁，观察着纯香和嘉史的对话，留意不要刺激到少年的自尊心。嘉史前些日子在中学生绘画展上获奖了。在新闻报道中，他母亲发表了大幅感言。

母与子的二人三足——想到这个小标题，母亲过去的形象就在秋津脑海中苏醒了过来。纯香爽朗地说："天才，真厉害啊！"嘉史略微松手，把小猫还给了纯香。

"纯香老师果然是个傻瓜。"

纯香望着连课堂作业都不交就开始收拾东西准备回家的嘉史，似乎难以理解他意思。小猫打了个哈欠。

在嘉史离去后的教室，秋津再次和纯香面对面地说：

"这只小猫可真老实啊。"

"熊猫可以跟人说话哦。如果老师有什么不明白的事，也可以问它呢。"

"我不明白的事太多了，都不知道该从哪个问起了。"

"想到什么就先问什么呗。随时都可以哦。"

他收拾好教室，来到了厨房。伶子正站在冰箱前。

"你累了吧？我来做晚饭。"

"没关系，我做点简单的。你照顾纯香和妈妈吧。"

伶子从冰箱里取出芋头、胡萝卜、猪肉和油炸豆腐，放到台子上。秋津询问林原的情况，盯着手拿豆酱保鲜盒，关上冰箱门的妻子的嘴唇。

"他现在在吃抗生素，输液，估计明天就会好转很多。他非常放心不下纯香。说了好几次抱歉，搞得自己咳个不停，真可怜。"

"总之，"伶子说，"休养是最重要的。""是啊。"秋津答道。从初次见面开始，他就喜欢她那和年龄不相符的淡漠表情。情感的难以捉摸，使他深受吸引。长时间以来，每当留意到琢磨不透的她发生了细微变化，他都会感到高兴。

现在，秋津的兴趣从伶子转向了纯香。虽然纯香占据了他的整个心灵，但是他对伶子的爱依然没有半分虚假。他明明无法冷静，却罗列出冷静的词汇，试图让自己平静下来。对于秋津来说，纯香是无论如何也想得到的、无可替代的才能化身，而伶子是妻子，是女人。这不是要分出高下的问题。他这么想着，突然觉得似乎有人看透了他的内心。

纯香站在母亲的床前，正在对她说些什么，好像是在介绍熊猫。估计她正在重复刚才对秋津说的话。

"奶奶，您要有什么不明白的，就问问熊猫吧。"

听不见母亲的声音。在无声的沉默中，两人之间会有什么样的交流呢？他很想看看，但是心里有个更大的声音在说："不能看。"秋津望着正在剥芋头皮的伶子，视线一直停留在她的肩头。

这一天，母亲的心情也很好。每当纯香在母亲耳边窃窃私语，都会传来含蓄的笑声。在厨房、卫生间里无意中听到的细微声音,让秋津想起母亲从看护中心住了一个晚上后回来的那一天。

伶子似乎并没有注意到两个人的对话,略带疲惫地做着手里的事。结果,三个女人的样子让秋津感到不安,各种各样不好的想象搅乱了他的心。

一到十点,洗完澡、换好朴素睡衣的纯香就对秋津和伶子礼貌地鞠躬说:

"今天谢谢你们了!晚安!"

纯香睡的是给母亲陪床时使用的沙发床。她刚一躺下就睡着了,离他们回答"晚安"还不到三分钟。她真是容易入睡。熊猫蜷缩在纯香安睡的床下,蜷成一团。

秋津关上灯后,安静地刷了牙。虽然林原的身体状况还让人挂念,但是今晚的秋津家,因为他母亲良好的情绪而拥有了难得的宁静。他关好门窗,上了二楼。

在比白天湿度要高的卧室里,伶子把枕头当作靠垫,正斜倚着看书。她看的似乎是一本世界遗产的图片集。移到床边的桌上,放着一盏台灯。灯旁边搁着手机充电器。

"她可真是个不可思议的孩子。没我想象中那么需要让人花费心思,真是松了口气。"

伶子抬起头,微微一笑。不知从何时起,他开始等待妻子的回答。他希望妻子对他说的一切都有所反应。如此思索着,阵阵不安让秋津变得饶舌起来。他问再次埋头看书的伶子："病房里可以用手机吗？"

"原则上是不可以的。不过，只要别太过分，应该不会管得太严。他这次病得很突然，还有很多工作等着安排，挺不容易的。"

"他的身体已经恢复到可以打电话安排工作了啊。"

"他说工作人员很优秀，自己有个两三天不在，也不会影响业务。问题在于对外联络方面。他们好像开展了市民参与的活动，还需要应酬本地的赞助商，事情很多。"

"他在电话里跟你说的？"

伶子露出了不可思议的表情，调整了一下呼吸说："我在医院里听他说的。"语气里带着不解的疑问。

他知道两人时不时用短信联系，但是他以为话题仅仅局限于纯香。

——听说今天纯香心情不错哦。

——纯香说她开始养猫了。

他以为两个人顶多只是"秋津和纯香"的沟通窗口而已。秋津的脑海里，浮现出了曾经和妻子交往的物理老师的剪影。

"今天馆长也给你发短信了吗？"他问道，尽量掩饰着自己的卑屈。伶子摇摇头。

"他现在输着止咳药，估计会一直都昏昏沉沉的吧。体温倒是降下来了。不过肺炎嘛,需要很长时间才能完全康复。我明天再去看看情况。"

秋津钻进被窝,打开了电视机。他在睡前总会看看新闻和**NHK**的自然节目。他一度认为在卧室里装电视是很奢侈的事,但是听到伶子说偶尔也想看看电影的时候却很高兴。他觉得伶子是想珍惜和自己在一起的时间。

思考不断地朝着有利于自己的方向倾斜。他认为妻子的行为对他有所隐瞒就是一个证据。他期盼着妻子有着和自己一样的内疚。

"林原馆长有没有在这种时候能够依靠的人啊?"

"能够依靠的人?"

他无法直截了当地说出"女人"这个词。

"亲属一类的。他可以安心托付纯香的地方。在单位里没有这类人吗?"

"这个就不知道了。"

伶子这么回答,似乎不太感兴趣。他缩小和妻子之间一人宽的距离,贴过去看妻子手中的书。灯光下,雪白的手指正翻到金字塔那一页。他把手伸向伶子盖着毛巾被的膝盖,就像触摸到了一个小盘子。虽然被皮肤包裹,却明显地突出于她的身体。她拿着书的手没有丝毫变化。秋津搭在她膝上的手微微向上移动,用力抚摸妻子的腿。

忽然,台灯下的手机震动了起来。一下,两下,三下。伶子移开了视线，温暖的膝盖也离开了秋津的手心。

她熟练地把手机从充电器上拔下来，打开画面。秋津问是谁发来的。

"学生发的。我们学校的秘书长。可以说是建校以来最优秀的孩子。"

"是修学旅行时病倒的那个孩子吗？"

"对。"

她浏览着打开的画面，说自己给学生发短信还是第一次。虽然学校禁止学生带手机，但是这条校规名存实亡。

"她说模拟考试分数非常高。太好了。"

"连这事她也向你汇报？大半夜的。如果学生发的短信你每条都回，那得多麻烦！"

伶子皱起了眉头。焦躁穿过搭在身体上的手，和安静的夜晚一起，动摇着秋津态度的矛头。

"这孩子很不容易。我一直避免和学生短信联系，但她却是个例外。"

他没有作答，躺下了身。一留意，才发现自己蜷缩得像只小猫。

电视里又开始播放纪念二战结束的特别节目了。黑白的映像，年复一年地播放着分辨不出远与近、流逝而去的战争记录。一切都是黑与白，一边说着"永不忘记"，一边却让人不得不忆起悠长的岁月已经逝去。映像中前进的士兵们,明明看到的是一片蓝天。

闭上眼睛,母亲轻盈的步伐浮现在眼前。他仿佛感到,就在此时此刻,楼下的母亲也已从床上起身,正在家里走来走去。他想象着,母亲正在反反复复清点着从年轻时便开始积攒在衣柜底部的私房钱。如果母亲真的可以走动——他想着。如果她是在装病,自己便找到了很好的理由,来为时不时想要勒住母亲脖子的冲动开脱。

秋津在想,如果自己这就去看看母亲,会发生什么情况呢?这个念头一遍遍浮现,让他一遍遍咬紧牙关抑制住心底涌上的笑意。在半夜的厨房里碰面,母亲会是什么表情呢?在她病倒后,家里发生的各种不可思议的事情将会得到答案。

放在冰箱里的布丁消失,只有伶子的内衣落在洗衣机背后,从未使用过的砚台出现在教室的洗手池台面……母亲自由自在的活动,在秋津合眼后的眼底里,睁眼后的想象中。

第二天中午,伶子做了蛤蜊和培根的意大利面。纯香把面条默默送到嘴里的样子,既像个孩子,又像个老太婆。三个人围坐在星期天的餐桌旁,各自揣度着对方在想些什么,沉浸在一片寂静中。

来到秋津家之后,纯香几乎没有提起过自己的哥哥。既不向伶子询问他的病情，也没有流露出担心的样子。她看上去就像是放空了心灵，对现实漠不关心地重复着呼吸和饮食。

在纯香上厕所离开房间的时候，洗完衣服的伶子说：

"今天我想去电器商店看看吸尘器。"

"吸尘器出问题了吗？"

"我早就觉得该换了。昨天终于声音也不对了。"

她说，自己打算先去家电量贩商店，然后逛逛郊外的大型超市，回来的时候顺便去看看林原的情况。秋津在打扫教室和走廊的时候也使用吸尘器，但是他没注意到有什么问题。他一心以为，吸尘器噪音变大、吸力减弱，是因为自己偷懒，用它吸了大块垃圾。

"我是不是应该把纯香也带去呢？你瞧她现在这样子……阿龙怎么想？"

"你问我怎么想？这种事得问你呀。"

伶子不解地歪了歪脑袋。老实说，比起纯香和母亲，和伶子面对面更让他感到窘迫。

"如果和她一起出门，你会很操心的。纯香也没说她想去医院啊。还是你自己先去看看情况再说吧。"

如果把她带去，万一被传染了，又会成为伶子的问题。听了这话，伶子似乎也同意了。

她到二楼收拾好自己，走出了玄关。小排量汽车的引擎声很快就消失了。

秋津叠好洗干净的衣服,朝隔壁房间望去,发现纯香把餐椅放在母亲的病床旁,正坐在那儿,椅子底下是蜷成一团的白猫。

母亲那如同搓揉干巴巴的宣纸一样的声音时不时地传来。她们俩一边看看电视、抚摸小猫,一边轻轻地说笑,声音小得令他难以听清。

他把叠好的浴巾放在母亲的床脚。纯香的视线落在秋津的身上。那是一双充满好奇的、孩童般的眼睛。

"纯香和妈妈看上去都很高兴啊。"

"奶奶说话很有趣儿。"

"你们在说什么呀?"

"这是秘密,我不告诉你。"

她严肃的眼神让他忍俊不止。纯香在母亲耳边悄声说:

"奶奶,您可不能忘了我们刚才的约定哦。"

纯香站起身来,小猫也紧随其后立起了身子。唯有母亲避开了秋津的目光,一言不发。

"纯香,你去哪儿?"

"我去教室。我要写字。"

秋津把课桌推到角落里,为纯香腾出了一个可以铺开毛毡的空间。纯香也并不帮忙,站在悬挂着毛笔的窗边。

写条幅的时候，这项工作一般都是学生做，所以纯香也就理所当然地看着地面逐渐腾出空间。秋津觉得她所拥有的力量，毫无疑问是天赋才能。在马上就要挥笔之前，原本就不应该干体力活。

纯香主动要求写字，这还是第一次。秋津的心底泛起了无尽的白色波澜。这波澜从海面上席卷而来，拍打着海岸，也包围了秋津的心。

"纯香，你今天要写什么字？"

纯香不知是否听见了秋津的问题，她没有选笔就离开了窗边。秋津靠在墙上，目光追随着纯香的一举一动。他感到自己的心脏似乎快要从胸腔中跃出来了，不禁浑身发硬。

纯香把浓黑的墨汁倒进一个大砚台中，垂下数滴胶一般的液体。铺上用来放六尺大整纸的毛毡之后，教室一下子就变得狭小了。看见纯香从抽屉里取出了一卷手工制作的大幅宣纸，秋津的身体不由得前后晃动了一下。这卷纸一共五十张，是他当初为参加"墨龙展"而准备的。

在毛毡上展开的手工宣纸，和涌向秋津心灵深处的波浪有着相同的颜色。似乎正在嘲笑着他的欲望，那个一辈子都无法跳出既定框架的、普普通通的欲望。自己还想用这纸张去包裹些什么欲望呢？

墨和纸都准备好了。但是纯香还没有挑好毛笔。她的视线停在了教室的工具箱周围。那里有一个笔筒插着练习硬笔书法的铅笔、钢笔、裁纸刀。她从里面取出了一把小巧的剪刀。

当握在纯香右手的剪刀插进她随意挽起的长发里时,一种从未体验过的疼痛穿过秋津的脊梁。这分明就是一种恐惧,但是他所感受到的却是深切的痛楚。他一时间闭上双眼,几秒之后才又睁开。

剪刀已经被纯香插回了笔筒。剪下的头发长约十五厘米,正从她的左手递到右手。几丝黑发映照着透入教室的微弱光线,摇晃着落在地板上。她右手握住发束蘸墨,拳头也浸入了墨中。当整个手腕都被染得漆黑时,纯香站起身来。

秋津浑身战栗。

从宣纸的右下角开始写第一个字的构思、按照顺时针方向写四个字的想象力、正中央的留白——真正的恐惧,就这样不带一丝恶意地涌入心底——没有一点,是秋津可以做到的。

"熊猫,过来。"

小猫迈着优雅的步伐靠近纯香。

纯香把右手的头发扔进垃圾箱,开始在水槽里洗手。

秋津一动也动不了,凝视着纯香的身体刚刚越过的大幅宣纸。

11

外婆在哭泣。

那是一种干巴巴的哭泣。信辉想要询问，到底是什么事情让外婆泣不成声，可喉头却只能发出风一般的声音，说不出话来。他明明想要告诉外婆不要担心纯香，却越来越焦躁。还没等信辉说出自己的想法，外婆的面影便消失了。

外婆一走，这回里奈又哭了。和外婆不一样，她的眼泪沉重而潮湿。信辉知道里奈的眼泪意味着什么。长期以来的视若无睹化作眼泪，沿着脸庞滑落了下来。这是信辉只能表示抱歉的眼泪。但是，他一边感到过意不去，一边却又哀求着她停下来。这种心情让他感到无比厌恶。

里奈的轮廓变得模糊，接下来出现了秋津伶子。

伶子落下的眼泪是信辉无法理解的。刚才背景一直都是一片灰暗，怎么突然出现了不同的景色呢？他这才明白自己是在做梦。那是在熟悉的图书馆会客室里，那个与日常毗邻的地方。信辉失去了醒来的契机。他一边想自己是在做梦，一边追寻着记忆的脚步。

她是为了和信辉无关的事情在哭泣吧？不知道她为何而哭，让信辉有了自由想象的空间。秋津伶子身后的夜景，把她的眼泪装点得五彩缤纷。

信辉把手伸向伶子的肩膀。纤弱的身躯轻盈地倚向他的胸口。他闻到了她头发上的气味。这是记忆中的气味。他努力不让自己环抱她的双手太过用力。触及伶子后背的双手感到的紧张和夜景的美丽重叠在一起，让他也想要落下泪来。伶子的肩膀在他的怀中颤抖。你就这么哭下去吧，哭个够。伶子的眼泪滑落得越多，席卷信辉心灵的满足感便越加强烈。

秋津伶子的体温沿着手臂和胸膛渗透过来。信辉发现，她头发散发出的气味是墨的味道。自己周围自幼就飘荡着相同的气味。外婆、母亲、纯香，散发出的都是这种气味。他因为这一发现而烦躁不安，可是又把鼻子更近地凑到伶子的发梢。这是秋津龙生的气味。迄今为止的强硬态度开始动摇。纯香浮现在他的意识深处，没有表情。不知她的感情寄居何处。信辉从来没有见过纯香哭泣。就连失去外婆的时候，在弟子们的号啕大哭中，也唯有纯香一人，茫然地注视着遗像。

他静静地睁开双眼。天花板显得朦朦胧胧的。过来确认输液状况的护士没有注意到信辉已经醒来，走出了病房。

"小信，你没事吧？"

坐在床边的是里奈。啊——他应了一声。里奈的脸庞靠拢过来。

"我只是听说你感冒了,没想到会闹到住院的地步。昨天收到短信,吓了我一跳。"

"我也是。"

他一咳起来就止不住。里奈让他不要再说话,打开了手机。她发完短信,合上手机说:

"是给我妈妈发的。我还没告诉她我已经到这边了。"

一听说自己要住院,他便开始为了纯香而犯愁。在外婆过世的时候,纯香说自己可以一个人生活,他曾信以为真。那一天在现在看来,真是恍如隔世。麻烦伶子帮忙照顾,他是五分欢喜,五分羞愧。昨天下午,他把情况通知了图书馆之后,略带犹豫地把住院的事情告诉了里奈。因为他估计这不是两三天就可以完事的。里奈在短信中问:"我去一趟如何?"他回复道:"如果需要你帮忙,我再告诉你。"

她说:"我明天和后天都已经请好假了。"他简短地回了一句"谢谢!"里奈如果来了,就不用再麻烦秋津伶子了。想到这一点,在浅浅的梦境中,里奈眼泪所带来的厌恶感又复苏了。

他拿过放在枕边的手表。下午两点。纯香正在做什么呢?如果妹妹的行为举止一如往常,那是很麻烦的。虽然伶子让他不要在意,可是他做不到。

"纯香一个人在家?"

要解释起来太麻烦，他回答说拜托给一个熟人了。

"如果小信后天之前能出院的话，我可以陪她。反正你家我很熟悉，你不用担心。"

可以毫不客气地把家里的钥匙交给她，让信辉倍感轻松。虽然身体沉重无力，但脑中的所思所想却因为身体不能活动而着急和忙碌。

塚本发来的邮件是他和单位的联络窗口。昨晚她发邮件说"今天的工作顺利完成"。今天早晨又来信说"已经顺利开馆"，接着又简短地添加了一句："请您好好休息。"他想，有塚本在，工作上应该不会出什么问题。馆内的业务有她在就能放心。馆长的工作内容，说穿了就是些杂务，例如体力活和对外联络。称得上不可替代的，是判断和名声。如果在此基础上解决了资金周转问题，到今天为止的积累就被盘活了。幸运的是，每天都被这些事所追赶的日子已经过去了。

来到这座城市之前，他完全不知道依靠别人是怎样一回事。开始和纯香共同生活之前，他相信自己可以独自完成所有的事。直到出现了不遂人愿的情况，他才开始为自己过去的傲慢感到羞耻。他因为厌倦了官僚体制而跃入这个世界。就是在这里，他意识到自己只是个渺小的男人，没有资格去批评任何人。

他全神贯注于自己的一呼一吸。一旦疏忽大意，猛烈的呼吸就会立刻带来一阵咳嗽。咳得胸口发疼。疼痛辐射到腰间，辐射到身体的各个部位，然后又再次回到胸口。他闭上眼睛，试图忍耐住咳嗽。

里奈说："你再睡会儿吧。"病房里包括信辉在内一共有四名病人，病床用粉色的帘子隔开。因为是周日，所以来看望病人的人很多，他们来来往往的脚步声不停地从敞开的大门传来。

下午三点多，秋津伶子从摇晃的帘子后面露出了身影。里奈站起身来，低头行了个礼。信辉知道自己是这一场景的中心，却不由得产生了一种想要立刻逃离的想法。

"您请坐。"里奈把圆凳让给了伶子。伶子客气地把塑料袋放在了上面。

"袋子里是饮用水。常温饮用对咳嗽有好处。干燥是最要不得的。"

"多亏你照顾纯香啊，谢谢。"

里奈听信辉这么说，再一次向伶子低头致意。两位女子站立着俯视信辉，他手臂上插着输液的针头躺在中间。他试着宽慰自己，他没有任何需要难为情的理由。可同时，在图书馆的会客室里紧紧抱住秋津伶子的场景却又浮现在脑海中。

"不好意思，我出去一下。"

里奈给伶子打了个招呼，拿着手机走出了病房，没有看信辉。

"她就像纯香的姐姐一样，所以我姑且联系了她。"

"是我多事了。我要是把纯香带来就好了。"

他摇摇头说"没有",话音未落就又咳了起来。他戴上了放在枕边的口罩。等咳嗽平息下来,他再一次抬头望着伶子。她穿着奶油色的棉服和牛仔裤,腰间触手可及。他问起了纯香的情况。

"她没什么变化。可能是因为怕秋津和我担心,她一句也没有提起你这个哥哥。其实她整个身心都在为你担心呢。或许她一旦说出口,就会心里发虚吧。"

他能说的只有"谢谢"这一句话。

"医生说,等您退烧就可以回家了。住院也只是个应急措施。"

伶子瞟了一眼帘子的另一侧,低声说:

"出院手续您自己办可以吗?纯香的事请不要在意。在您身体康复之前,就让我来照顾她吧。"

"不用了。今天晚上她在,你就让纯香回去吧。我不想再给秋津老师和你添麻烦……"

脱口而出的"你"字,让信辉自己也感到不知所措。缓了口气,伶子点点头说:

"好的。吃完晚饭,等探视时间结束后再过一会儿,我就把纯香送回您家。如果您有什么担心或是为难的地方,请马上给我发短信或是打电话。

"不过说话只会增加气管的负担。"说完这话,她把拎在手里的包挎在了肩上。这时,她的左手放在了病床防止被子滑落的栏杆上。就在这一瞬间,时间停滞了。

信辉的右手如同被吸附一般地包裹住了伶子的手。环绕病床的帘子也停止了摆动。他想,这或许是不存在于人世的时间吧。他在手上加了把劲儿。伶子的目光落在重叠在一起的两只手上。

这不是在会客室里感知到的、孤独无依的秋津伶子。那时的伶子,回答信辉说:"所有的一切都让我感到悲伤。"他在手心的温暖中寻找着她。在这里,你更为悲哀也无妨,你可以尽情地释放你的哀伤——他期盼着。

伶子嘴角的两端翘了起来。那是让人无法读出表情的微笑。信辉松开右手,解放了伶子。她行了个礼飘然而去。这或许是女性的矜持吧。她传来的体温在信辉的心口开始发酵,逐渐变成了其他东西。这一次感到一切都令人悲伤的,是信辉。

他已经没有回头路可走了。在几秒间发生的事,将信辉的心提起、收紧。他已分辨不出,胸口的疼痛究竟是源于咳嗽,还是来自踏入禁地的恐惧。

在伶子离开几分钟后,里奈回到了房间。她把手机放进提包,说道:

"原来秋津女士是纯香帮忙的书法教室的太太呀,我刚才和她在大厅里打了个招呼。她说,在今天的探视时间结束后,会把纯香送回来。"

信辉点点头,她接着说:"她长得真漂亮。"信辉闭上了双眼。

出院的那个星期天,下着小雨。在这一带,夏季的雨水也冰冷刺骨。里奈说,开了几次信辉的车,对这座城市的模样也有了一定的了解。

"走出车站的时候,我还在想,这究竟是个什么鬼地方呢。原来人和商店都迁到郊区去了呀。要这么说来,图书馆所在的地方,现在倒算是郊外了吧。"信辉想起了《情陷撒哈拉》里的一个片段。里奈说得对。街道和人都在一点点地移动。就像玻璃窗一样,用肉眼看不见的速度在不断溶解。

里奈周一和周二请了假,又打电话延长了一天。她说,要给信辉和纯香准备好能吃到周末的菜,买好足够用到周末的东西。

"小信,纯香早晨去美发店了。好看吗?"纯香一边在厨房里给里奈打下手,一边反反复复问了好几遍。信辉每一次都必须回答说:"好看!"

里奈笑着说:"她的发梢有点不整齐。

"好像是自己剪的。秋津太太还为此感到很抱歉呢。"

"是吗?谢谢你啊。"

望着两人,他不禁感到,似乎里奈一直都在这里,今后也会永远住下去。明知道失去她自己会深受重创,可他却感受不到两个人能够共同拥有未来。他犹豫着，不知该如何描述这样的矛盾。

他想，应该告诉秋津伶子自己已经出院了，但是却找不到合适的语言来表达。他一说话就会咳个不停，而且也很畏惧突如其来的沉默。

在这三天当中，里奈陪伴着纯香，做家务，打扫卫生，打算处理完信辉无法顾及的所有事情。他唯一能做的就是在里奈"戴上口罩"的提醒中端坐着不动。

从早晨开始就下个不停的雨好像停了。信辉时不时扫一眼插在充电器上的手机，浏览着信件。除了邮寄广告、收费通知，还有一个图书馆的大信封。上面写着"林原馆长"四个字。打开一看，是寄到图书馆里的信函，用橡皮筋儿捆成一沓，最上面是塚本留的字条。上面写着：

图书馆全体员工团结一致，做好馆长离岗期间的工作保障。请您把身体放在第一位，好好休息。没有发生什么大问题，请放心。塚本

厨房里，里奈和纯香并排而立。在烹煮的饭菜飘来的阵阵香味中，信辉不由感到，自己兄妹二人或许真是离不开里奈。无论他怎样追问自己长期以来的犹豫，都得不到任何答案。秋津伶子

的面容缓缓浮现，他摇摇头，笑话着自己的如意算盘。

没有太阳的七月天空覆盖着灰色云层，阴沉沉的。想要咳嗽的刺痒感一直停留在胸口。里奈抬起头说：

"小信，出院的事，不用跟秋津老师的太太说一声吗？"

"今天晚上再说吧。"

纯香在旁边插嘴道：

"小信咳嗽，所以纯香给伶子打电话。伶子是个温柔体贴的人。她抱了熊猫，说自己也想养猫。纯香赞成伶子养猫。"

"是吗？那告诉伶子出院的任务就交给纯香吧。"

他避开了里奈的视线。提起秋津伶子的名字，让他过意不去。信辉不得不承认，这正是让自己内疚的一点。在纯香打电话之前，他必须先发个短信。他看看手机，窗外依然是一片铅灰。

"烫的冷的都会增加气管的负担，所以适当晾凉一点再吃哦。"

桌上放着煮得偏软的米饭，微温的蔬菜沙拉和用咖喱烧的菜。能吃多少就吃多少吧——里奈嘱咐道。他尝了一口咖喱。虽然味道清淡，但是做得毫不马虎，自然而然地让他把手伸向了米饭。里奈和纯香说等信辉吃好了再动筷。纯香似乎正在自己房间里和熊猫玩。信辉觉得，她一离开，房间里的空气一下子就沉重了起来。

"你那边的工作没问题吧。"

"嗯。就当成我提前放暑假好了。不过，这边的湿气也很独特呢。昨天我本来想开窗通风换气，结果湿度太高，就没开成。需要除湿机呢，这里。"

"最近下班回来都会闻到一股霉味。"

"我明天去电器城看看吧。最近啊，出了既可以除湿也可以杀菌的好机器呢。我们医院的候诊室也在用。如果功能不复杂的话，也不会太贵。"

这是一座夏天有着恼人的湿气，冬天却又十分干燥的城市。信辉拿起书桌上的钱包，却被里奈拦住了：

"不需要你掏钱。你就当作是我送你的探病礼物吧。也不是你每次生病我都能来，而且过年的时候又全是你在花钱。"

信辉说这是两码事，可是她却不理睬。他只好勉勉强强收起了钱包。里奈收拾着空盘子，忽然说了一句："对了小信，道东这地方，好像不太适合我。"

信辉简短地"嗯"了一声，从药袋里取出了饭后服用的药片。

他拿着手机回到了卧室。湿气就像里奈说的那样黏在皮肤上。他躺上床，把薄被拉到胸口。塚本发来的短信是定时汇报，就"一切顺利"四个字。他接着又打开了秋津伶子发来的信息。

您已经出院了吧？气管方面的毛病预后是很重要的。请

好好休养。伶子

　　紧紧缠绕胸口的丝线松懈了下来。他在只言片语中揣摩伶子的心情。究竟是亲近还是疏远，他难以在字里行间寻找到答案。

　　　　托您的福，我已经顺利出院。道谢晚了，请原谅。这一次您连纯香都一并照顾，非常感谢。改日再去拜访。林原

　　送出这条短信，他觉得自己剩下的事就只有睡觉这一件了。在房门的另一侧，里奈和纯香好像已经开始吃饭了。当耳边传来两个人的轻声笑语，不得不对这段时光放手的现实又开始责备信辉。

　　即使是开着窗帘，午后的光线也并不强烈。他想要找到和自己土生土长的北海道中部地区同样的夏季风景，却无处可寻。看来明天也不会放晴。平静淡泊中开始的夏天，在云层之下水平移动，变成了秋天。他想起来自己刚到钏路时，出生于此成长于此的塚本曾经说过的话：

　　"我们这里七月份开暖气也是很平常的。虽然内地的人说我们这里的绿色绿得发黑，可是它原本就是这种颜色。"

　　内地——他默不作声地念着这个词。这里和札幌、十胜，还有旭川都不一样。无论是气味还是景色，不管是湿度还是人。塚

本说这里是"流浪者的城市",或许事实真是如此。潮湿的风从海上刮来,让人们漂泊不定。不愿停留,或许就是这座城市的气质。

信辉在图书馆民营化过程中感受到的逆风,不知何时已经平息了下来。这让他体会到一种弹性,同时也让他发现这座城市有着忽冷忽热的气质。到底是以渔业和煤炭业为主的城市啊。就像寒冷让植物无法如愿生长一样,这里的土壤或许并不适合花费时间来培育某种东西。

他拿过枕边的数字钟。下午一点零三分,气温二十三度,湿度百分之八十一。数字不带有任何表情。就像秋津伶子的短信。

里奈的变化发生在第二天、星期二的晚饭后。她会在次日午后乘坐火车离开。或许到家已经是深夜。她说,已经买够了东西,备足了副食品,短时间内信辉不需要去购物了。

纯香打扫干净熊猫的厕所,去洗澡了。信辉为了准备明天开始的工作,正在浏览塚本寄来的文件。无论是文件还是电脑上的文字,进入眼帘的一切都显得莫名的虚幻。

从里奈赶来的周日下午到周二晚上,他完全没有对她提及过今后的事情。他开始觉得,如果要分离,或许相互间保持沉默反而更好。然而,不管对方感觉如何,突如其来地宣告离别,也一定会让人感觉很痛快。

里奈在身后叫了信辉一声。他把视线从电脑屏幕上挪开,转向呼唤声传来的地方。里奈坐得端端正正,声音似乎在悄然渗进房间里的空气中:

"我不知道,以后还能不能像这样,在小信生病的时候赶过来。"

迄今为止从未见过的柔和眼神,让信辉不知如何作答。他只能"嗯"地点点头。

"到这边来的时候,我和妈妈吵了一架。她说,我们俩是没有将来的,我已经过了维系这种关系的年龄。如果我现在不划清界限,今后也还会一成不变。在父母看来,这好像是一件相当残酷的事情哟。"

对于里奈的父母来说,信辉把他们的独生女活生生地拖到三十多岁,一定是个可憎的存在。他不可能永远都是那个学生会主席啊。信辉觉得自己必须说点什么,却找不到合适的词语。

"我并不是在催你结婚。结婚和工作一样,不喜欢是做不好的,但是好像单凭喜欢也做不好。最近我意识到了这一点。虽然我说不太好。"

里奈的话说得没错。信辉只能在不彻底的沉默中听下去。在即将为长时间的交往画上句号的时候,盘旋在信辉脑海中的,是明天的天气、办公室里堆积的工作,还有秋津伶子发来的短信。他的思维拒绝在此停留,向四面八方飞散而去。

里奈看上去比任何时候都要冷静。信辉觉得,无论自己说什么,都击碎不了她的微笑。他感受到了她的决心——要在今天、在这里坚决地结束两个人之间的关系。

"听我说,小信,我想嫁人了。"

"哦。"

纯香洗完澡了。熊猫从起居室的角落朝着纯香跑去。信辉没有注意到原来小猫一直在自己的视野中。

"小信、里奈姐,晚安!"

"晚安!"

先做出回应的是里奈。信辉略迟一步应了声"晚安"。熊猫跟在纯香的脚边进了主人的房间。不用看钟,也知道现在是晚上十点了。歇了这么多天,明天又必须早起了。

"我要说的就是这些。我知道这话很任性,但是交往时间这么长,彼此彼此吧。"

信辉竭尽全力地笑着说:

"跳槽、搬家,我也是为所欲为了,不过我并不后悔。我很感谢里奈,但是,我不会向你道歉。你要幸福地生活下去!"

"是啊。"里奈的嘴角微微一撇。

"小信,我终于明白了。幸福是个懒虫,它不会自己走过来。今后,我不会再为谁等待,也不会再让人等待。我会按照自己的节奏走下去。"

道完歉，信辉感到一阵轻松。但是，这样一来里奈便失去了立足之地。她的努力都白费了。纯香的身影在信辉脑中一闪而过。如果没有妹妹——抱着这样的假设来思考问题是多么怯懦啊。

因为惰性而维持的关系，应当也拥有因为某种机缘而向前发展的机会。在跳槽的时候；在决定前往道东赴任的时候；在外婆去世的时候；在纯香来的时候。然而所有的机会都被错过了。这一切都是信辉自己的选择。

里奈开始在笔记上写下从明天开始直到周末的午饭和晚饭菜单。土豆烧肉、奶油炖菜、咖喱饭，煎一下就可以吃的饺子和加热一下就能入口的炒饭。她还标明了存放地点是在冷藏室还是在冷冻室。

"用来做沙拉的蔬菜每一次都要用哦。尽量在这个星期吃完。酱汁不要用法式和柑橘系的，最好用芝麻或是其他口味柔和的。要不然止不住咳。"

"谢谢！"

"纯香那边，我会找机会说的。"

里奈要说什么，他没能问出口。是饭菜的事，还是他们俩今后的事？以后不会再有机会和里奈一起站在厨房里，一起照顾小猫，这种事他该如何告诉纯香？万千思绪在胸口缠绕一番，又开始回顾和里奈在一起的时光。在回忆中，他内心的某个角落因为两个人之间不会再有"将来"而产生了一种安心感。

他想，自己或许一开始就期盼着这样的结局，而一开始又是在何时呢？他已经忘怀。他感到自己似乎被"狡猾"这个字眼狠狠地扇了一巴掌。

信辉把目光投向电脑屏幕。他不愿意让自己这张脸长时间暴露在里奈的面前。

直到钻进被窝，他才发现，自己并没有在脑中玩文字游戏，也不能保持一颗平常心。在寂静的家中，陷入沉睡的应该只有纯香一人。日历上还是夏天，可是不知从何而来的夜晚的凉气，却让喉头发冷。他半夜咳嗽了好几次，每当这时，他就会留意睡在纯香房中里奈的动静。

第二天，他利用午休时间把里奈送到了车站。在后座上，纯香重复着里奈的话，说是要把生菜的水控干后再装盘。在告别的时候，里奈只对纯香一个人挥手，这让信辉再一次确认，昨天晚上的对话是现实。

进入九月，秋风吹拂过城市，天空变得更蓝了。海面也恢复了风平浪静。

和伶子来往的短信比以前多了。天空的模样、海面的波涛汹涌和风平浪静……他们相互间汇报着这些微不足道的事情。看着这些画面，表达得不完整都变成了喜悦。伶子发来的短信也有相似之处。

下周五，我弟妹参与制作的电视剧要开始播放了。据说是连续两晚播出上下集。您有时间的话看看吧。伶子

　　　　这座城市的九月真让人心情舒畅。今天和明天都是晴天。风有些冷了啊。继续戒烟。电视剧我会看的。林原

　　如果双方都沉浸在这表达的不完整中，也称得上是幸福时光吧。
　　虽然咳嗽的苗头依然残留在信辉的喉头，让他烦恼，但这也恰好成为了他戒烟的好机会。出院之后他一次也没抽过烟。他从来未曾想过，原来生病也会给他留下这样的临别赠礼。他忽然想到，要不就趁此机会把"乐屋"牌的烟灰缸给收起来吧。同时，他又滑稽地试图回忆起一同买来的香烟放在哪儿。
　　办公室窗外的天空，蓝得发黑。秋天的晴空原来这样孤寂啊。他试图想起自己出生长大的道央，却发现，才仅仅两年半，就已经开始适应这座城市的季节了。
　　里奈在那之后发来过一两条短信。字里行间流露着对信辉的身体状况和纯香的担心。他只能默默地想象着静静挥别过往的女子，是怎样的背影。
　　信辉眺望着窗外延伸的天空和水平线，想起了昨晚和纯香的对话。那是在刚吃完饭的时候。

"今天我和里奈姐打电话了。我说还想去泡温泉，可是里奈姐说再也不能和小信、纯香三个人一起去泡温泉、开车兜风了。这是真的吗？"

信辉答"是真的"，然后便开始拼命地思考，如何才能给妹妹解释清楚。就在他组织语言的时候，听见纯香说：

"里奈姐说，要和不是小信的其他人结婚了。是因为这个就不能一起去泡温泉、开车兜风了吗？"

"就是这么回事。"

"那，为什么她不和小信结婚呢？和别人结婚了，就不能三个人一起去泡温泉、开车兜风，这也太奇怪了。里奈姐不还是原来的里奈姐吗？"

信辉唯有深深地叹息。妹妹只能用温泉、兜风这种具体的词语来表述自己的烦躁。又让他如何对她解释男女之间的事呢？三个人一起去阿寒湖的记忆，成为了纯香心中珍贵而崇高的东西。纯香的激动情绪，不知给里奈造成了多大的麻烦。

"小信和里奈姐，都很狡猾！不说话，掉眼泪，真胆小！"

"谁哭了？"

"里奈姐。她说，我不能和小信结婚了，对不起。什么啊？怎么会变成这样啊？是因为纯香傻吗？是因为纯香傻，所以小信和里奈姐才不和纯香在一起吗？"

"谁说你傻了？"

"大家都说我傻。纯香是傻瓜。"

"你告诉我,大家都是谁?"

"大家就是大家。对傻瓜做什么都可以吗?撒谎也可以吗?"

纯香的怒气从吃完饭一直持续到上床睡觉。他想象着在电话里哭诉的里奈。是信辉的优柔寡断招来了纯香的怒火。他无法逃避这一事实。

和里奈的感情,还有因为伶子的一条短信便会起伏不定的心情,同时存在于他的内心。他凝视着让人感到恐惧的蓝黑色天空和漆黑水平面的交界线,渐渐感到一切都难以理解。当每个人都试图隐藏自己真心的时候,唯有纯香一人坦率地表达自己的心情。虽然她一如既往地想到什么就说什么,但是他却在纯香身上觉察到了其他人的影子。里奈的存在给予了纯香很多东西。妹妹心中开始住下除了外婆和哥哥以外的人,而他却无法坦诚地为此感到高兴。

他难以用语言让纯香理解人的心灵和一切的不合逻辑。即使他按顺序向她解释自己和里奈的事,她也无法理解。而且他也不知道该如何来解释。他望着天空、大海和染上秋色的树木,想着从一大早开始就没有开口说话的妹妹。难道今天晚上还要面对这样的沉默吗?

晚上刚过八点,他回到了公寓。玄关和起居室的灯黑着。他把开关一个个按下,进了屋。熊猫跑到跟前来蹭蹭他。他把今晚必须过目的文件放在电脑桌上，拉上了窗帘。他看看装着猫砂的厕所，好像还没打扫。

今天书法教室有课。虽然她时不时会在秋津家吃晚饭，但是很少这么晚还不回家。他打开了厨房里的灯。就算她还在秋津家，纯香和伶子也不可能一直都不联系自己啊。虽然信辉也同样还把昨晚的事放在心上。

信辉把袋装咖喱浇在煮好的乌冬面上。熊猫撒着欢跑过来。他连忙给熊猫的碗里也倒上了猫粮。

和小猫一起吃晚饭，不管怎样还是让人感到有些孤单。他一边想着，一边打开了手机屏幕。没有伶子发来的短信，也没有纯香打来的电话。他突然想起了里奈，打开了她的来电记录。但是转念一想，就算告诉她纯香昨天以来的情况，也不会有任何收获。吸溜吸溜吃乌冬面的声音在寂静的房间里回荡。

等他觉察到这一天是纯香生日的时候，已经又过去一个小时了。

纯香把送她出门的秋津留在玄关，离开了书法教室。向外迈出一步，便闻到了秋天的气息。枯叶和夹裹着海潮的风散发出的气味，混合在空气中，包裹着整个城市。

她抬头仰望行道树，看见树梢上挂着一轮圆月。

月亮的洞穴——

她想把所有说自己是傻瓜的人、撒谎的人都扔到那个洞里去。她想把一切都扔进那个美丽的空穴中。把小信、超市的叔叔们、学校的老师们，还有秋津老师家的奶奶——都扔进去！

——如果你给我写点让大家吃惊的东西，我就让你见到去世的外婆。

都是些骗子。

纯香走在暮色降临的街上，继续凝视着那个遥远的空洞。

明明自己每天都好好地循规蹈矩，可为什么还是被叫做傻瓜呢？

变换了两次绿灯之后，她叹了口气。跨过人行横道线就是图书馆了。还有很多灯亮着。是不是还像平时那样，读着漫画书等哥哥，然后一起回家呢？

不——纯香摇摇头。里奈的话在她脑海中转了个圈。已经不能再一起去泡温泉、开车兜风了。从小时候开始，她就喜欢两个人一起聊信辉的事。里奈和自己真的都喜欢信辉得不得了。明明那么喜欢，却不能在一起，也太奇怪了。

纯香觉得，信辉还没发现，如果三个人一直在一起的话会很幸福。信辉、里奈和纯香三个人，一起看天、望海、吹风，一起走过时而温暖时而寒冷的日子，会多么幸福啊。可是信辉没有发现。

小信只关注黑暗的地方。

她想起来外婆去世前一天晚上对她说过的话。

——纯香，从今往后你可能会遇到各种各样的事情，但是不要去恨谁哦。如果要恨，你就恨外婆吧。恨这个希望你能像个天使一样活在世上的外婆。有什么不高兴的事，就告诉外婆吧。我死了以后，信辉一定会因为你而欢喜、悲伤。不过这些对信辉来说，或许也不是件坏事。你安安静静地活下去就好。不要给他添太多麻烦，要听话。不过，要尽量朝着明亮的地方走哦。还有，除了外婆，绝对不要恨其他人。

那时候，她还不懂得究竟什么样的情绪叫做"恨"。不过，她现在想，说不定就是这种心情，想把所有让自己产生这种感觉的人都扔进天空洞穴里的心情。把纯香叫作傻瓜的人、嘲笑纯香的人、妨碍纯香的人、撒谎的人。还有，尤其是面对这些人，连嘴都不回的纯香自己。

外婆，纯香最恨的就是自己。

随着天色越来越暗，天空的洞穴显得更为明亮。她在人行横道前停下脚步，朝坡下望去。橙色的街灯并排发出美丽的光芒。黑色的河面和街灯，还有一直向西面延伸的海景，现在看起来是多么的美妙啊。

纯香朝坡下走去。这是刚刚来到这座城市,第一次和信辉吵架那天走过的坡道。那天,逐渐明亮起来的美丽天空让她看得着了迷,忘记了黎明前的寒冷。河面上盛开的花朵是叫什么来着?

荷叶冰。

想起来了。秋津老师说,这是荷叶冰。

接下来,寒冷的季节又要来了。风会把这个季节带来。

外婆。

她一边下坡,一边不断呼唤着外婆。可是在哪儿都听不见外婆的声音。她也不愿意直接回家。自从失去外婆,无论询问什么,都得不到令人满足的回答。谁都不愿意坦诚地面对自己的问题。

就在她走完坡道,刚要过桥的时候,有人在身后叫她的名字。

"纯香老师,你一边走一边念念有词地在说些什么啊?真让人难受。"

"小嘉,我一边走一边念念有词吗?"

"你看,我说什么你就一字不漏地说什么。纯香老师果然不够用啊。"

"什么不够用啊?"

"脑子。纯香老师脑子不够用呀。"

"脑子有点不够用就不行吗?"

"说白了,你就是傻瓜嘛!"

纯香不理睬嘉史,走到桥中央。

她把胳膊撑在栏杆上,眺望着河面。河面上街灯的倒影,随着水面的逆流摇摆。两岸的橙色灯光交相辉映,轻轻荡漾,不会被水冲走,也不会被风刮走。嘉史走到她身旁。

"真美啊。在这座城市里,我最喜欢的地方就是这里了。"

"从出生到现在,我从来没觉得这里的景色美。"

"小嘉,你家住哪儿?"

嘉史指着山坡上面回答说:"就在秋津老师家附近。"虽然听上去他心情不好,但是不再是刚才那种嘲笑纯香的口吻了。

"小嘉,你有外婆吗?"

"没有。我妈妈说外婆影响她画画,把外婆扔了。"

"把外婆扔了?什么意思?"

"她说,因为嫌照顾外婆太麻烦,跟她断绝关系了。"

"嫌照顾起来麻烦,就可以断绝关系吗?"

"我哪知道啊?她说要画出好的画来,父母都是绊脚石。我说,你画过那么好的画吗?还说什么绊脚石呢。结果她就又哭又喊的。她太啰嗦了,我都想把她杀了。"

"太啰嗦,就必须杀了吗?"

嘉史深深地叹了口气,吐出一句:"老师也真够啰嗦的。"纯香理解不了什么叫做"把外婆扔了",也不懂嘉史嘴里"啰嗦就要杀"这话是什么意思,只能默不作声。

她靠在栏杆上,仰望天空。天空的洞穴越来越大了。嘉史要扔的东西太多了,可能看不见那个大洞吧。

"小嘉,把所有麻烦的东西都扔到天空的洞穴里吧。"

——纯香,这个世上有些事情是无可奈何的。

原来是这样啊——她心中的负担一下子消失了。是啊。无可奈何的事情太多的话,就会对人产生恨意吧?外婆说得对。她总是对的。

"小嘉,纯香现在心情很糟糕。但是不恨小嘉。"

嘉史俯视着纯香,嘿嘿地笑了起来。虽然她依然心情很糟,但是她明白了,外婆希望她不要和人类的这一个部分扯上关系。

"我谁都不恨。"

"我才不会因为被傻瓜恨就生气呢!纯香老师真是滑稽透顶了。你简直跟我老妈有一拼了。那个女人也是个傻瓜!还说我是天才!在这个世界上,哪有天才会依靠家长帮忙才能拿到绘画大奖啊!真是的,全都是傻瓜!一帮子傻瓜,真让人讨厌!"

"小嘉,你不就是个傻瓜吗?"

嘉史止住了笑。从他们身后开过的汽车,比刚才多了起来。纯香又一次注视着摇荡在河面上的橙色街灯。从码头向外延伸的海面，笼罩着漆黑的夜。潮水的气味沉淀在胸口。

这里的景色真美丽。纯香突然感到，继续喜爱里奈，喜爱信辉，也是可以的。纯香无论多么不高兴，只要能像缠绕脚边、在床畔撒娇的熊猫一样，坚持自己的喜爱之情，不高兴的时间就不会持续太久。

在胸口盘旋着、卷起漩涡的厌恶之情，静静地沉入了腹腔底部。街灯的橙色显得更加浓重，在夜色中不停地摇晃。

"小嘉的外婆，也一定不恨小嘉，不恨小嘉的妈妈。"

"这种事，谁知道啊！"

"不，我知道。纯香的外婆也遇到过很多不高兴的事情哦。我觉得，她总是在担心，也有很多让她想要流泪的事。不过，她教会了我要谁都不恨地活下去。所有的外婆都一样，温柔地为很多事担心呢。"

"别把我外婆跟傻瓜的外婆相提并论！"

"小嘉，聪明的人总是有很多不满意的地方，真麻烦。如果每天都要过那样的生活，纯香还是当傻瓜好了。"

她仰头看看图书馆的楼房，依然灯火辉煌。信辉也一定有信辉充满烦恼的每一天。如果为昨天的事情道歉，还能像以前那样一起高兴地吃饭吗？或许里奈每天也有很多烦恼吧。

必须喂熊猫吃饭了。

纯香离开栏杆，开始过桥回家。嘉史在叫纯香的名字。她转过身去挥手说:"再见!"就像第一天来到这座城市时一样,朝着图书馆走去。

"外婆!"她开口叫了一声。一阵秋天的海风刮过了桥面。纯香顶着风呼唤着哥哥的名字。

12

在殡仪馆的化妆室里，伶子注视着镜子里自己的脸。简直就像"能剧"的面具。她也搞不清自己在想些什么。仿佛身体内部的器官在抗拒着感情。她紧抿着双唇，还想塞住耳朵，闭上眼睛，关上五个感官。

自从在河口发现纯香，她几乎就没有睡过觉。有时候甚至整夜整夜地失眠。她没有给林原打电话，没有发短信。是做不到。发现纯香尸体的，是来记录河流水位的气象台工作人员。作为第一个发现者，他的采访节目电视台播放了好几遍。"太美了，所以我一开始以为是人体模型。"他这话应该不是在说谎。

在遗体安置室里见到的纯香，脸上还残留着淡淡的微笑。

四天前，被领到安置室的伶子首先看见的是林原的背影。是忘记了哭泣的背影。林原看上去好像也拒绝接受自己内心的感情。蹲在他身边的，是曾经在病房里见过的女子。

把纯香从桥上推下去的，是在秋津书法教室里上课的泽井嘉史。电视隐瞒了他的真实姓名，报纸上也只是标记为"少年A"，不过这座城市的人们已经知道了罪犯是谁。

"犯人是在同一家书法教室上课的少年 A。"

据说，因为有两条证言说，在推定的死亡时间，他们两个人在桥上，所以泽井嘉史的名字立刻就浮出了水面。把听来的片段和报纸上的新闻报道结合起来，她了解到，当搜查人员赶到的时候，嘉史正在母亲的工作室里画画，他一听说发现了尸体，便坦白了自己的罪行。

书法教室不得不关闭一个月，或是更长时间。秋津的情绪相当不稳定，甚至让她认为，他再也无法握笔。玄关的大门上贴着"教室停课"、"拒绝采访"的纸条，可是门铃、电话依然每天都响个不停。

伶子薄薄地涂了一层颜色暗沉的口红，走出了化妆室。她看看手腕上的表，六点四十分。守夜从七点开始。秋津已经先进入会场了。她说要去趟化妆间，和秋津分头走，是因为她受不了自己和秋津同时进入林原的视线。她确认了一下自己的模样——睡眠不足带来与年龄相符的疲惫双眼以及提不起精神的脸颊，看上去如此不真实，令人毛骨悚然。

今晚在殡仪馆守夜的只有林原一家。在大厅里接待前来悼念的客人的，是曾几何时碰过面的图书馆员工。

一名女子从会场中走了出来。她跌跌绊绊地出现在大厅，停下了脚步，视线移向伶子。那是在林原病房里见过的女子。她这回向伶子走了过来。伶子深深地鞠了一躬，就在女子停下脚步的时候，她抬起身来。女子的眼睛都哭肿了。"请您节哀……"接下来的话，伶子说不下去了。面对身着一袭黑裙的她，伶子低下了头。进入大厅的人流多了起来。人们的说话声和会场里飘荡过来的宁静音乐混杂在一起。

"您去看看纯香吧。她总是高兴地说，太太您是个和善的人。"

伶子和把佛珠握在胸口的她四目相对。在她浮肿的眼皮后，找不到一丝愤怒，只流露出哭泣造成的疲惫。伶子行了个礼，走进了会场。

会场并不大。椅子摆了不到一百张。低声回旋的音乐是"你好，玛利亚"。她的声音从伶子身后传来：

"纯香看见外婆的祭坛围放着菊花，很不喜欢，说是不漂亮。所以，今天一枝菊花都没插。"

围绕着遗像和棺木，摆放着好几层鲜花。只能闻到一股甜香，是因为没有设置香台。今天的守夜，没有念经的人。似乎也没有僧侣会来。据说，纯香本人不喜欢外婆葬礼上的花，也不喜欢念经。前来悼念的人各自选出一枝鲜花，放在棺木之上，双手合十，再回到座位。

遗像中的纯香，双眼望着斜上方，瞳仁里空无一物。她究竟在看什么呢？她的面无表情搅乱了仰视遗像的人们的心，令他们不安。

向日葵、百合、康乃馨、大丁草、玫瑰、满天星、大小兰花。林原站在对面的亲属席,被花朵所遮挡。隔了一人宽,站在他旁边的是秋津。林原站得端端正正,望着天空。几乎会让人产生错觉,以为他和遗像中的纯香望着的是同一件东西。

秋津垂头丧气,肩膀和背脊都在颤抖。明明眼前的男人们表情迥异,可她却觉得似乎大家都在哭泣。伶子一边哀悼,一边为了丈夫的哭喊感到不可思议。他是这样一个在人前如此袒露自己心情的男人吗?

秋津说,他后悔没有把纯香送回家。为什么从小就指导的学生会做出这样的事,秋津和伶子都无法理解。搜查人员说,连与他共同生活的母亲,都没有发现儿子内心的阴暗。母亲处于又哭又叫的状态,完全无法向受害人家属致歉。

她竭尽全力打起精神,向男人们面前走去,从包里掏出了手帕。在还有两步就能触及到秋津的地方,她停了下来。林原的视线投向伶子。这个失去了妹妹的男人的脸庞,她无法直视。

伶子默默地向林原行了个礼,把手帕递给弯着腰哭泣的丈夫。她挽起接过手帕的丈夫的胳膊,催促他就座。伶子让秋津坐在后排靠边的座位上。她想避开人们的视线。

七点整,守夜开始了。主持人好像是殡仪馆的工作人员。"你好,玛利亚"的音乐声消失了。

"列席的各位,请默哀。"

伶子闭上了眼睛。听说,追悼仪式今晚就会结束,明早只有家里人去火葬场。坐在家属席的只有两个人,一个林原,另一个是相当于纯香姐姐的她。

默哀结束了。

林原站在麦克风前。他换了口气,流露出图书馆馆长的表情。在礼节性的致辞结束后,林原的话中断了。列席的人们各自抬起了低垂的头。

"由于年龄差距,我和妹妹一起度过的时光不多。去年,养育我们兄妹二人的外婆过世了。现在外婆唯一放不下心的纯香一去,我倒觉得,或许是外婆的担心将妹妹带走了。被留下来的人,还没有调整好情绪。如果这一次的离别,是对我这个当哥哥的惩罚,惩罚我没有觉察到妹妹去世那天是她二十六岁的生日,那我接下来将平静地弥补。"

会场一瞬间安静了下来,"你好,玛利亚"的乐曲再一次响起。

林原行了个礼回到座位,伶子凝视着他的肩。在她身边,坐着比亲属还显得憔悴的秋津。这种奇怪的反转算是什么呢?浮现在脑海中的事情转眼就变成沙粒,流出了体外。秋津依然在呜咽。她觉得自己的丈夫看上去就像个不认识的男人。而她自己,也仿佛被容纳在一个不认识的女人身体中。

坐在从会场返家的车里,秋津依然一言不发。无止境的时间静悄悄地靠近、流逝。在眼前的风景平淡无奇的每一天,占据伶子心灵大部分空间的是林原。这一年来发生在他身上的事，正在由一个叫做伶子的外人回顾。

秋津与伶子回到家，发现等待他们的是婆婆散落在看护室里的污物。出门前，秋津应该告诉过她，他们是去参加纯香的葬礼。不过看来她对两个人的外出很不满意。脱下的纸尿裤扔在地上，粪便从里面洒落了出来。婆婆盯着正在播放歌唱节目的电视画面，若无其事地握着遥控器。秋津拦住了正准备打扫的伶子，戴上橡胶手套，把滚落在地毯上的污物捡了起来。

看护室的房门关上了。传来了闭合不严的窗户的声音。伶子打开了厨房的窗户，接通换气扇的电源，驱走积聚在屋里的异味。谁都没有说一句话。咳嗽声、地板的吱嘎声、水声，都被电视机里传来的音乐声所抹杀。

洗完澡，秋津说了声"我在楼下睡"，便关上了看护室的房门。在两个人都将无眠的夜晚，这样也许更好。

观察着丈夫这几天以来的心慌意乱，伶子觉察到了一件事。秋津或许是爱着纯香的。要解开心结，是需要眼泪的。

伶子发现自己缺乏嫉妒心和汹涌澎湃的感情，是在遇到秋津之前。这种感情的淡漠是什么时候在自己身上形成的呢？或许自己天生就没有情感？唯一失去平静的一次，是五月到访图书馆的时候。

那一天，她为了寻找哭泣的地方而呼唤了林原。

在医院里交握的手上,她感受到了林原的感情,她有了享受踌躇的余地。越来越多的短信交流、并无深意的对话,还有每一天的时光变化。哪怕相互间分享的只有这些,也让她感到满足。

纯香的死会给谁带来什么样的报应,伶子有所预感。大家都开始渴望看到结局。伶子也同样不知该如何面对和林原之间这种不可思议的感情。既不是男女之情,不是父母与孩子的感情,也不是兄妹之情。和林原兄妹共有的时光,今后会向何处流逝?无论最后遭遇怎样的结局,它都必须流逝下去。

读完会议资料,已经过了晚上十一点。她虽然没有睡意,却很疲倦。拥有能让身体休息的理由是件幸事。伶子可以外出工作,不管是好是坏,每一天都会过去。可是,现在的秋津却不能够。

她躺下身来。昨日的疲惫召唤出一周以前的疲惫,她觉得自己似乎已经有很长一段时间没有休息过了。明天的事,她无法积极地向前看。一回过神来,伶子便发现自己一直在挂念着,林原是怀着怎样的心情在度过每一天。她没有想过他身边的女子。她告诫自己,这不是一个好兆头。但是她明白。总有一天,无论是丈夫、林原的生活,还是围绕两人的一切,她都将再也无法思考。然后,静悄悄的时光也会结束。人的贪欲渴望得到一个结果,于是,便失去了某件重要的东西。就像林原。

她从充电器上取下手机,打开了事件发生那天林原发来的短信。

  纯香没有回家,是还在您家吗?她带着手机,但是没有接电话。百忙之中打扰您了,抱歉。林原

  那天,纯香下了课之后应该是直接就回家了。一收到短信,伶子马上给他打了电话。晚上九点半,他们决定向警方提交搜查申请。

  接电话的工作人员觉得,二十好几的女孩九点多没回家,有什么可慌张的啊。但是,林原的一句话便让他表情大变:

  "我妹妹没有独立生活的能力。她不具有二十岁成年人正常的判断力。拜托您了。"

  她从抽屉里取出文库本。展现在电影里的沙漠风景在眼前复苏。装订已经松了的旧文库本,自然地从中间打开。她无意间看到了这样一段文字:

  "她试图做好心理准备,来面对或许将要发生的、比预想还要糟糕的事。"

  说的就是自己,伶子想。糟糕的事不是已经发生了吗?而且,它们已经排好队,等待着一个接一个地进入伶子、秋津还有林原各自的视野。如果是这样,最后的最后,在沙漠里迷路的,或许就是伶子自己。

行道树的落叶随风飘散,沿着窗户玻璃滑落。这是在季节转变时,每一年都会到访的秋天的声音。

第二天晚上,小樽的母亲打来了电话。那时她正好刚洗完衣服。她拿着子机匆匆忙忙地上了二楼。她一边上楼一边想,幸亏没让母亲打自己的手机。她告诉母亲,"反正上班的时候也接不了电话",母亲就信了她。如果她说打手机也行,母亲便会挑秋津不在身边的时间打过来。这对伶子来说是一种负担。

母亲问秋津是否身体安好,她回答说还好。

"身体还好的话,干吗不在外面工作呢?"

每次和女儿说话,她都会先发制人。这是多少年的老毛病了。她总是打击完对方再进入正题。明知道是这样,却依然回答说"还好"的女儿也有女儿的不对。

"前一阵,把那个女人从桥上推下去的犯人,真是你们教室的学生?"

"你听谁说的?"

"公惠说的啊。电视台嘛,不管播不播,信息都搜集得很全。前一阵子,我看了她负责的电视剧,然后写了一篇感想寄了过去,她一下就对我好多了。刚才还给我打了一个小时电话呢。我这才听说的。"

"她和康志关系还好吧?"

"两个人过新年的时候要去夏威夷呢。据说是为了庆祝她的电视剧参加影像艺术节。年轻啊,关系恢复起来也快,真让人羡慕。她还邀请我一起去呢。不过你老爸不让我去。"

不能搭上儿子儿媳出国旅行的便车,母亲抱怨了父亲一两句,然后开始询问案子的情况。她不厌其烦地告诉了她,不过母亲觉得获得的信息和报纸上报道的差不了多少,似乎有些不满意。

"你说话的态度为什么总是这么冷淡呢?我虽然不能要求你和蔼可亲一些,但是要是姐姐这副模样,做弟媳的不也得费心吗?"

看来公惠决定暂且和康志接着过下去了。母亲也被巧妙地拉拢了。被评价为"冷淡",让她意识到,原来,母亲会变成这样一个只会抱怨的女人,原因都在自己这个做女儿的身上。这么一想,她觉得自己诉诉苦也无妨。伶子一点点地告诉母亲关闭书法教室的事。她原以为母亲会像往常那样让她回家去,结果她想错了。

"如果没有你在身边,他也怪可怜的呢。虽然一想到他全靠老婆养活,我就气得慌。"

随你便吧——母亲说。她想,我一直就是这样的。

"那么,如果今后不能再开班了,秋津打算干什么?"

"只能到时候再说了。也不可能永远是现在这种状态吧。当然，要是他本人没有干劲的话，也没办法。"

伶子能做的，就是以不变应万变。至少在表面上必须保持一如既往的日子。现在正是需要这么做的时候。

挂断电话，伶子把子机扔在床上。她取出放在提包里就没拿出来过的手机，打开画面。没有林原发来的短信。她也不可能主动给他发。伶子打算安静地等待他回归日常，但是这每一天都会令人感觉相当漫长吧。

他们昨天从殡仪馆回来时情绪糟糕的婆婆，在伶子下班回家的时候已经恢复了好心情。单是从叠衣服的方法，她就已经能够想象出秋津一整天是怎样用心地在照顾母亲。

她不知道这样的生活还要持续多久。但是她想，就像雾气会在季节转变的时候消失一样，这种生活也会消失，消失得无影无踪。

她听见楼下的教室窗户打开了，于是拿着子机站起身来，在无意识中数着台阶的吱嘎声下了楼。教室的灯开着。秋津背朝着门口打开了放着书法用具的架子。

"阿龙。"她试着叫了一声。丈夫回过头来，荧光灯下，他的脸庞显得更为疲惫。

"电话是小樽的妈妈打来的？"

"嗯。问你怎么样。"

"他们还好吧？"

"看来挺好。康志家好像也安稳下来了。据说，他们俩新年要去夏威夷呢。前一阵子的电视节目，好像评价挺高。"

秋津答了一声"是吗？"又转过身背对着伶子。

"你在找东西吗？"

"石头。用来刻章的、大一点的石头。"

他似乎终于找到了盒子。他从齐耳高的架子上取下一个大小和多层方木盒差不多的点心罐，放在学生的课桌上，打开了盖子。伶子走进教室，靠近秋津，朝他的手边看去。在罐子里，摆放着很多立方体的石头。横截面为正方形，边长一厘米到五厘米不等，大的有巴掌大。在用瓦楞纸隔开的角落里，放着像切成两半的鸡蛋一样的石头，以及在路边随处可见的石头。每一块上面都贴着标签，注明是什么种类的石头。

秋津首先拿起的，是一块浅绿色的、五厘米见方的石头。

"这个会不会太硬啊。我已经有一段时间没刻过章了，不知道怎么样啊。"

他注视着石头，一面一面地确认它有没有毛病。时不时从他嘴里吐出的句子，听上去像是在询问伶子，也像是在自言自语。丈夫的心在何处呢？他把石头一个个拿出来，又一个个地放进去。伶子默默无语地观察着秋津手里的动作。

"啊，这么大就差不多了吧。"

他把一块巴掌大的石头放在桌上，接着说出的话让伶子以为自己是听错了：

"纯香应该会喜欢。"

"阿龙。"

她不由得叫了丈夫的名字。秋津没有看伶子。他的语气悠闲，却很低沉。秋津用意志坚定的声音说：

"没问题，我没事。昨天我心慌意乱，对不起。你觉得很丢人吧？是我不好。"

她不知该如何作答。秋津把白色的石头留在桌上，盖上了盖子。

"你别看这样，这东西相当敏感呢。保存状态不一样，雕刻时的感触也相当不同呢。"

伶子问他要刻什么，他微微一笑，说：

"刻自己的印章啊。我原来想给纯香刻一个，可是她现在已经不在了。"

伶子"哦"地简短应了一声，转身想要走出教室。"喂，伶子！"秋津叫住了她，丈夫柔和的声音追上了伶子无法迈出脚步的背影。

"我打算今年也参加比赛。反正教室也要停业一段时间，正好集中精力努努力。我能做的，也只有这件事了。"

"嗯，知道了。"

这或许是秋津战胜纯香之死的唯一方法。飘荡在教室里的墨汁味儿在她的肺部沉淀。她静静地吐出一口气，内心深处拥有了平静。她没想到，感受不到嫉妒，原来是这么令人悲伤。自己身上缺少作为人应有的某种重要的东西。但是日常生活依然会这样一点一滴地归来。就连这一点，现在都让她感到悲哀。

"我也总是给你增加负担。不管是妈妈的事，还是生活上的事。我觉得很对不起小樽的爸妈。"

"我们不是说好了不提这事儿吗？"

"嗯。不过说实话，有时候我也会想，说出来就轻松了。就今天说这一次，你原谅我吧。"

伶子头也不回地离开了教室。

她听说，按照家庭法院提出的观察和监护措施，泽井嘉史被送进了少年鉴别所。他母亲开办的绘画教室也关门了。无论是谁登门拜访，都无人应答。他母亲住院了。如果离婚的父亲拒绝认领嘉史的话，他将无家可归。和传阅板一起流传的街谈巷议，都对秋津持同情的态度，但是，一旦换个场所，他们也一定是从不同的一面出发，把自己一家人的情况聊了个够吧。

到了十月初，校舍四周的绿色也变淡了，染成了黄色和茶色。文化节结束，校内安静了下来。午休时间，常到保健室的学生们轮番到来，练习就职考试的面试环节。围绕校舍的白桦树也开始落下了黄叶。

"居然用这种树环绕校舍!——说这话的是一位生物老师。她说,早早便郁郁葱葱枝繁叶茂的白桦树,生长迅速,可是几十年便会枯萎。伶子想起了她的话:

"白桦这种树,会在强烈的阳光下生长,但是寿命不长啊。它们会在自己生长的地方落下种子,形成树林。但是这也导致地面照射不到阳光。它不像山毛榉一类喜阴的树种,无论在怎样阴暗的地方都可以生长,所以它的子孙得不到繁衍。这不是应该种在学校周围的树啊。"

她说想要继续从事研究工作,所以辞掉了西高中的工作,读研究生去了。不知道比起人来说,更喜欢树的她,现在过得如何呢?

寿命这个词,再一次让纯香的遗像浮现在伶子的眼底。她一天会想到纯香好几次。同时也会思考林原的事。两者从不分离,总是以同样的速度掠过伶子的胸口。

收到林原的短信,是学生们刚回去上下午的课时。伶子看见发送人的姓名,一时间犹豫了起来,不知道要不要打开短信。虽然说她需要做心理准备有些夸张,但是她只能这么形容。

她慎重地打开短信,发现积攒在心底的东西从唇边、指尖溜走了。

我是林原,很久没和你联系了。一直以来让您担心了。

现在我正在逐渐补回拉下的工作。生活方面也稍微稳定了一些。我挺好的。我好几次想跟您联系，却拖到了现在。我期盼伶子小姐也别来无恙。不知不觉天气已经变冷了。你要注意身体！林原

她从条理清楚的文字中探寻着他的内心世界。"纯香"这两个词没有在任何地方出现。他是在如同被人紧紧掐住气管一般的痛苦中，录入"伶子小姐"这几个字的。他当时的心情感染了伶子。在她第四遍读短信的时候，"我挺好的"这句话似乎跃出了手机屏幕。

她觉得必须要回短信，是下班后坐进停车场自己车里的时候。

当她用雨刮器拂掉前挡风玻璃上的白桦树叶时，看见星星在树梢间闪烁。初次见到林原，纯香来到这座城市，都是在去年的这个时候。她难以想象，秋津在图书馆办个展的那一天，仅仅在一年之前。

伶子怀着如同来到陌生城市里的不安，思考着林原的事。她从包里取出手机，重新读了一遍白天收到的短信，然后犹豫着开始回复。

"很久不见了。天气真是冷起来了呢。你已经不咳嗽了吧？"

她的手指突然停了下来。思绪全都追逐着林原的轮廓，无法

再接着写下去了。闭上眼睛,电影里见过的茫茫沙漠出现,又消失。伶子删除了写到一半的短信,合上了手机。当她插上钥匙打开发动机,扔在包里的手机震动了起来。是林原打来的。

在她按下通话键之前,伴随着罪恶感的喜悦、踌躇以及恐惧涌上了心头。

"我是林原。"

他声音的洪亮程度让伶子感到了一丝不协调。这或许是源于伶子的心理作用。这也让她感到林原是在表明自己已经重新站了起来。无论怎样,不管是打电话的一方还是接电话的一方,多少都有些为难自己。但是有一种声音,就算是硬着头皮去克服困难,也是想要听见的。

"谢谢你发来的短信。你还在咳嗽吗?"

"也就是半夜偶尔咳几声,基本上已经好了。很抱歉让你担心了。"

"支气管炎要完全康复是需要时间的。"

伶子已经不知道接下来该说什么了。一呼一吸之后,林原说:

"家庭法院来通知了。"

"来通知了?"

"是的。说是如果愿意的话,可以了解到加害者的情况和审判结果,而且还有发言权。上面写着'给受害方'。"

伶子问及他是否愿意了解,得到的答案是"不"。

"只不过,家庭法院调查人员和监护人的律师可能会就他的家庭情况和学校生活做调查,所以我一直在担心,会不会给你和秋津老师添麻烦。"

林原的语气中没有夹杂着丝毫别扭和卑屈,让伶子感到更加不知所措。只能回应他的担心说:"我们家没事。"

"熊猫好吗?"

林原答道:"还好。"但是在几秒的沉默之后,他推翻了自己的话:"不好。"

"它每天都在找纯香。它的主人,我难以胜任。出差的时候我会拜托员工帮忙照顾,但是他们基本上都和父母住在一起,所以每一次都很麻烦。我正在看附近有没有宠物旅馆。"

"要是这样——"伶子为自己嘴里说出的话感到厌恶。

林原失去纯香,其原因本来就在于他们夫妻二人。将她请到家里来的轻率举动,成为了她和嘉史相识的开端。尽管出了这么大的事,可是草率的热心会泛起多大的涟漪,她依然不清楚。她的视野变得越来越窄。除了自己,她已经考虑不了任何事情了。她狠狠地告诫自己,想要用一只猫把自己和林原联系起来,也太浅薄了。

她觉察到,自己正在经历相同的情绪,如同阅读同一本书。她感知到了林原的逡巡踌躇。而他的一句话,却是柳暗花明又一村：

"我可以麻烦你帮忙吗？下个星期我要到札幌总公司出差一周，顺便想利用空闲的时间去外婆家里看看。那旧房子，今后也不打算再住人了，一旦找到土地的买家，迟早都要拆除。"

"你什么时候方便，我去取吧。"

无论出于什么样的原因，她都不愿意再让林原和秋津碰面。葬礼之后，她更是坚定了这一想法。并不是在特意为谁考虑。在葬礼之后，伶子对他们两个人同时出现在自己的视野里感到很抵触。

"图书馆现在正是工作忙的时候吧？"

"嗨，不管是馆内还是馆外的事都归我，我的工作本来就像是个打杂的。"

报纸的报道没有提及被害者的哥哥是图书馆馆长。作为加害者的少年已经承认了自己的罪行，被押送到了家庭法院。目前正依据监护措施在鉴别所进行调查。周刊的记者们也因此而气势受挫。但是，图书馆馆长的立场是否真的能够保护他呢？伶子的思绪在这里停顿了下来。

"取小猫的事，请随时和我联系。"

她的大脑深处已经麻痹了。结束通话后，她拿着手机，好一阵都一动不动。在焦点逐渐清晰的视野里，等距排列着白桦树的树干。

树叶落下了一片、两片。一片随风飞舞，另一片紧贴在前挡风玻璃的一角。伶子开出停车场，踩下油门，任凭风刮走了它。麻痹从头部穿过喉咙，沉淀在锁骨的凹陷处，最后积聚在了胸口。

积重难返。从腹腔深处涌上的厌恶感，强烈得让她想要挣扎。

或许林原和自己，都已经卸下了失去纯香的沉重枷锁。她回忆起了这一年两人间互发的短信。

林原已经从纯香那里解放了。伶子的内心深处，产生了紧紧抓住林原不放的罪恶感。

半夜，久未联系的君岛沙奈发来了短信。她应该是听到了学校里的风言风语，了解了伶子的处境，但是短信里她一个字都没有提到纯香。"有件无聊的事情哎。"开头的一句就让伶子忍俊不禁，也让她想起了今年春天发生在沙奈身上的事。沙奈发来的短信让她明白，原来一种悲哀，可以被另一种悲哀所治愈。

　　哥哥成绩不好，明年春天肯定要复读了。我爸妈和他都在哭呢。说什么辜负了期望很可耻。这点事就要死要活的，你不觉得很傻吗？简直就是一家人在上演滑稽剧呢。一会儿说为了孩子，一会儿说为了父母，我都不明白他们说这些是想要逃避什么？要我说啊，就一句：开什么玩笑！半夜打扰你，对不起哦。沙奈伶子也一样，不知道自己想要逃避什么。沙奈一定会踏踏实实地朝着她期望的方向前进。哪怕她挑选的大学排名会靠后一些。不说空话大话的她，给自己制定了"中长期计划"。首先，她要考上大学，以自己最能够接受的方式离开家。她也做好了思想准备，来面对独立生活所需要的路线修正。尽管如此，她的视线也从来没有偏离过最终目标。伶子认为这就是沙奈的强韧之处。这位十六岁的少女并不知道，她无意中拯救了四十岁的熟女。

一家人上演的滑稽剧？这话说得真刺耳啊。就我这把年纪了都犹犹豫豫呢。真是比不上你啊，沙奈。注意不要感冒了哦。伶子

伶子老师犹犹豫豫？不会是因为男人吧？不错啊。你就装作平平常常若无其事的样子，适当地让他受受伤吧。我很期待哦。沙奈

适当地让他受受伤——这话也只有沙奈才想得到。于是，直到入睡，伶子都一直在想，怎样的伤才算是最好的伤。还是伤得越深越好吧。她感到，这是面对生存的礼节。纯香不在了。接下来要走的路，理所当然会修正路线。

去林原家取小猫的那天，一早就开始下雨。深秋的雨，每一场都会带来更浓的寒意。从比夏季还要高的云层出发，细小的雨滴连绵不断地加速滑落。伶子按下公寓的门铃。林原开了门。

他站在玄关，脚边放着猫篮子。如果就此转身别过，接下来的每一天将一如既往。不，两人之间的距离或许会更加遥远。伶子在玄关蹲下，朝猫篮子看去。熊猫发出了细微的叫声。她抬头望着林原说：

"熊猫看起来不错啊。"

"不好意思，厚着脸皮麻烦你。"

"没有，只要我能帮上忙就行。"

猫粮、猫砂盆……要照看熊猫一周，需要带走的东西还真多。一个人搬的话需要跑两趟，要不就得两个人一起拿。雨声从屋外传了进来。

林原穿着条纹棉衬衫和全棉休闲裤。伶子也穿着衬衫牛仔裤，套着一件薄薄的绗缝连帽衫，一副休息日的装扮。不过，早晨她给自己找了一个似有似无的理由，换了一套内衣。扔在洗衣篮里的内衣，会由秋津连同婆婆的睡衣一起洗掉。什么都不去想，或许也是"适当伤害"的一种。日复一日，毫无变化。

"你着急走吗？"

伶子给出了一个暧昧的回答。

"进来喝杯茶吧。怎么样？"

得到他的邀请，伶子又为自己把车熄了火而感到羞耻。这也是伤害吧，她自我安慰道。

上一次来林原家，还是七月份来接发烧的他去医院的时候。房间比那个时候显得整洁。视野里没有一件东西能让人想到纯香。电脑桌上放着一叠文件和保险公司的信封。

"事务性的工作，总是做完一件又来一件。这样的时间很宝贵，让我没有参杂感情的空闲。"

越过文件，是窗外的蒙蒙雨景。币舞桥也映入了眼帘。从这个建在高地上的公寓望出去的景色，和图书馆是一样的。就在这座桥的中部，纯香被推了下去。这个男人，每天望着妹妹消失的地方生活、工作。他是什么样的心境，伶子难以想象。秋津和伶子站在案件原因的一端，而林原却从未责备过他们。也正因为如此，他才无法说明，自己的平静其实源于痛苦。

"我这只有红茶，抱歉。"

"谢谢！"

昨天晚上，她告诉秋津，自己"至少想替他照顾一下熊猫"。回味起来，这话很狡猾。听她这么说，秋津只能答应。

白色的骨瓷杯放在了桌上。林原把积攒了三天的报纸挪到地上，和她隔着桌子坐了下来。

"一直以来我都在麻烦秋津老师和你，对不住了。"

爽朗而干脆的声音。林原如果看见秋津的样子，会做何感想?伶子一直无法理解,他看上去受到的创伤竟然比失去亲人还要大。秋津的负面影响,让她一瞬间似乎觉得自己陷入了越来越大的空洞,可是,她却无法承认那是悲伤或者哀悼。

"我听说教室停课了。"

她"嗯"地应了一声。林原低下头,说了声"对不起"。伶子摇摇头说:

"你不要担心。他说今年也要参加展览征集。"

我更担心你——这句话到底没能说出口。她在想,林原是不是一直都没有落泪呢?伸向红茶杯的指尖很美。那是做事务性工作的手,握笔的手,在医院里和伶子的手重叠在一起的那只手。

"你已经不咳嗽了吧?"

"嗯。有时候会咳。就是这种程度吧。"

她觉得,林原表现得若无其事,是在为身边的人着想,也是他自身能够挺过来的手段。如果是这样——伶子开始反省——装作什么都没发生过一样来到男人家里的自己,才是为纯香的死感到高兴的人。

她无法再继续揣测林原的心情,端起了茶杯。

"真实感"——林原说完这话便停了下来。伶子端着茶杯,等他继续说下去。桌上是他交握的双手,十几秒间,她的目光一直停留在那指尖上。

"我还没有真实感。"

"真实感……"

"是啊。纯香已经不在了，可我还没有真切地感受到。要说哀悼之情，确实很深切，但是这总像是发生在别人身上的事。明明已经确认了遗体，还收了骨灰。我总觉得她只是跟我吵架，回老家了而已。这种感觉真奇怪啊。"

"非要有真实感才行吗？"

"我发现，这是自我保护的方法。或许能称之为狡猾吧。"

伶子的视线从男人的指尖挪开。你看——林原说：

"我可能很清楚，自己还无法承受现实。流露悲伤是件轻松的事，可是这样一来，我就会被自己的情绪轻而易举地冲昏头脑。"

"瞧我这性格，真是够麻烦的"，他自嘲道。明明没有任何比较这两个男人的理由，可是伶子还是不由得想起了秋津憔悴的脸庞。比较这两个男人，已经成为了伶子逃离罪恶感的唯一途径。

放在玄关的篮子里传来了小猫的叫声，似乎是在暗示她赶快回家。伶子对自己的内心视而不见，手扶桌子想要站起身来。男人伸出手拦住了她。冰凉的手重叠在了一起。医院里持续数秒的一幕再次上演。

她注视着他的双眼。和遗像中的纯香一样，他的双眸中似乎空无一物。没有现实，没有今天，也没有明天。连他自己也不存在。明明两人视线交错，可他眼中仿佛连伶子都没有映照出来。

伶子更加喜爱这个男子，远远甚于昨日。

另一只手覆盖在重叠的指尖之上。男子先站起身来，向前迈出了一步。她滑入他的胸膛。发胶的芬芳，耳垂的甜香。冰凉的嘴唇印上脖颈。伶子迎上去，亲吻着他的后颈窝。

和肌肤同时紧贴在一起的，是加速坠落的心。伶子在男子的身体上不断滑落。两个人都默默无言。就在解放感袭来的同时，她感到，所有的一切都将因为这一刻而结束。

在沉重的悲伤之上体验到的快乐，迟早会遭到同等的惩罚。

伶子触摸到深埋在自己体内的林原的伤口。

事已至此，无法挽回，可这种感受却悄然替换成了快乐。

已经可以欺骗自己了。

伶子拥抱着林原，心里清楚，今天的结合是仅有的一次。等待她的，是今后漫长的余生。

13

不行——

秋津扔下紧紧握住的篆刻刀。石头的粉末从垫在篆刻台下的报纸上飞舞起来。连试印的必要都没有。

他决定将印章四方形的印面磨成圆形,在中间刻上"龙生"二字。图案原本经过了充分的斟酌,可是他一旦着手篆刻,却总感觉有些不对劲儿。在直径大约八厘米的圆形中,他的名字刻得整洁而雅致,却在百分之一毫米的计算范围内有失平衡。这似乎恰好暴露了他的内心世界。

他以为是切削得过多,于是用纸和绢布将印面磨平,又从头来过。这一过程他已经重复两次了。如果第三次修正还是这样的情况,他会绝望的。要在以前,即使刻错了一个地方,他也可以在整体上调整好。

但是,这一次却偏偏做不到。这枚雅印将会用于"墨龙展"的应征作品。这最后的一步,如同匠人给不倒翁绘上双眼,是画龙点睛,倾注了他所有的心血。秋津的沉思变成了紧绷的丝线。"啊"——一声叹息之后,他停下手来,无法在石头上继续刻下去。

每重复一遍,都会增加他的恐惧感。当他再三磨平印面重新开始篆刻,那最初的自信与干劲儿也随之不断减退。

——来不及了。

截止日期是十月的最后一天。作品只有在按上雅印,而且完全风干之后才能装裱。倒推过来,意味着他无论如何也要在十月中旬完成这项工作。

他给一个人也没有的教室送上了暖气,把做家务事、照顾母亲以外的时间全都用来刻章。可是,石头上却没有留下他所期待的线条。这次绝对不能失败——就在这个念头涌上心头的一瞬间,一股出乎他意料的力量便注入了刀尖,完全就像个新手。秋津叹了口气,把扔在一旁的篆刻刀插回了竹筒。

他调低暖气的温度,走出了教室。清冷的感觉在走廊里蔓延。寒冷的秋风从关不严实的玄关大门和屋子的各处缝隙中不断地往里钻。

他在厨房里喝了一杯水。熊猫来到秋津的脚边,用雪白的尾巴蹭蹭他的小腿,又离开了。熊猫是两天前伶子从林原那儿带回来的。每当熊猫进入他的视野,纯香的容颜都会在眼前掠过。他回忆起自己在葬礼上哭泣时那种不可思议的情感,胃部感到一阵灼热。

一个天赋的才能从世上消失,让他在内心的某个角落里感到了愉悦。每一次熊猫凑过身来，他都觉得那是在询问自己："葬礼上的眼泪不是源于悲伤，而是源于快乐吧？"

纯香曾经疼爱过的小猫，一整天都偎在母亲的床脚打盹儿。等到伶子回家，它便喵喵地叫唤着要食吃。然而它对秋津却没有任何要求。和小猫之间的距离，与和伶子之间的距离重叠在一起，让他更为烦躁。

把小猫带回家后，伶子立刻就又外出了。她的理由是，有些东西忘记买了，需要去一趟郊区的购物中心。平常的她，是个宁肯保持沉默也不愿意撒谎的女人。秋津觉得这是相遇以来，他第一次感受到妻子的粗心大意。

从洗衣机里取出衣物准备晾晒时，发现妻子的内裤多出一条。伶子去林原家之前换了一条内裤。这意味着什么，他已经懒得去思考。

烦躁转化为倾注于篆刻刀上的力道，然后又再次涌上心头。还没有结束。他没有足够的自信，来承认这种感情就是嫉妒。伶子的移情别恋让他感到安心。这比自己的内心被人窥探得一清二楚要好受得多。

母亲难得没在看电视。他看见她手中握着遥控器。秋津靠近看护床。母亲双眼微睁，仰望着秋津的瞳仁显示出了她头脑的清醒。

秋津在心里默默地问道：

"差不多了吧？这场戏，你在我面前就别演了吧？"

母亲睁开的双眼又再次合上。

无法依靠自己的力量洗澡，吃饭和大小便也都必须有人照顾。如果神志清楚，这样的身体状况一定令人痛苦，可是这种模样，母亲却保持了六年。她究竟希望儿子儿媳做什么？又或是，不希望他们做什么？如果能够知道，他倒也可以理解和接受。

又一个问题忽然出现：如果知道了母亲的目的，也接受了，接下来又该怎么办呢？伶子的脸庞在脑海中浮现。接着是纯香的。林原又会怎样呢？

秋津觉得自己必须把这个男人当作一个笑话。否则，自己和母亲一起度过的日子将会变得滑稽无比。他不愿意被任何人笑话。尤其是伶子和林原的怜悯，更加令他无法忍受。

秋津对着母亲紧闭的双眸说道：

"妈妈，我今年也要参加'墨龙展'的作品征集。教室里现在没有学生。每天这么安静，就是因为这个。因为纯香的事，我现在放假了。我想这是神灵赐给我的时间。妈妈也一定这么想吧。应征的作品已经完成了，接下来只需要落款。"

母亲纹丝不动。秋津继续说：

"不过，雅印还差强人意。我设计的是一个圆形红玉。可是不知道究竟是哪儿不对，印章齐整却有失平衡。不知道是不是因为我心态不正啊。我每天都在努力，可是进展得却不顺利。"

母亲的模样没有任何变化。秋津叹了口气。床脚边是蜷缩成一团的熊猫。忽然，它蹦上了床，蜷着身体，注视着他。它打了个大大的哈欠，入睡了。母亲和熊猫的鼾声，被古老的暖炉抹杀得一干二净。

秋津离开母亲，取下晾晒在卫生间里的衣服，叠了起来。他停下手，望着伶子内裤边上的纤细蕾丝。那是毫无华丽感的弹力纯棉内裤。使点劲把它撕裂吧。不，不对。在秋津的内心，某种东西开始沸腾。

他叠衣服已经叠得很好了。就这样把自己也一起叠进去多好啊。把伶子、母亲、所有的人都归拢来，叠得小小的就好了。

秋津回到教室，用粗糙的纸和绢布，把刻好的印面又擦掉了。

这天晚上，秋津紧跟着比平时早上二楼的伶子进了卧室。伶子把枕头当作靠垫，屈膝斜倚着，正在看手机。半干的头发只有一边绕在耳后。秋津坐在床边对妻子说道：

"天冷起来了。"

"是啊。不过，妈妈的身体状况看上去不错，真好。以往每到这个季节她都会感冒。"

"嗯。小猫替我陪着她，我轻松多了。"

隔了一小会儿，伶子问道：

"要不熊猫就一直放在我们家养吧。阿龙,你觉得呢?"

秋津在句尾上扬的声调中寻找女人的谄媚。他接过话头,暧昧地说:"我觉得啊……"

"好像林原馆长每次出差的时候都很难找到地方托付熊猫。"

"可是,我们因为这个就把纯香的遗物带走,似乎也说不过去啊。"

两人的视线缓缓地交错在一起。秋津换了个位置,轻轻地抚摸她紧靠在一起的膝头,感觉到妻子内心对自己双手的躲避。隐约的动摇。仅仅只是碰了碰膝盖,她便已然如此,真是可笑。他抑制住这种感情,加大了双手的力道。

"我说伶子,我们不要再跟林原馆长来往了吧。"

"为什么?"

他注视着她不安的双眸继续说:"相互间共有的各种回忆,只会让人痛苦。"

他一点点分开妻子的双膝。双眸失去了光亮的伶子,毫不反抗。在房间里持续的灯光下,他在妻子的身体里继续探索。紧闭的双眼,微张的嘴唇。这表情让他的欲望不断膨胀。

让你再折磨我!他从伶子的唇畔窥见发红的舌尖。

真想把这睁着眼睛说瞎话的舌头割下来刻上字——对啊,让你再轻视我!

这个既没有生活能力也没有才能的、什么都没有的男人,你就尽情嘲笑吧！

秋津牢牢拽住望不到头的快乐。

第二天，他收拾完厨房、洗好衣服后，走进了教室。在冰冷而干燥的空气中，飘荡着层层叠叠的墨香。他打开了暖气。

平常工作的地方进入了他的眼帘。削平印面的纸、绢布、篆刻台、篆刻刀和石头散落在报纸上。

秋津的视线忽然落在石头上。虽然他觉得和昨天没什么不同，但是总感觉有些异样。他往教室门口看了一眼。因为他打算先回到厨房看报纸，等教室暖和了再来，所以门是开着的。他站在房门和篆刻台的正中间，回忆着昨天离开教室时的情景。

当时，他刨平了印面，然后小心翼翼地站起身，以免扬起石粉。平常，他总会当场就把石粉扔掉，但是昨天他已经关掉了暖气，再加上备感疲劳，所以没有收拾。那时候他还在想，开暖气之前把石粉扔掉就行。

然而，铺开的报纸上、石头的周围，都没有石粉。

秋津站在报纸旁边，寻找着或许是被风刮跑的石粉。这是把已经刻好的印面磨平而产生的石粉。就算因为某种原因被吹散，也应该会在磨破的垫子上撒得到处都是。他仔细地查看着，却没有在任何地方发现散落的石粉。

他战战兢兢地拿起和昨天一样扣在台子上的石头。它在左手掌心中显得沉甸甸的。翻过来一看，磨去棱角的圆形图案上，是镜像的"龙生"二字。

他想象着，在半夜冰冷的教室里，母亲是怎样默默地在石上雕刻的。一种从未体验过的寒意从身体中穿过。凭他自己，是刻不出这么精致的印面的。这一点他心里非常清楚，所以才对母亲提起了雅印的事。

这时候他才发现，自己从一开始就想试探母亲是否精神正常。这是一种可以装作对自己的欲望视而不见的狡猾。是一种他未曾在自己身上，也未曾在别人身上见到过的狡猾。

他想象着母亲的样子，她为了儿子而站起身来。

平时处于麻痹状态的身体，在某一瞬间，只在那一瞬间恢复了正常。不知这强烈的感情来源于坚韧的意志还是愤怒，足以让母亲恢复正常……

他这么想着，摇了摇头。哪有这么听话的病啊？所谓没有发现自己欲望的借口也是不存在的。一切言行都潜藏在意识之下。都是为了让自己的处境更加舒适，哪怕只是一星半点。母亲和自己装作无意识地、巧妙地蒙骗了内心，一厘米一厘米地扩大着自己的地盘。两人都伪装成弱者，却在最后关头获得了想要的东西。母亲和自己都是正常而狡猾的人。

他从书桌抽屉里取出篆刻时使用的印泥。他发现，母亲的本领一点都没有衰退，足以让他意识到自己刻的印章有多么的拙劣。

他凝视着呈现在和纸上的、通红的"龙珠"。这是飞龙跃向天空之时，抱在胸前的生命之珠，也或是欲望之珠。他调整了一下呼吸，用废纸把印面擦拭干净。

秋津从存放纸张的抽屉里取出了打算用来应征的作品。只缺一个落款了。这是质感偏硬的六尺画仙纸。是在吸收墨水的同时，似乎也会将书写者生命吸走一般的、力量强大的纸。他用光了买来的五百张纸，最后选出了五张。写下一千张，也有可能一张都留不下。有着判断作品好坏的知识，却没有高超的本领，世上最痛苦的事莫过于此。

像自己这样的人，一旦意识到自身的路已经走到了尽头，除了舍弃自己磨练的技艺，找不到其他得以活下去的方法。他相信这就是最后的自尊。舍弃技艺，给心灵留下生机。如果将放置于天平两端的东西强行归拢到一处，只会扭曲自己的心灵。秋津把生计完全托付给妻子，选择了书法，并心安理得地走到了现在。他无论如何也要把这段路变成拥有生命的时光。

或许自己还有一条狭窄的道路可以走——抱着这样的期待，他把五张整幅的纸用白板吸两张两张地挂在板子上。取下淘汰的一幅，再换上新的，用这样的方法来确定最后留下哪一幅。

眼前悬挂的是最后两幅。他把胳膊环抱在胸前，良久地注视着。时间和思考都放慢了速度，不知何时已停止不动。

大型车辆通过时的震动,让屋子摇晃了起来。给母亲做饭的时间到了。从他开始挑选作品,已经过去两个小时了。秋津站在两幅作品前,用力扯下了决定淘汰的那一幅。用来固定纸张的白板吸滚落在地上。

撕得粉碎。已经没有回头路了。他把最后一幅作品留在墙上,走出了教室。

母亲木然地盯着电视,正在播放的是午间的长时间节目。

他从冰箱里取出昨晚剩下的冷饭。在锅里倒入高汤,添上水,放进了米饭。沸腾后,他加入了豆酱和鸡蛋液,搅拌均匀。再用勺子在锅底画了个圆,关上了火。

既然母亲是算准了儿子儿媳熟睡后才去刻的印章,那么一定是熬夜熬到了将近天亮。如果一整天都打盹的话,做点容易消化的东西为好。虽然母亲不太喜欢中午喝粥,但是今天必须要说服她。

"妈妈,中午我们喝粥吧。今天吃点软的东西好。你感觉怎么样?"

他把盛着粥的容器放在托盘里,在床头边的椅子上坐了下来。母亲朝他看过来,眼神空洞。

"有点烫哦。一边吹一边吃吧。"

慢慢地,母亲的嘴唇张开了。秋津用塑料勺子把粥舀起来,吹凉后喂进了母亲嘴里。她的喉头上下一动，又张开了嘴。

"啊，声音太大了。"

他把母亲握在右手的遥控器轻轻抽出来，调小了电视音量。他的目光落在被子上母亲无力的右手上。在她的中指指尖上，还能看见缠篆刻刀的风筝线留下的痕迹。变薄了的皮肤，好些地方依然发红。食指指根、大拇指指甲盖旁边也都很红。秋津想起了年轻时的母亲，即使听到了他呼唤也头都不回的母亲。如果这是维持母亲自尊的方法，他也必须一头扎下去。

"不过，"秋津一边舀着粥，一边在心中默默地说：

"我们是休戚与共的，妈妈。"

既然这是必须和母亲一同走下去的道路……

"味道如何啊？不咸吧？"

母亲点点头。秋津把鸭嘴壶凑近母亲嘴边。他听见水流过母亲的喉头。嵌塞在衰老的齿间的米粒。形象丑陋的母亲，正在描述着秋津的现在。事到如今，他只能毫不犹豫地走下去。

他有预感，应征的作品会获得好成绩。这不仅仅源自于长达四十年来全身心投入书法创作所带来的自负。他所相信的，是自己慧眼识珠的能力。如今的秋津，一眼就能辨别出作品的好与坏。能够从五幅作品中正确地挑选出最好的一幅，是母亲赋予秋津的能力之一。

"有件事你必须答应我。"秋津无声地对母亲说。

说定了哦，妈妈——

一想到母子之间黑暗而宽广的河流将会疏通，秋津不禁颤抖了起来。粥已经凉得没有必要再吹了，他把最后一勺送到了母亲口中。

母亲刻印的身影浮现在了脑海中。他合上双眼，堵在喉头的小石头痛快地滑落腹中。他觉得自己剩下的工作只有这么一件了，便不知不觉露出了笑容。秋津把手放在母亲额头上，用镇定得连自己都感到吃惊的语调告诉母亲：

"妈妈，如果你想死，请随时告诉我。"

十一月末的周一，罕见地下了一场大雪，大得道路上都积雪了。电话打到秋津家，是在上午十点。

"请问这里是秋津龙生先生家吗？"

"是的，我就是秋津。"

"我是墨龙会总部办公室的横山。这次，您获得了第二届墨龙展的大奖，我向您表示衷心的祝贺！"

"我获得了大奖？"

"全体评委一致同意推选您的'画龙点睛'。关于接下来的事务性活动以及采访等事宜，我会再给您寄送书面文件。今天打电话是想通知您一下大概的情况。可以吗？"

他的声音太过事务性，让秋津忍不住想要问问这是不是恶作剧。但是，液晶屏上来电显示的号码，的确是以东京的区号开头的。这不是在做梦，也不是谁在恶作剧。自从递交了应征作品，他就坚信，一定会有某种结果。他寄去的作品，应该拥有相应的影响力。

"好的，那麻烦您了。"

大奖会在一周之后的报纸上公布。在这之前，三天内会有记者到秋津指定的地点预先进行采访。

"结果公布两周之后，会在东京的总部举行颁奖典礼，还要麻烦您在百忙之中抽空参加，您能来吧？"

"可以，没问题。"

"那么，接下来就请您等各家报社的联络吧。如果时间上分配不过来，也可以采取同时接受采访的方式，您不用客气。"

放下话筒，他注视着电话号码已经消失的液晶屏，片刻未动。

获得"墨龙展"大奖——

这是去年他极为渴望的东西。冰冷的泪水从他眼眶滑落。必须马上把这消息告诉母亲。

秋津站在床畔的时候，母亲的眼睛明明白白地圆睁着。总是半张着的歪斜嘴唇紧闭着，清醒的眼神里闪耀着他从未见过的光芒。

他在椅子上坐下，对母亲说：

"妈妈,我获得'墨龙展'大奖了,刚刚接到的通知。你听见了吧?我选的是哪一幅字参赛,你是知道的对吧?你高兴吗?妈妈?"

母亲的眼睛弯弓般地画出了一道圆弧,嘴角翘了起来。左右的高度是一样的。秋津也笑了。

"神灵送给我的礼物,就是它!你知道,从一开始你就知道。"

母亲抬起了右手,放在他的发梢。秋津任凭母亲抚摸着自己的头发,眼泪再一次涌了出来,一颗颗地滴落在被子上覆盖的浴巾上,被吸收得一干二净,仿佛什么都没有发生过。母亲的手指轻轻地擦拭着秋津的眼睛。

秋津毫不颤抖,也毫不犹豫地抓住了母亲的手,号啕大哭起来。止不住的眼泪似乎永远不会枯竭。将来的事,已经无法再去思考。

秋津牢牢抓住母亲的手,觉得造就了自己的,就是这双手。母亲的手总是将儿子引向自己所期待的方向,将他毁灭。借用了母爱名义的傲慢,是营养,是毒物。虽然是毒物也依旧是爱。

下午六点,伶子回家了。他站在洗手漱口的妻子身后,询问着道路结冰的状况,然后静静地说:

"伶子,'墨龙展'的结果出来了。"

伶子和秋津的视线在镜子里交汇,她转过身来。秋津望着她丝毫没有掩饰惊讶之情的双眸说:

"我得了大奖。"

"这是真的吗？阿龙？"

"嗯，早上联系我的。我想马上告诉你，但是考虑到往你单位打电话不太合适，而且我既没有手机也没有邮件。"

他留意不让自己的语气流露出卑屈。一旦变成语言说出口，情绪也不可思议地跟了上来。他感到这件事逐渐成为了现实，变得真实起来。

伶子的双手无力地垂在身体两侧，小声地嘟哝道："太好了！"他"嗯"地回应了一声。

"我让你操了不少心啊。借这个好机会，又可以重新开书法班了。我总觉得对不住你。今天，就让我向你道个谢吧。"

"阿龙，你想说什么就说个够吧。"

这句话里，这颗心中，没有丝毫的伪装。秋津也是同样。他没觉得自己是在撒谎，反倒是被自己说出的话一点点拯救。就算去年就获得大奖，伶子也会是同样的反应吧。花费了十年时间，才在两人之间形成了这样的关系。对于自己的忧虑，秋津和伶子都不露声色。相互间在可以预料的范围内选择语言，重叠着肌肤与时间。他们的时光，度过得平稳却又悲哀、宁静。

"我们必须庆祝一下。"

被问及是否已经汇报给母亲时，秋津点了点头。

"不用特别庆祝了。白天有几家报社联系了我，说要来采访。

小樽老家那边订的报纸也在里头。"

"这回我可以尽情夸耀一番了!"

秋津笑了,这是他今天第一次露出笑容。伶子也笑了起来。他回应着伶子的笑容,同时提醒自己,不要去看屏息静气的母亲。在虚与实之间的缝隙中摇晃着往前走。一切都在不停摇晃。

说不定——秋津心想。

说不定,能够拥有这片刻的停顿,是因为纯香的存在。

为了不让阴云将妻子的笑容笼罩,秋津立刻开始准备洗澡水。他们的笑声母亲当然能听得见。如果这就去讨好她,反而只会增加彼此的心理负担。他一边给浴缸里蓄水,一边注视着扩散的水波。热水从龙头里流出,深深地潜下,消散在浴缸中。凝视着注入蓝色浴缸里的水,他产生了一种渴望跳进去的强烈冲动。

他想着那只最终没被收留在秋津家的白猫。日复一日地揣测猫的行为意味着什么,对他来说是一种痛快。它的亲近,它的不理不睬,它对伶子流露的娇憨,都让秋津怀疑,纯香变成了猫的样子又回来了。每当小猫进入视野,他都会想起纯香,这让他难以承受。

如果收留了熊猫,秋津或许已经神经失常。虽然他内心感到轻松,可是一考虑到两个人还会因为小猫而来往,就会心情烦躁。秋津的嫉妒心,曾经因为纯香的存在而被抵消,可如今却孤零零地不断膨胀。他不清楚半夜里发给伶子的短信，是来自朋友，来自学生，还是来自林原。每个夜晚，当伶子在震动的手机旁沉睡，他都在她身后感受着她的呼吸，收集着浅睡的断片。

他发现浴缸里的水已经七成满了，连忙关上了水龙头。

最近几个月，他总是睡不醒。每当想要起床的时候，都一定会头疼。常常是伶子都已经穿戴整齐，他却还没留意到。浅睡一直持续到黎明，好不容易有了睡意，天却又亮了。他只能认为是自己的身体忘记了睡眠周期。

本地报纸的采访安排在了上午十一点。地点定在了图书馆大厅。记者故意没有提出在书法教室进行采访，或许是因为那是和秋天发生的案子有关的地点。虽然谁都没有明说，但是他觉得自己大概没有猜错。

纯香和嘉史相遇的地方，在几个月的时间内会作为喜讯的舞台，让秋津也深感抵触。秋津心想，报道的阵势或许赶不上去年的获奖者。既然这样，我就准备点能让标题尽量更大的词语。

他给加湿器添上水，打开了洗衣机，告诉母亲自己一小时后回来，便走出了家门。冬天的空气紧绷绷的，猛然间冻僵了秋津的耳朵。起床时的头疼又发作了。冰与雪的感触从脚底传来。等红灯的时候，他朝山坡下望去。眼前是山坡的巨大弯道和河对岸的绿化设施。

从蓄积着地下水的湿地流淌而来的钏路河，因为在上游几公里处筑起了大坝，所以留到此处时，已经只能一点点地靠近河口了。一旦到了涨潮的时候，河水还会倒灌。一整天重复往来的河水，就像秋津的心情，毫无意义地潮起潮落。

过了马路，他穿过终身学习中心，走进了图书馆。踏进一步之后，他才意识到，这是他和纯香初次见面的地方。在去年举行个展的地方，点缀着圣诞节的装饰，还陈列着绘本。见他停下脚步，入口处一名年龄较大的女子指着展室对他说："您请。"

一名坐在椅子上的男子站起身来。那是去年个展的时候前来采访的记者。

"恭喜恭喜！您终于获奖了！"

"谢谢。我真是愧不敢当啊。"

"哪里哪里，"记者截住了他的话，说道，"这是您精于练习的结果。"

"那么我们就开始吧。能请您谈谈感想吗？"

他在为他准备的椅子上坐了下来。想到楼上的林原，他感到肩上注入了一种莫名的力量。他在胸口深处挖掘出一年前的野心，小声地自语道："现在的心情啊。

"我觉得去年曾有过的昂扬斗志今年似乎消失了。抛开无用的力量，才能将所有心血倾注在参赛作品中。我很感谢支持我的妻子。"

记者的笔在末尾忙个不停。

"夫人是怎样鼓励秋津老师的呢？"

"她什么都没说。和平时完全一样，让我每天都处于宁静的环境中。可以平心静气投身于书法的时间，对于我来说是十分宝贵的。这一点她非常理解。"

"得知您获奖，她说了些什么呢？"

"她衷心地为我感到高兴。我也很高兴。"

"您母亲秋津鹤雅女士长期以来都是本市书法界的领军人物，听说最近她卧床不起，这一喜讯您已经向她汇报了吗？"

"是的。她行动不便，但是也非常高兴。"

"您是在家里照顾她吗？"

"当然了。因为我觉得最能让母亲安心的，还是自己住惯了的家。"

关于他在照顾母亲的同时获奖这一情况，记者提了很多问题。报道的构思应该已经成型了。秋津会被塑造成一个身处逆境却不辞艰辛、勇摘桂冠的人。这究竟是对还是错，连秋津本人都已经无法辨别了。

"谢谢您！我觉得这会是一篇很好的报道。"

采访结束得很突然，看来组织文章的必要材料都齐了。

"该道谢的是我呢。"

接下来，他必须做一个谦逊而孝顺母亲的书法家。

他在图书馆门口和记者道了别。就在距离人行道一步之遥的地方,他停下了脚步,缓缓地回过头,抬眼朝四楼的窗户望去。蓝得发青的天空刺痛了他的眼睛。笼罩着冬季道东的太阳,似乎被这蓝天吸尽了所有的光芒。

14

信辉利用新年假期和紧接着的出差机会，回到了自己出生长大的故乡札幌。他抱着把油箱里仅剩的一点油用光的打算，点燃了暖炉。油一旦用光，就有理由搬到札幌的商务型酒店去住了。

就算开着灯，阴暗的墙壁似乎也会把所有的光线都吸走。没有外婆，也没有纯香。这是一个连续失去了三代女性成员的家庭。仅有的一点华丽残存在墙上挂着的画和玄关的陈设上，这些东西都还和信辉住在这个家里的时候一模一样。

即使是在失去母亲、失去外婆、失去妹妹的情况下，他都能够抑制的悲哀，却在和秋津伶子肌肤相亲的时候增添了现实感，膨胀起来。他打算深深潜入黑暗的海底，却意外地见到了另一个纯白的世界。难道这不是自己，而是伶子的虚无？信辉所窥见的伶子内心，带给他的不是快乐，而是畏惧。预感成为了现实，他们再也没有了第二次。

不知是因为腊月里的忙碌已经到了头，还是札幌的近郊都市原本就是这样的氛围，除夕的道路显得安稳平静。

会在这个家孤零零地度过跨年夜，是去年此时的他万万没有想到的。

　　他打开了电视。红白歌会马上就要开始了。一阵饥饿感突然袭来。于是他计划趁着房间还没暖和起来，先去便利店买点食物。就在他站起身时，玄关传来了门铃声。

　　门前的小径虽然扫过了雪，但还是只容得下一个人，站在那儿的是里奈。她穿着白色连帽羽绒服，帽子宽松地罩在头上。一瞬间，信辉差点把她认作了纯香。不知里奈是如何感知到信辉的惊讶的，她说了声"抱歉"，取下了帽子。

　　"你要回来也该告诉我一声啊。"

　　"我刚刚才到。过完年一上班我就要来札幌出差，所以顺便回来收拾收拾。"

　　"我刚才忘记买辞岁时敬神用的酒了，又跑了一趟。"

　　里奈的身后细雪飞舞。今晚可能会积雪。里奈朝沉默的信辉身后看看，问道："你一个人？"

　　"要是还有别人，多恐怖啊。"

　　"不是这个意思，我以为不是你一个人来的。"

　　他想起了纯香葬礼结束后，把里奈送到钏路车站时两人之间的对话。

　　——把纯香搞成这样，或许是我的错。我想，如果我不答应和小信重新来过,她就不会挂电话,所以就对她说了些过分的话。

——过分的话?你究竟说了些什么?

——我说,小信不和我结婚,是因为有其他喜欢的人。还说如果她认为我在说谎,可以自己去问你。她问我,有了其他喜欢的人就不能一起去温泉了吗?我回答说,那当然了。如果纯香以为什么事都会如自己所愿,那就大错特错了。

"等我家的辞岁仪式结束,我就到你这来怎么样?"
"你哪有这空啊?"
"我准备点小菜装过来。你要不愿意就赶我走呗。"

里奈朝信辉摆摆手,又跑进了雪中。他觉得,无论是她的个子还是声音,都还和初中的时候完全一样。该跟纯香说清自己和里奈关系的是信辉。他就是因为知道妹妹会撒娇耍赖,所以才一拖再拖。即便跟她说清楚,也还是必须和她在同一个屋檐下生活,这令他烦恼。或许就是这烦恼拖了他的后腿。他无法怨恨也无法责备任何人。

他和里奈的关系不是从爱恋出发的,也没有在爱恋中结束。一同生活却不以为苦,愿意一生陪伴身旁的女人,他觉得是很难得的。总有一方的心灵会被迫作出巨大的让步，总有一方会无法承受。无论相处的过程如何，开头和结尾的风景看来不会有所不同。心灵的契合程度有多高，留下的悲哀就有多浓，渐行渐远。两个人寻找着令人轻松的地点，回归了遥远的时光。

他锁上门朝便利店走去。

里奈出现的时候，已经过了晚上九点了。玄关的门没锁。

"小信，你应该还没睡吧？"

起居室响起了敲门声。信辉一应声，里奈就出现了。他已经不再惊讶于那件白色羽绒服。积在她肩上的雪转瞬间就融化了。里奈从购物袋里取出塑料容器，摆在了被炉的台面上。

在被炉边躺着看电视的信辉也站起身来。他向正把脱下的羽绒服卷起来的里奈问道：

"没跟人约好去烧一炷头香吗？"

"我可没什么新年愿望，今年也没什么可感谢的。"

天寒地冻地在外头等一个小时，太麻烦了——说完这话，里奈笑了起来。红白歌会也已经进入了正式一决高下的阶段，更加热火朝天。仿佛置身于和去年同样的风景中。谁又能想到，那一天拍下的照片，居然成了遗像。这一年都过去了，就像是开了个玩笑。纯香以难以言表的草率方式跟随外婆而去。

"小信，你果然还是喜欢红白歌会呀。"

"果然还是？什么意思啊？"

"你在马上就要考高中的时候不是也看了吗？我当时还想，这个人可真是大大咧咧的。"

他想起来了，里奈打电话约他一起去神社，祈祷考试通过。那一年正下着暴雪，大得像是在身旁竖起了墙壁，他们沿着只容一人通过的道路，走到了神社。当走在信辉身后的里奈问起他在家里做什么时，他答道："我在看红白歌会呢。"

"因为这是外婆一年一度的乐趣啊。"

每年都在大家正看得兴致盎然的时候，纯香一到十点就钻进了被窝。平常不喝酒的外婆也会陪信辉喝上一大杯。经得住放的简单饭菜盛放在盘子里。油腻的东西、油炸的东西很少。

里奈打开了容器的盖子。炖菜、鱼豆腐、煮豆子和醋拌菜各有一些。她母亲的调味比外婆要清淡一些。里奈发现了便利店的关东煮杯子，嘟哝着说："怎么又吃这种东西啊。"他从架子上拿出准备好的啤酒杯，放在里奈面前。因为冰箱没通电，所以他买来了不需要冰镇的红酒。倒上的红酒喝完了一半的时候，里奈问道：

"这房子，你真打算拆了吗？"

"是啊。也没什么迹象显示我以后还能回来。要说为了哪天回来住，而把这房子留着，它又没那么大的保留价值。现在处理它，时机正好。"

"你要处理它呀。"里奈说着喝干了杯中的酒，给信辉和自己又倒了一杯。

"我也不能永远都让你替我保管钥匙吧。"

"如果我把它买下来，是不是就万事大吉了呢？"

信辉换了一下腿，继续盘腿坐着说："你说什么傻话呢。"伸手取过了酒杯。

"我上班都十四年了，一直都住在父母家，倒也还有些积蓄呢。这一带的地价最近每年都在跌，说句不好听的，有房子在上头反倒是划算呢。"

"我会把这当作空地皮卖的。这块地里奈买了也派不上太大用场。也就是离车站稍近些而已，周围不都尽是些旧房子吗？"

"反正你都是要卖的，谁买不都是一样吗？你要是觉得不合适，我就找中介来办呗。"

"如果你是想把这当作给纯香的奠仪钱，那就算了。"

里奈一口气喝干了杯子里的红酒。信辉一心想要结束这个话题，换着电视频道。歌舞节目、电视剧和综艺节目，没有一个电视台能长时间看下去。

"如果把这里卖了，小信不就无家可归了吗？"

"我从一开始就无家可归。"——话到嘴边又被他咽了回去。这话一旦说出口，和里奈共度的时光将会被全盘否定。

"其实，我家房子也很旧了，打算这两三年重建。在这期间我也不想住到离这太远的地方去。"

"就算这样，你也没必要住这儿呀。"

"你不是说要嫁人了吗？"他想问，却又忍住了。里奈恐怕也不愿意被他问到这件事。漫无目的的交谈逐渐成为了一种痛苦。他把电视频道又调回到红白歌会。时针就快指向十点了。这时他把心中想到的话，一下子说出了口：

"一到十点，我就会松口气。"

里奈问他这是为什么，他答道："因为这是纯香睡觉的时间啊。"一过晚上十点，他就不再需要因为妹妹的不在而牵挂。他觉得无论走到哪里，无论生活在何处，纯香都会一成不变地十点钟上床睡觉。这话一说出口，就算不情愿，他也不得不承认，妹妹已经不在了。他垂下头，叹了口气，感到两肩突然变得异样无力。

注意到自己正在流泪，信辉把坐垫对折起来，躺下了身。歌手一个接一个地交替登场。除雪车从屋外经过的声音沿着地板传过来。从他躺着的地方看不见里奈什么样，只是时不时听见抽鼻子的啜泣声。

里奈把毛毯搭在假装睡着了的信辉肩上，在他身后离去，似乎是用自己保管的那把钥匙锁上了门。她每走一步，都会在雪地上留下脚步声。这脚步声在信辉的记忆中逆流而上，不知不觉和外婆、纯香，还有母亲的脚步声混合在了一起。明明既没有感到怀念，也没有感到寂寞，他的心头却涌上紧紧抓住她们各自脚步声的念头。

听着听着，信辉发现，哦，原来自己是想要问问她们啊。他想要抓住她们的脚步声好好问问，为什么要从自己的眼前消失？回响在耳边的，是她们离开这个世界时的脚步声。正因为这样，她们才会用如此纯净的声音渗透到自己的内心。

无论过去了多长时间，都没有任何回应。死亡不会接受任何质询。关上电视机，他听见了白雪落在窗户上的干燥声音。

当他苏醒的时候，新的一年已经到来了。

没有人陪他喝酒，里奈也没有发短信联系他。支撑着这个宁静正月的，只有正常营业的便利店和被炉。堆在壁橱里的被子，一年多都没有晒过，吸足了陈旧建材的气味，他也不愿意用。

信辉决定把新年的头三天用来整理壁橱。这是因为，当他打算把被子从壁橱里拿出来的时候，发现了一个桐木箱，上面写着"纯香"的名字，是从"圣香"改过来的。那是外婆的字迹。箱子扁平而狭长。

他想，就算是要把房子拆了，也必须先把放满了私人遗物的壁橱整理一下。当这房子一面展现主人的生活场景，一面像玩具小屋一样崩塌时，外婆、母亲和纯香的东西会四处散落。所以，整理这些物品，对于留在世上的他来说是一种责任。

信辉打开了名字改写成"纯香"的箱子。包裹在宣纸中，黑底垂樱图案的长袖和服露了出来。在箱子的一侧，放着一个长约一米、手工制作的细长圆筒。他打开筒盖，把装在里面的东西取了出来。那是两幅书法作品。每一幅都是一张榻榻米的大小，上面写着同样的文字。没有习字经历的信辉看不出这是什么字。不过，虽然两张作品相同，署名却不一样。他得以勉强辨认出这是"圣香"和"纯香"，或许是因为他知道这是外婆写下的母亲和妹妹的名字。

长袖和服上的垂樱全是刺绣。他随意地翻开衣袖，发现里面有两张照片，贴在印有照相馆名称的衬纸上。一张是穿着长袖和服的母亲，还有一张是穿着同一件和服的纯香。

如此相像的母女，实在太过少见。信辉比较着二十岁时的母亲和妹妹，觉得她们就像是双胞胎。在外婆心中，把纯香留在身边抚养，或许就是再一次抚养自己英年早逝的女儿。两个人相似得足以让人产生这样的错觉。

长时间的凝视，让他感到母亲和妹妹不同寻常的目光似乎要将他吸进眼中。母亲的双眸中有着舍弃日常的神情。纯香的瞳仁如此清澈，仿佛至清无鱼的池水。两人虽然身着盛装，却都没有露出丝毫笑容。信辉想起了外婆将纯香托付给他时留下的眼泪。结果，他没有保护好任何人。

会议之后，信辉被叫到了图书馆流通中心的事务局。这里既没有社长室也没有接待室。任何地点都是工作第一线的意识为这种公司风气奠定了基础。刚落下的白雪堆积在晴空之下，窗外的札幌一派新年气象，宛如异国他乡。积雪白得耀眼。信辉感觉自己的立足点已经转移到了道东。一面这么想着，一面又将视线落回到新人端来的红茶杯上。

不是绿茶，而是红茶。他知道，每一回这个杯子登场，都意味着社长有事情要交代他。在他受命前往钏路赴任之时，也曾经欣赏过这个杯子边缘复杂的金属花纹。社长比信辉大三岁，但是天生一副娃娃脸。他本人还曾感叹说这副模样"都影响业务开展了"。虽然他今天为了新年伊始的接待拜访，一身正装打扮，可看上去依然还像个正在找工作的大学生。

"林原啊，大家对你那儿评价很高嘛。我在东京都很骄傲呢。"

社长一个劲儿地夸奖信辉，然后问道："你还想继续当馆长吗？"他笑着点点头说：

"您就把我放在一线吧。旧体制时期的资料必须尽量保存下来。我们馆的资料很丰富，在别处可是找不着的。纸张的话不好保存，如果实现数字化，就可以面向全球了。所以啊，请您给我增加点预算吧。"

他亲眼目睹了上一任气概豪迈的工作成果，因而期待着能让它们重见天日。上一任坚信总有一天会派上用场而收集来的乡土资料，全都是在其他地方找不着的。今年的一项重大工作任务，就是把精挑细选出的资料数字化。

如果有可能,他希望公开所有的资料。为此所需的必要经费,眼下只能从信辉启动的业务中引进。

社长一如既往地强调着民营化所面对的巨大压力。这番话每次见面信辉都不得不洗耳恭听。

"真是的。他们只知道批评管理者制度有问题,可是对引入了这一制度,又存在问题的图书馆却没有提供任何的支持和培训。这不是把工夫全都花在写抗议书了吗?光是在嘴上说说,连傻瓜都会!"

"如果没有压力,也很难获得新生啊。在一线工作,我对此深有体会。为了让那些毫无兴趣的人关注我们,需要花费特别多的精力。与此相比,制度引入之前的抗议和围攻只是个前奏罢了。如果让全体职员都行动起来,是可以防止赤字出现的。"

"正是因为总是纸上谈兵,才会屡次失败。可为什么大家都没发现呢?"

社长说完这话,像个少年似的用双手将额前的头发往后一捋,一口气喝干了红茶。信辉心想,要来了。面对北海道的经济不景气,束手无策的自治体越来越多。削减文化方面的经费开支是必然的,而这也就导致人员工资难以筹措。有些自治体习惯于将看起来没什么干劲儿的人、难以应付的人踢到文化系统,而这种惯例已经让他们尝到了苦头。又有新的城市确定了图书馆的民营化。数据已经作出了预测。

"估计后年将实现全面过渡，所以开春后你又会忙起来了。"

社长脸上浮现出别有意味的笑容。这次将要进军的，是一个相较城市规模来说面积很大的一个图书馆，是一个综合文化设施。如果引入制度，它的业务范围或许会出现飞跃式的扩展。信辉扬起了嘴角。他会在两座城市之间来回奔波，各待上半年时间，等到各项准备就绪，他或将再次"就任馆长"。这是事实上的秘密指示。

"东京总部说啊，希望我们赶紧跟教育界联络联络感情。我挖来了一个不稀罕升职的男人，搞得自己也备感责任重大呢。"

社长嘴上这么说，脸上却露出了笑容。很快就要离开投入了大量时间精力的钏路了，可林原却没有任何伤感之情。就这么逆风而行吧。这次真的要成为一名旅行者了。总有一天，秋津伶子的面容也会逐渐模糊。只要彼此都还活着，再深的伤口也能愈合。一想到她在某处，拥有比现在更加美好的时光，伤口便会逐渐修复，这由不得他。切肤之痛，有纯香一人留下的已经足够。眼下，换个地方居住就是最好的良药。

自从秋津在公开募集的展览中获得大奖，他和伶子之间的短信联系又变得生分起来。往来的文字枯燥无味，就像是要抹杀掉迈出的那一步所留下的足迹一般。

寂寞的灵魂，即使贴靠在一起，也无法获得内心的平静。伶子发来的短信,也暗示着那只是一个梦。出差归来的信辉,是在图书馆的大厅里取回熊猫的。那一天,伶子发来短信说:"我把熊猫送到图书馆大厅。"他把这条短信反反复复读了一遍又一遍,觉得这简直就是在开玩笑。

她不再登门,仅仅这一点就已经给出了答案。当她领着熊猫出现在图书馆大厅之前,或许已经投入了秋津的怀抱。

男人的伤口很简单。等到某一天,当他把相似于伶子的女人拥入怀中,就能发现自己的心已经走得有多远。或许是在一年之后,也有可能是在两年之后。他想,自己真的已经变成了一个令人厌恶的成年人。社长压低声音说:

"你的负担会加重啊。不过还是多动动为好,你说对不对?"

他简短地道了个谢。的确如此,动起来的话,也就不会去想那些多余的事了。我还能动,还能动。如今唯一能做的,就是这样延长飞行距离。

社长问他下午有什么安排,信辉说自己会直接回钏路。他眺望着窗外的雪景,站起身来。他觉得,比起来的时候,自己视线的位置似乎更高了。

札幌车站依然还笼罩着返乡人潮的喧嚣。信辉在车站里的点心店里,按照工作人员的人数买好了黑糖馒头,坐上了傍晚出发的列车。到达钏路会是在夜里。他决定晚饭就吃车上卖的盒饭。

列车开过垭口之后，撞上了一头鹿，停了大概一个小时。这几天睡得不太好，他放下座椅靠背，打算补补觉。一打盹儿他就一定会梦见外婆。

有时候她在腌咸菜，有时候在握笔写字，但就是不跟信辉说话。外婆时不时会呼唤纯香，可是妹妹的身影却没有出现在信辉的视野中。信辉变成了视线，似乎并不存在于梦中的外婆身边。

车厢里响起播音员因为晚点而道歉的声音，唤醒了他。还有五分钟就到钏路了。已经九点过了。他不知何时睡熟了，醒过来的时候，一时间不知道自己身在何处。车厢里依然喧闹嘈杂，他把旅行包和手工制作的圆筒从行李架上取了下来。

决定先从老家带走的，是祖父母和母亲的排位、一本相册。里面放着外婆嫁到林原家之后拍摄的照片。还有母亲和纯香成人仪式时的照片、装在圆筒里的两幅作品。他拜托里奈，在房子拆除之前把能够带走的书法用具都带走。手工制作的圆筒因为不是标准尺寸，放不进搬家公司的纸箱，所以信辉就先带了回来。他觉得，这两幅作品比照片更能证明母亲和妹妹曾经来到过人世间。信辉虽然是个书法的门外汉，可是他也能感受到，这两幅作品仿佛拥有正在呼吸的生命。

他披上羽绒服，把座椅靠背放回原处。列车进站了。

这是个寒冷但无风的夜晚。站前大街两旁的路灯发散着橙色的光芒。虽然正值新年，可是街头依然没有行人。商业设施几乎都搬到了郊区，这也算是机动车社会所带来的恩惠。无论是这里的人对于"民营化"的厌恶，还是对于郊外本州资本控制的商业设施的反感，说到底都是同根同源。

如同社长所言，渴望得到支持和教育的是使用者。受到煤炭业和渔业滋润的时代已经过去了。现在，没有一座城市富裕到仅仅用品牌和门面就能维持文化的地步。"便利性"和"利益"流向为了吃饱饭就已经殚精竭虑的地方，也是无可奈何的。有些判断是难以果断作出的。而给出一个明确的答案，正是信辉所肩负的任务。

他走在币舞桥上，抬头仰望图书馆的大楼。四楼的灯还亮着。那灯光似乎是从办公室透到会客室的。他借着街灯看了一眼表，已经十点了。刚过完年，就在这没有开暖气的地方加班，究竟会是谁呢？他加快脚步爬上了陡坡。

他输入验证号码，进了馆。他考虑到让人受惊吓不好，所以打了一个电话，拨出的号码并没有收录在夜间咨询电话中。留下加班的是塚本。

"我刚从札幌回来。我还想，这么晚了还开着灯，会是谁呢？"

"年底还有些资料没整理完，一不留神就到这个时间了。不好意思，我这就回家。"

"没有没有，应该抱歉的是我。既然我已经进馆了，就到楼上去一趟吧。"

他挂上电话，借着紧急出口的灯光上了四楼。

在最小限度的灯光下，他扫了一眼塚本办公桌上摊开的资料。那都是信辉认为必须着手整理的乡土资料。他计划把这些资料都登记列表，如果发现有缺少的内容，就向市史编撰办公室咨询，如果他们也没有，就到旧书店去找。

塚本打算今天整理好的，是关于币舞桥历史的资料。工作人员们都知道纯香的事。他们大概也不忍心让信辉整理收集来的桥史资料。

"真是帮了我大忙了。我正想赶紧着手做呢。"

他以为自己的语气已经相当开朗了，可是塚本却表情僵硬，低下头说："我没得到您允许就开始做了，对不起。"

"你不用道歉啊。看来入春之前有很多事情需要交接呢。你做在前头，我是求之不得啊。"

"交接？"

"对。我开春后要到别的城市兼差。具体工作还需要各位职员分担。"

"您实际上是要调动吗？"

"一半在钏路，一半在那边儿吧。比例会随时调整。"

塚本说出一个地名，问他是不是要去那儿，他给了一个肯定的答复。

"因为人手不足啊，没有代理馆长这个职位。又要给塚本你添麻烦了，还请你多多关照啊。"

白天，他和社长交涉，想要把塚本升职为"主任"。非正式的指示应该很快就要下来了，不过现在还不是告诉她本人的时候。

"明天请把这个分给大家。"

他把装有黑糖馒头的纸袋交给了她。塚本接过纸袋，向茶水间走去。信辉拎着行李，一边向办公室门口走去，一边告诉她自己先回家了：

"我走了。塚本，你也早点弄完回家吧。"

他朝着从茶水间跑出来的塚本挥挥手，离开了办公室。虽然他的身体如同吸收了湿气的棉被一般沉重，但是他还是想快步离开，离开这个不得不提到纯香、提到工作调动等各种事情的地方。

室外的空气更加寒冷了。他在四处都已上冻的沥青路上，一步一步地往前走，以免摔倒。走到山坡上，他偶然停下了脚步。街灯似乎想要照亮什么，在出现逆流的河面上摇曳。手机在羽绒服的口袋里震动了起来。他用冻僵的手打开屏幕，是里奈发来的信息。

> 我是里奈。小信已经回到钏路了吧？这边已经发布大雪预警了。不知道小信有没有合上电闸啊？我有点担心。空下

来跟我联系一下吧。

他打开房间里的暖气,想给里奈打电话,看了一眼表。除夕之夜的交谈已经很遥远了。他突然觉得两个人似乎离初中时代越来越近,站在房间的正中不动了。他发现,会产生这样的错觉,也是因为纯香不在了。呼叫音停止后,里奈接起了电话。

"不好意思,电闸合没合上,我确实没把握。我光注意关火和水了。可能我只是关了灯而已。"

"我就觉得会是这样。知道了。明天我去看看吧。老房子还是怕漏电。我还担心你万一没关被炉可怎么办呢。被炉的电源,你有关掉的印象吧?"

"应该是关了。"

被问上第二遍,他又没了把握。里奈说她这就过去看看。

"我顺便把电闸也合上。"

"等天亮了再去不好吗?"

"被炉的事会让我担心得睡不着觉的。我现在就去。"

二十分钟后,当房间开始暖和起来的时候,里奈打来电话说被炉的电源是关着的。

"你收拾壁橱是件好事,可是我怎么觉得没收拾好呢?"

"嗯。书法用品、和服什么的我不知道该怎么收拾,所以就那么搁着了。"

"最近你还会找时间回来的吧？你告诉我一声，我帮你收拾。"

信辉犹豫了一会儿，告诉她自己暂时回不去了。

"从春天开始，我要到其他地方去兼差了。没收尾的工作也必须处理完。民营化的筹备工作一完成，我就会到那边去。"

隔了一会儿，里奈轻轻叹了口气说：

"是这样啊。你还是那么忙。"

"能去的时候，我尽量早一点联系你。"

"如果你不介意的话，我自己抽空一点点收拾吧。"听里奈这么说，他觉得自己应该道声谢，但是又犹豫了。

"让小信你一个人收拾这个家，我总觉得很难过。"

事到如今，他觉得两个人回不到可以分担肩上重担的时候了。女人话语中饱含的期待，没有博得他的怜悯。

"里奈，你不要再管我了，按计划去嫁人吧。"

没有得到任何回复电话就挂断了。信辉从包里拿出宠物旅店的寄养凭证，放在了桌上。明天一早就得去把熊猫领回来。纯香曾经住过的房间，房门被猫挠得伤痕累累。每次他喂猫粮的时候都会想起纯香。纯香的死就这样渗透进了他的生活，让他逐步接受。等到不协调的感觉消失，可能熊猫也就不会再继续寻找主人了。

信辉深深地叹了一口气，把手机插到了充电器上。夜晚，就像河口的逆流一般，涌进了暖和起来的房间。静谧无声。

在干燥的空气即将湿润起来的三月初，信辉上班前，在桌上的本地报纸上看到了秋津的报导。

"乡土艺术文化奖获奖者 秋津龙生"

秋津挽着胳膊，站在比他还高的作品前。报纸介绍说，他去年获得了"墨龙展"大奖，市文化财团称赞他为地区作出了贡献。他早就知道秋津是这一届的获奖者，但是亲眼见到如此大幅的作品报导，还是第一次。年底的获奖采访，集中介绍的是他在照料母亲的同时获奖的情况，只刊登了他的面部照片。

信辉注视着秋津龙生的作品，它在这份本地的报纸上占据了大幅版面。照片下方写着标题——在去年的获奖作品"画龙点睛"旁。暂时停课的教室好像年初又开始招生了。

"画龙点睛……"

信辉喃喃自语，这个词的含义在他脑中萦绕。

让事物达到完美境界的最后一步……

对于秋津龙生来说，恐怕没有别的词比它更恰当。报道上记录着秋津的原话："能得到妻子和母亲长期以来的支持，我非常高兴。"信辉再一次注视获奖作品。如果翻开报纸的地方不是上班前的办公室，他或许看上一整天都不会腻。

颁奖仪式安排在这周六。信辉等到九点，给文化财团的办公室打去了电话。

"不好意思,前些天你们给我寄来了一份文化奖颁奖仪式的请柬,我不小心在回执上勾了不出席的选项,不知道现在还可不可以改为出席呢?"

工作人员愉快地接受了图书馆馆长的要求。他说,颁奖仪式之后的宴会是自助餐,所以人数的增减有个大致的把握就可以了。

"出席者年龄大的居多,所以实际上每一年都无法准确掌握当天的人数。光是天气因素就会造成很大差异呢。自助餐是站着吃的,腰腿不便的人士也有所不满,所以我们靠墙放一排椅子。年轻人能出席,说实话我们也很省事儿呢。"

信辉一再对变更出席计划表示抱歉,然后挂断了电话。他再一次喃喃自语道:"画龙点睛……"万千的思绪如同泡沫一般不断增加,竞相从体内涌出,难以抑制。

从下午开始,他一直忙着在仓库里挑选值得进行数字化的资料,并整理分类。如今,没有了纯香心血来潮打来的电话,他终于如愿以偿,可以尽情地一个人待着了。如果说和妹妹共同生活的一年中,他从来没有感到过厌烦,那是说谎。但是,他也从未盼望过这样的结局。信辉想到这儿,不禁问自己:那么,什么样的结局才是自己能够接受的呢?没有回答。

大家多少都有些厌恶纯香。无论是自己,是里奈,还是秋津。越接近她,这种厌恶感就会越发强烈。信辉冷静思考着,这个无法承受的重负,究竟应该安置在哪里。一边思考,却还两手不停、默默地分门别类整理资料。

傍晚时分,他一边拍着满是灰尘的工作服袖子和肩膀,一边走出了资料室。放在推车上的资料,要先确定原来的纸张状态,然后再请专业人士报价。接下来,周末就是秋津的颁奖仪式了。

进入新年后,伶子发来的短信数量锐减,他也是看完一条删一条。他嘲笑着自己这种自虐般的行为。每个人都是无家可归的。对于秋津伶子的生活方式,信辉发自内心地赞赏,同时又充满厌恶。选择某个人是一种坚强,这种坚强容不得任何责骂。秋津伶子选择了和秋津龙生一起生活。信辉需要的仅仅是这一事实,他没有必要进行任何思考。什么是对她有利的,什么又是为自己好的,留待以后再去思索吧。

白昼一点点地变长了。他在办公室里远眺西沉入海的太阳。桌上放着本地小说家寄来的新书。夹在封面和腰封之间的便签上写着:"感谢您长期以来的关照。给您寄来新书一本,请惠存。"书名叫作《嫉妒》。有个性的题目——他这么想着打开了书。扉页背面的一句话吸引了他的目光:

——嫉妒,是假装停歇却又不断涌来的波涛。它千人千面,以只有本人才知晓的强大,持续折磨着独自一人的时光——

合上书的信辉预感到，这句话将会比嫉妒、比后悔更为长久地折磨自己。

颁奖仪式在靠近河口的酒店里举行。

秋津看上去比在图书馆举行个展时要沉着得多。他甚至有了余地，可以怀抱着盾牌状的水晶奖杯环视会场。他正在发表获奖感言，脸上的表情透露了他内心的舒畅。看来他已经从纯香葬礼上的眼泪中重新站了起来，摆脱了附体的邪魔。他的视线落在每一位来宾的身上，显得仪表堂堂。

粗略一看，出席者大概有一百名。事务局的工作人员说得对，历届获奖者和评审委员们全都是上了年纪的人。信辉在前排座位上看见了伶子的背影，可他的心情并没有预想的那么躁动不安。

颁奖仪式结束，伶子推着轮椅，跟着秋津走出会场。坐在轮椅上的白发女性就是秋津的母亲。

不知为何，信辉的内心平静而安稳。在进入宴会厅之前，他取回了存放在衣帽间的东西。手捧用号牌换回来的物品，他走进了古典乐轻声回荡的宴会厅。

不知是不是因为出席者年龄比较大，会场的喧嚣也略带几分低沉嘶哑。

会场最靠里的墙上悬挂着《画龙点睛》的匾额，吊牌上的金色文字注明这是"墨龙展大奖获奖作品"。似乎秋津正站在作品旁,周围聚集了很多人。

十分钟过去了,二十分钟过去了,人墙散去。轮椅旁看不见伶子的身影。信辉避开手捧餐盘相聚言欢的来宾,走到了秋津身边。

评审委员会主席正在作品前发表自己的感想:

"说实话,我原来以为,秋津你的才华恐怕难以得到世人的理解。而现在,你付出的艰辛终于有了回报。你的母亲也一定很欣慰!"

秋津深深地低下了头。主席又教导了他一两句,最后留下了一句来家里玩的邀请,便离开了他。

信辉再一次环视整个会场,没有看见伶子。信辉下定决心叫住了秋津:

"老师,恭喜您啊!"

看见信辉,秋津静静地鞠了个躬。他坐在轮椅上的母亲,将白发拢起,穿着一袭深藏青色的和服。脸庞瘦削但气质高雅。虽然她双眼睁开,可是表情却如同沉浸在睡梦中一般。一条紫色的毯子搭在她的膝盖上,上面放着水晶奖座。她一直凝视着儿子的获奖作品,没有看信辉一眼。

"对不起,她的痴呆症状越来越严重,已经不能与人寒暄了。请谅解。"

信辉摇了摇头。从秋津的态度中,看不到丝毫的卑屈或妄自尊大。信辉想象着令秋津深陷其中的黑暗,把自己捧着的手工圆筒交给了他。

"老师,请收下。"

秋津从信辉手中取过圆筒,露出了惊讶的表情。因为这个褪色而陈旧的容器和华丽的会场实在很不般配。

"请把这个当作是纯香的贺礼,而不是我的。"

"纯香的贺礼?"

"对,是的。"

信辉望着装饰在墙上的获奖作品。秋津的视线也落在了同一方向。信辉深吸了一口气,传入耳中的所有声音都消失了。

"这里面装着两幅作品。一幅是纯香母亲写的,另一幅是纯香写的。除了署名,两幅作品完全一样。如果仅凭这两幅作品,我恐怕发现不了妹妹所拥有的才能。"

秋津强压住自己的呻吟。信辉毫不在意地继续说:

"我母亲名叫林原圣香,二十三年前就已经去世了,您或许不知道。"

信辉转过身面对秋津,说道:

"纯香似乎可以完美地模仿我母亲的作品。外婆还来不及告诉我这一点就去世了。如果我不比较这两幅作品,也发现不了这一点。"

"馆长，您究竟想对我说什么？"

"秋津老师，圆筒里装着的作品，和挂在这里的几乎一模一样。"

所有的表情都从秋津的脸上消失了。水晶奖座从她母亲的膝盖上滑下来，滚落在红色的地毯上。没有任何人去捡。他母亲脸上的表情也毫无变化。

秋津双目失神地望着信辉。信辉行了个礼便离开了会场。在走廊里，他看见了正在向准备回家的来宾道别的伶子。

寒暄完毕，伶子注意到了信辉，低下头向他致意。除了那双擦得锃亮的黑色浅口鞋鞋尖，他什么都没看见。他转过身朝酒店出口走去。

室外飘来早春的尘埃气息，还有荡过河口的海水味儿。在晴朗的天空中，只飘着一片薄云，云的尾端在风中轻轻飘散。信辉凝视片刻，感觉伶子身体的柔软似乎又回到了双臂之中。他在天空中寻找着纯香的身影。

他没有丝毫痛快舒畅的感觉。

仰望无时无刻不在变化形态的云朵，信辉问道：

"你这么做是想要变成什么？"

薄云缕缕，在风中散开。

"纯香！"

我从未盼望过你离去。

不——他摇摇头。

即便是从未盼望，也还是祈求过吧？在不会产生罪恶感的范围内。

纯香。

仰望之处，只有晴空万里。城市的气息沉寂在胸口。天空湛蓝，蓝得让人心碎。信辉再次询问：

纯香，你去哪儿了？

他怀抱一连串的疑问，再次踏上旅途。

旅途没有终点，也没有回应。

译后记

在这部小说里，出生于北海道的作者樱木紫乃再一次将故乡设置为故事的舞台。她用平实的文字，描绘出北海道四季的风光，也似在不经意间，勾勒出一个个清晰可见的人物形象。在作者温婉的描述中，他们的故事被徐徐道出。难以避免的激烈冲突、无法承受的人生重负，刚刚跃上纸面，便已然一一化解。如同他们火山一般炙热而又压抑于内心的情感，在作者细腻的笔触下渐渐呈现，却在一清二楚之时消失于晴空。留下的生命，依然要面对绵延不绝的不老时光。

钏路，北海道东部面向太平洋的港口城市。主人公秋津伶子一家，就生活在这座随着煤炭产业的消亡而繁华落尽的城市里。她是一名兢兢业业的中学保健教师，也是家庭的经济支柱。她的丈夫龙生则是一位有着良好教育背景，却郁郁不得志的书法家，依靠教授青少年书法维持生计。为了照顾神志不清、生活无法自理的婆婆，他们放弃了养育孩子的梦想，生活过得拮据，却也安稳平淡。然而，在这波澜不惊的表象之下，是波涛汹涌的暗流。丈夫对于出人头地的渴望，因为屡次遭受打击而愈加强烈。妻子内心深处对于人生的不满，在以连她自己都未察觉的速度膨胀。病榻上的婆婆，被潜在的嫉妒所操纵，利用自己的虚弱无力抢夺着儿子的爱。在欲望与理性的制衡中，他们的生活艰难地保持着微妙的平衡。

新上任的市立图书馆馆长林原信辉与他妹妹纯香的到来，如同一石激起千层浪，在他们本就躁动不安的内心世界掀起了波澜。林原飒爽干练，一心想在事业上有所成就。与他同母异父的妹妹纯香，继承了母亲罕见的书法天赋，同时又单纯幼稚得无法独立生活。年迈的祖母临死前将纯香托付给信辉，却未料到，纯香将走上一条不归之路。

书法展上的偶遇，将原本毫无交集的两个家庭纠缠在一起。面对这特殊的兄妹二人，一直照顾病人的秋津夫妇比旁人多了几分理解和帮扶之心。只是这种帮扶，掺杂了许多微妙的情感。

围绕纯香的几次简短交谈，在伶子与信辉之间产生了一种难以言述的吸引。对于伶子来说，这种吸引或许是一种可以抛下沉重负担的出口，是日复一日枯燥人生中的一抹亮色，是丈夫无法给予的解脱与慰籍，更是对另一种生活抱有的憧憬所产生的幻象。对于信辉来说，这一吸引，或许是他工作陷入瓶颈、与女友的牵绊渐失、若即若离，又失去最可依赖的亲人时，一种伸手可及的温柔依靠。这种模棱两可的暧昧情愫，偏偏又因为现实的不允许，更加令人心生向往而难以割舍。但是，他们之间关系失衡的速度因为彼此的克制而缓慢。他们在迟疑中相互试探、挑逗，时而接近时而刻意地保持距离，却未曾到达心心相印的程度。在纯香死于意外之后，他们永远丧失了存在于对方世界的理由。了然于心的终点，却带来了莫名的安全感。就在往日时隐时现的激情看似已经消失踪影的这一刻，他们却结合在了一起。这唯一的一次结合，充满绝望与悲哀，可是它又像伶子抓住的一根救命稻草，足以支撑她去面对残留的人生。在丈夫获奖出名之后，她平静地翻过了生命中的这一页。而信辉，怀着对妹妹的歉疚和略带罪恶感的轻松，踏上了下一段人生旅程。

　　龙生和纯香，则是由书法联系起来的。初见纯香在书法上的过人天赋，龙生感到的是讶异和发自内心的佩服。随着接触越来越多，他对纯香多了一种特别的关爱。这并不等同于爱情。它像是龙生对另一个自己的关注，也像是纯香身上的才华在他混沌无望的人生中点亮了一盏灯，重新唤起了他对生命、对事业的激情。同时，纯香的才能也让龙生产生了惧怕和嫉妒。这种感情的强度超越了惺惺相惜，也超越了不曾被玷污的爱意。在纯香的葬礼上，龙生的悲痛一定是真真切切的，但是他对名望的渴求和扭曲的心态，也迫使他不顾廉耻地盗用了纯香的作品去参加比赛。他终于获奖了，可是朝着书法艺术纯洁领域前进的道路也走到了尽头。而被剥夺了书写资格的他，又该如何走下去？或是说，还能不能继续走下去？

就在潜藏于平静下的暗流开始涌动之时，龙生诧异地发现，母亲似乎一直是在装病。她清醒的头脑和健全的身体，不仅表现在对儿媳的嫉妒中，还表现在对儿子的暗中支持里，以及对纯香的利用和欺骗中。她的爱以一种扭曲而邪恶的形式呈现出来，让人心生恐惧，和纯香祖母的慈祥包容形成了鲜明的对比。

出现在小说中的还有几位女性。一位是信辉的前女友里奈。她愿意为爱坚持，也做好了接受纯香的准备，但是她无法接受对方不够爱自己的现实。在长时间的纠结和藕断丝连之后，她为自己的爱恋画上了句号。另一位是伶子的弟媳公惠，她有着典型的职业女性形象，清楚自己的人生目标，注重个人的价值实现。而且更为重要的是，她不易为人所左右，有着很强的决断力和执行力。自然，她也拥有处理好事业与家庭关系的能力。年龄最小的一位女性，是伶子的学生沙奈。她没有良好的家境，在家里的地位永远排在弟弟后面。为了赚够上大学的学费，她走上了援交的道路。一个未成年的女孩，冷静地规划着自己的将来，承受着成年人都不一定能承受的压力，孤独而坚毅地独自前行。身边这些人的经历深深地触动了伶子，让伶子不由得反思自己的迷失，也渐渐地找回了自愈的能力。

纯香，她是如此简单，就像她书法作品里的留白，清澈而纯净。她的心中只有书法和爱，她有着对美的强大感受力，却没有能力理解生活和人性的复杂。作者用了很大的篇幅来描写她的行为和语言，但是依然令人感觉她可望而不可即。纯洁的领域、纯洁的人，是世界上最欠缺的东西，是成年人难以企及的东西。而作者偏偏让一个原本应该真诚可爱，却被成年人的欲望玷污了灵魂、心灵扭曲的少年夺走了纯香的生命。

　　这部小说没有曲折离奇的情节，也没有宏大的背景和众多交织的人物。作者只是把这些人物在漫长人生中短短一年的故事娓娓道来，就像在讲述邻人的故事，却让人在钏路的干燥空气中看尽了繁华。人的情感是最为复杂的东西，美好与邪恶并存。或许只有在茫茫白雪覆盖大地之后，才看得到那一瞬的纯洁。